Hans Ernst · Wo die Heimatglocken läuten

Aus der Roman-Reihe
»Das alpenländische Bücherbrett«

HANS ERNST

Wo die Heimatglocken läuten

ROMAN

ROSENHEIMER VERLAGSHAUS

4. Auflage 1987
Printed in Austria

Umschlaggestaltung: Ulrich Eichberger, Innsbruck
Umschlagfoto: Löbl-Schreyer, Bad Tölz
Druck und Bindung: Wiener Verlag, Himberg bei Wien
ISBN 3-475-52160-1

I

Als auf dem Oberhof ein Stammhalter zur Welt kam, da ließ der Bauer in seiner Freude das Glöcklein läuten im Turm der Kapelle, und das Gesinde bekam Feiertag, obwohl es in dieser Vorfrühlingszeit viel Arbeit gab auf den Feldern. Sie wußten nicht, die Knechte und Mägde, weshalb man das Glöcklein läutete; aber da kam die Küchenmagd mit flatternden Röcken über die Wiesen gerannt: Der Bauer lasse sagen, ein Stammhalter sei da, und alles solle Feierabend machen für heut!

Also schulterten die Mägde Rechen und Gabeln, die Knechte spannten die Pferde aus, und alle kehrten sie zurück zum Oberhof. Dort stand der Bauer unter der Türe; ein schlank gewachsener Dreißiger, mit scharf geschnittenem Gesicht. Um seinen Mund war ein Lächeln, und in seinen grauen Augen leuchtete die Freude, die ihm widerfahren.

»Einen Buben haben wir«, sagte er. »Und das wir jetzt gefeiert!«

Und dann ging er ihnen voran in die schöne, getäfelte Stube. Dort stand Bier in großen Krügen auf dem Tisch, Brot und Rauchfleisch, wie das so der Brauch ist auf den Höfen. Der Oberhofer nahm einen der gewichtigen Krüge, hob ihn in die Höhe und sagte feierlich:

»Ihr wißt, daß ich Balthasar heiße; aber der Bub soll einen anderen Namen kriegen; er soll Florian getauft werden nach seinem Großvater.«

Sie tranken, jeder und jede stieß mit dem Bauern an, alle freuten sich, und es wurde sehr laut und lustig, bis der Bauer den Finger an den Mund legte und zur Ruhe mahnte; denn oben, über der Stube, da lag die Bäuerin mit dem Neugeborenen.

Ja, dort oben lag die Bäuerin Barbara Feichtner, blaß und

still. Ihr großer dunkler Blick ging zu dem kleinen Fenster hinaus, schweifte über die blaue Kette der Berge hin, die sich schier zum Greifen nahe hinter dem Hofe über dem Wald erhoben, und neigte sich dann wieder lächelnd zu dem winzig kleinen Menschlein nieder, das neben ihr lag und um dessentwillen es drunten in der Stube so lustig zuging.

Sie verstand die Freude des Bauern. Fast drei Jahre hatte sie die stumme Frage in seinen Augen gelesen, und als im Vorjahr drüben auf dem Niederhof der kleine Vinzenz zur Welt kam, da ist ihr Mann, der Balthasar Feichtner, den ganzen Tag wie unsinnig in den Wäldern und in den Bergen umhergerannt. Was ihn forttrieb, das war nichts anderes als die grenzenlose Ungeduld eines Mannes, der endlich auch seinen Hoferben haben wollte. Dreihundert Jahre waren die Feichtner schon seßhaft auf dem Oberhof; die Kette der Ahnen durfte mit ihm nicht abreißen.

Nun hatte also Gott sein Rufen und das Bitten seines Weibes erhört. Ein Sohn war ihnen geboren worden an diesem schönen, hellen Vorfrühlingstag. Florian Feichtner wird er heißen, der kleine, winzig kleine Kerl, der droben in der Kammer im Arm seiner Mutter ruht.

Es mag wohl so sein, daß mit dem ersten Schrei eines Kindes die Mütter schon ihre Gedanken in die Zukunft richten; was wird aus diesem Kinde einmal werden? Und sie sehen in ihrer mütterlichen Liebe die Kinder als schöne und gute Menschen durch das Leben schreiten, und die Angst, daß ein Kind fehlschlagen könnte, ist in der Stunde der Mutterwerdung weit, weit fortgerückt.

Die Oberhofbäuerin wußte bereits den Weg ihres Sohnes klar vorgezeichnet. Er würde einmal diesen Hof übernehmen und Bauer sein. Daran ist nichts mehr zu ändern, selbst wenn der kleine Florian noch Brüder oder Schwestern bekommen sollte. Er ist der Erstgeborene und wird dereinst Oberhofbauer werden.

Natürlich haben sie auch drüben auf dem Niederhof das

Glöcklein läuten hören. Und da dies ganz außer der Zeit geschah, so konnte nur angenommen werden, daß irgend jemand aus dem Oberhof vom Leben in den Tod abgerufen worden war. Es mag wohl ein Knecht oder eine unkundige Magd den Glockenstrang gezogen haben, denn es ist sonst üblich, daß man dreimal absetzt, wenn das Zügenglöcklein geläutet wird. So aber hat es am hellen Nachmittag eine ganze Weile ohne Unterlaß beinahe freudig erregt gebimmelt, und die Niederhoferin hatte ihren Mann gefragt:

»Was mag denn da drüben bloß passiert sein?«

Die beiden Höfe standen sich gegenüber wie zwei trutzige Burgen, waren nur durch einen tiefen Graben getrennt. Hätte eine Brücke über den Taleinschnitt geführt, so wäre man in wenigen Minuten von einem Hof zum anderen gegangen. So aber brauchte man schon eine gute halbe Stunde, um zueinander zu gelangen.

Bei klarem Wetter konnte man gut erkennen, was auf beiden Höfen geschafft wurde. Und so sah denn der Niederhofer auch die Leute des Nachbarn aus den Feldern heimkehren, er sah den Oberhofer unter der Türe stehen und spürte beinahe aus der Weite die freudige Erregtheit des anderen.

Man hielt zwar keine große Freundschaft miteinander, sondern nur die nachbarlichen Beziehungen, wie sie üblich sind zwischen zwei Bauern, die so hoch oben in der Einsamkeit wohnten. Nur die zwei zählten als Nachbarn; der Anderlschuster, der wohl auch zu dem Weiler Schattenhofen gehörte, konnte schon nicht mehr als rechter Nachbar bezeichnet werden. Sein Häuschen lag noch ein wenig höher; ja, es klebte fast am Berg dort wie ein Schwalbennest. Er hielt nur ein paar Kühe, der Anderlschuster, weil die paar mageren Äcker nicht mehr abwarfen. Den weiteren Unterhalt für seine Kinder verdiente er als Taglöhner im Staatswald.

Nachdem nun die Niederhoferin ein paarmal unter die Haustüre getreten war und den lustigen Trubel von drüben vernahm, drängte sie ihren Mann:

»Mußt doch einmal 'nüberschauen, Hartl, was los ist beim Nachbarn. Möcht es schier gern wissen.«

Also machte sich der Niederhofer auf den Weg. Er war ein kleiner, untersetzter Mann, den man für einen Vierziger halten konnte, obwohl er nur um ein paar Jahre älter als der Oberhofer war. In seiner Jugend hatte er flott gelebt und sehr gern über den Durst getrunken. Eigentlich litt es das nicht, denn auf dem Niederhof mit seinen kargen Böden war noch keiner zu Wohlstand gekommen, und darum wuchs in jedem Hoferben auf dem Niederhof immer auch ein Stück Mißgunst groß auf den Oberhofer, der es mit seinen besseren Böden leicher hatte.

»Aufm Oberhof kälbert scho der Besenstiel«, spotteten die vom Niederhof.

»Möcht nur wissen, was sie heut wieder zu feiern haben«, grantelte der Niederhofer, als er jetzt auf den Oberhof zuging. Da trat auch schon der Feichtner aus der Türe und ging dem Niederhofer lachend entgegen.

»Komm nur 'rein, Nachbar, kannst gleich mitfeiern!«

Der andere wischte sich den Schweiß von der Stirn.

»Hab 's Glöckerl läuten hören und –«

»Und ist doch niemand gestorben«, lachte der Oberhofer. »Nein, im Gegenteil, geworden ist jemand. Einen Buben hab ich, Nachbar! Einen Buben!«

»Einen Buben? Soso, einen Buben. Sonst läut man halt untertags bloß, wenn's brennt oder wenn eins stirbt.«

»Aber wenn eins zur Welt kommt, so ist das net weniger wichtig, als wenn eins davongeht. Drum hab ich läuten lassen. Nimmt's niemand übel, wenn's in der Freud geschieht. Jedenfalls freut es mich, daß du nachschaust. Komm nur!«

Der Oberhofer nahm den anderen unterm Arm und zog ihn mit ins Haus. Und der Niederhofer feierte mit den anderen und zeigte sich als handfester Trinker. Als die Sonne im Sinken war, stimmte er das erste Lied an, und der Oberhofer fiel mit ein in der Seligkeit seiner Vaterfreude. Bis dem Oberhofer wieder einfiel, daß droben sein Weib, seine blonde Barbara, lag. Er ging hinauf in die Kammer, setzte sich an den Bettrand, nahm die Hand seines Weibes und schaute immerzu auf das kleine Menschlein, das die winzigen Fäustchen unterm Kinn geballt hatte, als hätte es jetzt schon, in den ersten paar Stunden seines Daseins, irgendeinen Zorn.

Indessen ging draußen die Sonne unter. Sie warf ihr Licht noch einmal für diesen Tag verschwenderisch und in leuchtender Schönheit in das Tal hinunter, daß das Kreuz auf dem Zwiebelturm zu Roggenhausen flimmerte und gleißte, als sei es aus purem Gold. Auch an den Fenstern der Bauernhöfe brach sich das Feuer der untergehenden Sonne für eine kurze Zeit, bis von den Moorgründen feine Nebel, gleich wehenden Schleiern, herüberkamen und das letzte Licht in Dämmerung verwandelten.

Blieb also das Abendrot noch eine Weile an den höher gelegenen Höfen haften, umschimmerte das Schloßgut Eggenheim und verabschiedete sich zum Schluß vom Weiler Schattenhofen, zuletzt von dem kleinen Haus des Anderlschuster.

Der Bergwald dahinter wurde schwärzer, und die Berge selbst nahmen wunderliche Formen an. Wie eine erstarrte Riesenwoge sahen sie sich an. Aus ihr reckte die Koffelspitze ihren Riesenfinger drohend in den Nachthimmel hinein.

Im Pfarrdorf Roggenhausen läutete man den Abendsegen. Da wandte sich die Wöchnerin in der stillen Kammer an den Mann an ihrer Seite: »Meinst nicht auch, Balthasar, es wäre an der Zeit, in der Stube Ruhe zu schaffen; es war der Freud genug heute.«

»Wirst es mir doch nicht übelgenommen haben, Barbara?«

Sie schüttelte leise lächelnd den blonden Kopf.

Da erhob sich der Oberhofer; er ging zuerst zur Kapelle hinüber, läutete den Avegruß und gab dann denen in der Stube zu wissen, daß die Lustbarkeit für heute ein Ende haben müsse.

Der Niederhofer leerte vorher noch seinen Krug und erhob sich dann schwerfällig:

»Und wann wird er getauft, der Prinz?«

»Am Samstag, Niederhofer! Tu mir die Ehr und komm zum Taufschmaus. Und gib Obacht, daß du net stolperst in der Finstern.«

Diese Warnung war nicht unnötig, denn der Niederhofer stand auf recht unsicheren Füßen und plumpste gleich unweit des Hofes zu Boden. Als er endlich den Hang glücklich hinuntergekommen war, blieb er auf der kleinen Brücke stehen, die über den wildschäumenden Bergbach führt, der die Grenze zwischen den beiden Höfen bildete. Er lehnte sich mit dem Rücken gegen das Brückengeländer, schob den Hut weit aus der Stirn und blinzelte hinauf zum Oberhof.

»Schau nur den Narren an«, brummte er vor sich hin. »Muß er da extra läuten, der Protz. Als mein Vinzenz auf die Welt kommen ist, da hat's keine Glocken braucht und keinen Feiertag. Der is einfach kommen und war da. Aber er natürlich, der Protzenbauer droben, der muß läuten wegen dem Bamsen!«

Der Niederhofer begann mit den Armen zu rudern und noch heftiger zu schimpfen auf die ganze Welt, besonders aber auf den Oberhofer droben. Es gewitterte bei ihm noch nach, als er zu Hause vor der Niederhoferin stand. Die aber beschwichtigte ihn und zeigte auf den Weidenkorb, in dem der kleine Vinzenz schlummerte.

»Wie du dich nur so giften kannst«, meinte sie. »Wir haben doch auch einen Buben, und unser Vinzenz ist uns so lieb wie dem Oberhofer sein Florian.«

Da hat sie nun recht, dachte der Niederhofer und es fiel ihm ein: Vor mehr als dreißig Jahren lag er selbst in diesem Weidenkörbchen, und als er es verließ, kam droben im Oberhof der Balthasar, der heutige Bauer, zur Welt. Sie gingen zusammen den weiten Weg zur Schule, verlebten eine frohe Jugend und heirateten fast zu gleicher Zeit. Und nun hat jeder seinen Stammhalter, und das Leben auf dem Weiler Schattenhofen konnte weitergehen in der gleichen Geschlechterfolge wie bisher.

Am nächsten Morgen kam die Baronin von Eggenheim auf den Oberhof gefahren. Sie hieß den Chauffeur warten und ging mit einem Paket ins Haus, um die Wöchnerin zu besuchen. Diese Aufmerksamkeit glaubte sie dem Oberhofer schuldig zu sein. Oft genug war er ihr, die früh verwitwet war, mit Rat und Tat beigestanden. Er beriet sie bei ihren Holzverkäufen, fuhr für sie einmal fort, um Pferde zu kaufen, und war auch sonst immer zur Hand, wenn sie ihn rufen ließ.

Die Baronin wurde von der Küchenmagd über die Stiege hinaufgeführt zur Bäuerin, setzte sich auf den Bettrand und packte die mitgebrachten Sachen aus. Dann nahm sie der jungen Mutter das Kind aus dem Arm und trug es selbst eine Weile durch die sonnenhelle Kammer. Sie würde wohl auch die Taufpatin machen, meinte sie. Das wäre nichts weiter als eine kleine Erkenntlichkeit für die vielen Dienstleistungen des Oberhofer.

Die Oberhoferin hielt fast bänglich den Atem an.

»So viel Ehr hätt ich mir gar net zu hoffen getraut«, sagte sie. »Aber für den Florian haben wir schon jemanden. Die Schwester von meinem Mann.«

Die Baronin legte ihr lächelnd das Kind zurück und meinte:

»Nun ja, dann vielleicht das nächste Mal. Er wird ja nicht der einzige bleiben, der Kleine da.«

»Ich hoff es net«, antwortete die Bäuerin.

Die Baronin setzte sich wieder auf den Bettrand.

»Sehen Sie, so habe ich auch gedacht. Aber dann kam das Unglück mit meinem Mann. So habe ich bloß den einzigen. Und ich wollte so gerne Kinder haben, damit Leben sei im Schloß und helles Lachen. Ich glaube, ein einziges Kind kann all die Liebe gar nicht ertragen, die in uns Müttern wohnt.«

So plauderten die beiden Frauen zusammen, als wären sie seit Jahren schon in Freundschaft miteinander verbunden. Zum Abschied strich die Baronin mit ihrer schlanken weißen Hand noch über das flaumige Kindergesicht.

»Na, dann mach dich nur gut, junger Mann. Wenn du groß

bist, darfst du 'rüberkommen ins Schloß zu mir. Da gibt es viel zu sehen für dich.«

Als die Baronin wegfuhr, stand drüben auf dem Niederhof der Bauer unter der Türe.

»Natürlich, die Frau Baronin«, höhnte er, »gibt sich gleich selber die Ehr. Jetzt geht grad noch ab, daß die Böller krachen wie bei den hochgeborenen Prinzen.«

Zwei Tage später war er aber doch wieder drüben beim Taufschmaus, und da dieses Fest zugleich den Abschluß der Feierlichkeiten zur Menschwerdung des Florian Feichtner bildete, glitten die nächsten Tage wieder hinein in den üblichen Kreislauf bäuerlichen Geschehens. Aber später sagte der Niederhofer oft, so einen Mordsrausch habe er lange nicht mehr gehabt wie bei der Taufe des Florian Feichtner.

2

Die Wochen und Monate hatten es eilig, über die Berge zu ziehen. Des Oberhofer Florian war nun schon fast drei Jahre alt. Es hatten sich kein Bruder und keine Schwester mehr zu ihm gesellt, und der Arzt, bei dem die Oberhoferin einmal in der Stadt gewesen war, hatte gesagt, daß wohl kein weiterer Kindersegen zu erwarten sei. Beim Niederhofer jedoch hatte der Storch nochmals einen Buben gebracht. Aber das Kind war kränklich und konnte noch kaum ein Wort lallen, obwohl es schon zwei Jahre alt war.

Der Florian jedoch – hei, der wuchs heran, daß man seine helle Freude haben konnte. Wie ein junger Baum wuchs er heran, gesund und stark und fröhlich. Sein Haar war blond wie das seiner Mutter. Er hatte ihre schönen dunkelblauen Augen und ihren weichen Mund. Vom Vater indes schien er andere Eigenschaften geerbt zu haben. Die Haltung des Kopfes zum

Beispiel und vielleicht auch den kleinen Zorngraben, der sich auf seiner jungen Stirn schon zeigte, wenn ihm etwas wider den Willen ging. Die Mutter bedrängte es zuweilen, wenn sie den kleinen Kerl so heftig aufbrausen sah; hier meldete sich ein väterliches Erbteil an. Wer würde Sieger bleiben, der gutmütige oder der zornmütige Florian?

Wieder war ein Sommer gnadenvoll über Berg und Tal geglitten, und der Herbst berührte alle Dinge schon mit sanfter Gebärde, da machte der kleine Florian seinen ersten Ausflug in die weite Welt, die für ihn gleich hinter dem Niederhof zu Ende sein mußte.

Er stahl sich aus dem Hof und sah sich um. Niemand war um die Wege. Über die Dächer her hörte man das Gegacker der Hühner, sonst war kein Laut in dem schönen Sonnentag. Und so begann er vorsichtig den Hang hinunterzuklettern. Wie nur die Mutter ihn davor immer warnen konnte! Es ging ja wunderbar, wenn man sich auf den Hosenboden setzte und hinunterrutschte.

Überraschend schnell war Florian bei dem Bergbach drunten angekommen. Da wunderte er sich, wie schnell das Wasser an ihm vorbeischoß.

Noch niemals war er so allein gewesen, der kleine Florian. Er kam sich ungeheuer wichtig vor in diesem Alleinsein. Er hockte auf einem Baumstumpf, schnitzelte an einem Holzstückchen herum, und die Wassergischt benetzte seine nackten Füße. Wenn er aufblickte, sah er den Koffel gegen einen Himmel von wunderbarer Bläue ragen. Im Osten, weit über dem Dorfe draußen, hingen große lockere Wolken, so flockig und weiß wie frisch gewaschene Lämmer.

Auf einmal war der Florian nicht mehr allein. Nein, es stand plötzlich ein schwarzhaariges Bürschchen vor ihm, das ebenfalls eine kurze Hose trug und barfüßig war. Er mußte da vorne über die kleine Brücke gekommen sein. Gleichviel, er stand mit einem Male vor Florian, und die beiden Knaben sahen sich musternd an. Der Angekommene war der Niederhofer-Vinzenz. Obwohl er um ein Jahr älter war als der Florian, war er doch auch nicht größer als dieser. Er setzte sich gleich neben den Florian auf den Baumstumpf, und wie sie da nun so nebeneinander saßen, wirkten sie gegeneinander wie Licht und Schatten. Der Oberhoferbub war hell; wie eine Flamme leuchtete sein Haar, das sauber gestrählt und gebürstet war. Der Niederhoferbub war dunkel und hatte etwas sonderbar Verschlagenes in seinen jungen Augen.

»Bist du von da droben?« fragte der Vinzenz nach einer Weile und deutete mit dem Daumen zum Oberhof hinauf.

Florian nickte und neigte sich wieder über seine Schnitzelarbeit. Der andere sah ihm eine Weile zu und sagte dann plötzlich:

»Gib mir dös Taschenmesserl. Möcht auch schnitzeln.«

Florian zog die Hand zurück.

»Du tät'st mir's höchstens nimmer geben.«

Vinzenz wollte nun das Messer erst recht und mit Gewalt haben. Aber kaum hatte er den Oberhofbuben etwas unsanft gepackt, biß der zu und sprang dem Vinzenz wieselflink an den Hals, zerrte ihn an seinen schwarzen Locken, bis der andere alles Wehren aufgab. Dann schnitzelte er wieder ruhig weiter, als sei nichts gewesen.

Mit dieser Begebenheit hatte sich der junge Oberhofer für alle Zeit Respekt verschafft. Niemals wieder in den langen Jahren ihrer Jugend wagte der Vinzenz, dem Nachbarbuben irgendwie nahezutreten. Florians Wille stand vom ersten Tage ihrer Bekanntschaft über dem anderen.

Als Vinzenz endlich wieder Atem geschöpft hatte und seinen aufgerissenen Hemdkragen ordnete, tat dem Florian seine Heftigkeit von vorhin schon wieder leid:

»Magst dös Messerl haben jetzt? Da – ich schenk dir's.«

Der andere war baff, welch große Macht dem kleinen blonden Kerl da schon gegeben war, daß er ohne weiteres ein Messer verschenken konnte. Er nahm es zögernd, weil er noch glaubte, der andere wolle ihn narren. Und dann schob er es schnell in seinen Hosensack. Er glaubte nun, dem anderen auch irgendeine Gefälligkeit tun zu müssen.

»Magst was sehn?« fragte er geheimnisvoll und deutete mit der Hand in die Richtung des Bergwaldes. »Da droben weiß ich einen Fuchsbau. Kommst mit?«

Warum sollte der Florian da nicht mitkommen? Es dünkte ihn sowieso, daß er noch sehr wenig gesehen hatte von der Welt. So stapfte er hinter dem anderen drein, tat es ihm gleich, indem er ebenfalls die Hände in die Hosentaschen schob und die Schritte etwas länger nahm. Sie gingen den Bach entlang, immer aufwärts, wohl eine gute halbe Stunde, und sahen dann die zwei Höfe unter sich liegen. Einmal blieb Vinzenz stehen und fragte:

»Wie heißt du denn?«

»Florian heiß ich.«

»Ich heiß Vinzenz und bin vom Niederhof. Kommst einmal zu mir?«

»Da komm ich gleich morgen«, versicherte Florian und fragte dann: »Sind wir schon gleich beim Fuchsbau?«

»Allweil noch ein Stückl müssen wir gehn.«

Auf ihrer Wanderung sahen sie ein kleines, gebeugtes Weiblein auf einer Bergwiese Futter mähen, die Anderlschusterin. Der Vinzenz kannte sie, weil er schon öfters hierhergekommen war. Er kannte auch das kleine Mädchen, das am Rande der Wiese die letzten Blumen des Jahres sammelte.

Dem Florian jedoch war dieses Mädchen fremd, und er wunderte sich ein wenig, daß es Mädchen geben konnte, die so kastanienbraune Locken haben können wie die kleine Brigitte der Anderlschusterin. Die beiden Buben traten herzu, und weil dem Mädchen der blonde Bub vom Oberhof ebenfalls fremd war, sah sie ihn verwundert an, und der Florian tat ebenso. Es wurde ein Spiel der Augen, das damit endete, daß Brigitte dem Florian das kleine Händchen mit den Blumen hinstreckte und fragte:

»Magst meine Blümerln?«

Florian nahm sie, und da sagte der Vinzenz grob:

»Laß ihr doch dös Glump! Was willst denn mit dem Kraut? Komm!«

Er nahm den Kameraden barsch am Arm und zog ihn mit fort.

»Warum warst denn so grob mit dem Dirndl?« wollte Florian wissen.

»Ah, was willst denn mit der? Haben doch bloß ein kleines Häusl gegen unsere Höf. Mein Vater sagt allweil, es ist bloß ein Schneckenhäusl, und der Anderlschuster ist ein Fretter.«

Florian blieb stehen und schaute zurück. Da saß das kleine Mädchen noch. Ihre Mutter mähte Gras für die zwei Kühe, und bei jedem Hieb, den sie tat, hörte man einen Stein aufklingen, so steinig war hier oben der Grund.

»Die ist noch viel zu jung für uns«, begann der Vinzenz wieder. »Brigitt heißt sie. Die kann noch net einmal Teifi sagen. Kannst du Teifi sagen?«

Florian sagte es tapfer nach, denn er wollte nicht dümmer sein als der Vinzenz.

Plötzlich war nichts mehr um die beiden Knaben als die hohen, uralten Tannen und das große Schweigen des Waldes.

»Jetzt kommen wir bald hin«, sagte Vinzenz, und Florian war froh, denn es schien nicht recht geheuer in dieser großen Stille. Aber dann war er doch etwas enttäuscht von dem Fuchsbau, denn er sah nichts als ein paar Löcher, aber keinen jungen Fuchs, auf den er sich doch so sehr gefreut hatte.

Irgendwo klang der gedämpfte Tritt eines Wildes, ein paar Äste knackten, und auch sonst kamen verschiedene Geräusche aus der Tiefe des Waldes. Die Bergwasser rauschten, und ein heimlicher Wind harfte durch die Äste der Bäume. Der Florian war das erstemal in dem großen Wald, und jeder Laut, den er hörte, steigerte sich bei ihm zu todnaher Wichtigkeit. Er zupfte den anderen am Ärmel. Dem war auch nicht mehr ganz geheuer, und beide atmeten auf, als sie wieder draußen auf der

Wiese standen. Vor dem Auseinandergehen forderte Florian sein Messer zurück, aber Vinzenz wollte es um alles in der Welt nicht mehr hergeben.

»Sagst halt, du hast es verloren«, riet er, worauf ihn der Florian ganz verwundert ansah.

»Ich kann doch net lügen«, erwiderte er unsicher. »Wenn man lügen dürft, dann hätt mir's meine Mutter net verboten«, sagte er.

Vinzenz lachte darauf ganz hell und übermütig.

»Die meine hat mir's auch verboten, aber soll ich vielleicht sagen, daß ich die Eier austrunken hab im Nest, wenn sie mich darum fragt? Krieget höchstens Prügel dann.«

»Eier saufst du aus?« fragte Florian und konnte sich's nicht vorstellen, wie das gehen könnte. Aber der andere klärte ihn auch hierin auf.

»Brauchst bloß mit einem Nagel ein Loch 'neinstechen und zutzeln.«

»Was du schon alles weißt«, staunte Florian.

»Oh, ich weiß noch viel mehr«, prahlte Vinzenz und warf sich in Positur. Wahrscheinlich hätte der kleine Florian in dieser Stunde noch viel mehr erfahren, was bis dahin seinem Kinderherzen noch fremd war. Da aber die Nebelfrauen ihre Tücher auszubreiten begannen und sie niedersenkten über Berg und Tal und damit Ruhe und Ablauf eines Tages kündeten, drängte es Florian heimzukommen. So lief er denn schnell den Hang hinunter und war herzlich froh, als er den väterlichen Hof erreichte.

Das Gesinde vom Oberhof saß schon beim Abendessen, der Bauer unter ihnen, als Florian die Stube betrat. Da man den Kleinen schon vor einer Stunde vermißt hatte, fragte der Vater streng:

»Weißt du net, wann es Zeit ist, heimzukommen?«

Florian erschrak ein wenig vor der Härte dieser Frage. Er wendete sich schnell um und trippelte zur Mutter in die Küche.

Oh, die Mutter war doch viel besser. Sie schalt nicht, sondern nahm den kleinen Kerl auf den Schoß und sagte:

»Wo hat sich denn mein Bub heut umeinandergetrieben?«

Florian überhaspelte sich beinahe, so wichtig hatte er es, der Mutter von allem zu erzählen. Von dem neugewonnen Kameraden erzählte er und von dem kleinen Mädchen, das so kastanienbraune Locken hatte und so lustige Sommersprossen um das Näschen, und das noch so dumm war, daß es noch gar nicht »Teifi« sagen konnte.

»Dös is auch gar net nötig«, erklärte ihm die Mutter. Und der Bauer, der inzwischen eingetreten war, fragte: »Kannst es denn du schon sagen?«

Florian schmetterte es heraus, worauf der Vater dann wissen wollte, wo er das gelernt habe.

»Ei, vom Vinzenz doch«, erzählte Florian wichtig. »Oh, der kann noch viel mehr. Der kann Eier aussaufen, und lügen darf man auch, sagt er.«

Der Oberhofer und seine Frau wechselten einen raschen Blick. Der Bauer nahm dann den Buben vom Schoß der Mutter und legte ihm schwer die Hand auf seinen blonden Scheitel.

»Paß auf, Florian, was ich dir jetzt sag. Ich hab nix dagegen und die Mutter ganz gewiß auch nix, wenn du einen Kamaraden hast, mit dem du spielen kannst. Aber merk dir, solche Sachen, wie du grad erzählt hast, brauchst net lernen von ihm. Und wenn dir die Mutter sagt, lügen darf man net, dann hat es schon seine Richtigkeit. Laß dich ja net erwischen. Und jetzt was anderes. Du hast vorhin gesagt, der Anderlschuster ist bloß ein Fretter. Ich will das net wieder hören von dir. Jeder kann net einen großen Bauernhof haben. Als Mensch ist er deshalb genausoviel wert. Und der Anderlschuster ist ein fleißiger und braver Mensch, der sich redlich abschindet für seine Leut. So – dös merk dir jetzt recht gut.«

Noch niemals hatte der Vater so ernsthaft mit dem Knaben gesprochen. Florian fühlte trotz seines kindlichen Gemütes die

Wichtigkeit dieser Rede, und wenn er auch noch nicht alles erfassen konnte, eines nahm er sich vor, nämlich dem Vinzenz nichts mehr zu glauben, wenigstens nicht mehr alles.

Am nächsten Tag schon trafen sie sich wieder. Das heißt: Vinzenz kam schon am Vormittag auf den Oberhof, lugte frech hinter jede Türe, bis er den Florian in der Küche traf. Die Oberhoferin schenkte dem Nachbarsbuben einen Apfel und mahnte:

»Lauft nur net gar zu weit vom Hof weg.«

Florian hatte schon sein Ziel. Er steckte sich noch einen Apfel in die Hosentasche, einen recht schönen, rotbackigen, und dann schritt er dem Vinzenz voran zum Hof hinaus.

»Wo rennst denn eigentlich hin?« fragte Vinzenz.

Florian fand es überflüssig, darauf eine Antwort zu geben. War er nicht gestern auch dem Vinzenz gefolgt, ohne zu fragen? Also hielt er direkt auf das Häusl des Anderlschuster zu.

»Möchst gar zu dem rothaarigen Fratzen aufi?« wollte Vinzenz wissen.

Da drehte sich der Florian um. Seine Augen blitzten.

»Kannst ja zurückbleiben, ich brauch dich net.«

Vinzenz folgte ihm aber trotzdem, weil er wissen wollte, was der Florian in dem Fretterhäusl nun wollte.

Nun, Florian wollte weiter nichts, als das kleine Mädchen wiedersehen. Aber da war zunächst nur die Mutter des Mädchens, die auf der Bergwiese droben das kümmerliche Gras mähte. Von dem Mädchen war nichts zu sehen. So pirschten sich die beiden Buben an das Haus heran.

Das Haus des Anderlschuster war klein und halb in den Berg gebaut. Es gab keine Stiege im Innern dieses Hauses. Man kam zu den oberen Räumen von außen. Eine kleine Treppe mit wackeligem Geländer führte an der Rückseite hinauf in das obere Stockwerk, das allerdings nur aus drei kleinen Kammern bestand.

Sehr still war es um das Haus. Ein mächtiger Kater saß auf

der Türschwelle und schob den Buckel auf, sowie die beiden sich näherten.

Florian ging auf die Haustüre zu. Der Kater knurrte, nahm aber dann doch Reißaus. Gleich linker Hand war eine Türe, durch die trat Florian ein, und der Vinzenz folgte ihm wieder. Sie standen in der Küche, und da saß neben dem Ofen die kleine Brigitte, hielt in der einen Hand eine Puppe, die nur mehr einen Arm hatte, und mit der anderen Hand bewegte sie die Wiege hin und her, in der noch ein ganz kleines Menschenkind lag und friedlich schlummerte.

Brigitte, kurzweg Gittli genannt, schaute halb verwundert, halb ängstlich auf die beiden Knaben, denn es war noch nicht vorgekommen, daß jemand so unverhofft in die Küche eingedrungen wäre, wenn sie so ganz allein daheim war.

»Die Mutter tut Gras mähn«, sagte sie, als möchte sie damit ihr Alleinsein entschuldigen.

»Dös macht nix, wir brauchen deine Mutter net«, erklärte Florian. »Ruck ein bissel und laß mich zu dir hersitzen.«

Vinzenz hatte indessen schon den alten Stutzen entdeckt, der zwischen ein paar Grandlpfeifen an der Wand hing. Schon stand er auf der Bank, holte ihn herunter und begann ihn zu untersuchen. Florian aber hatte bisher noch nichts getan, als in die Augen des Mädchens geschaut, und dann zerrte er plötzlich seinen Apfel heraus und legte ihn dem Mädchen in den Schoß.

Vinzenz hängte das Gewehr wieder an den Platz und kam nun auch zur Ofenbank, setzte sich an die andere Seite des Mädchens, und als sie einmal wegschaute, griff er blitzschnell nach dem Apfel. Doch da hatte ihn Florian schon im Genick gefaßt.

»Gibst ihn her!«

Vinzenz spürte den Stärkeren und gab nach.

Jetzt brachte das Gittli einen alten Baukasten zum Vorschein. Florian türmte die Steine zu einem großen Berg aufeinander.

»Das ist der Koffel«, prahlte er, »und wenn ich einmal groß bin, steig ich hinauf.«

Vinzenz lachte laut heraus, denn er hatte schon gehört, daß auf den Koffel noch keiner hinaufgekommen war. Das Gittli aber schaute mit glänzenden Augen auf den Florian und fragte begeistert:

»Darf ich mit?«

So bildete sich im Lauf der Zeit aus den dreien ein Kleeblatt, das unzertrennlich schien. Man tummelte sich auf dem Oberhof, tummelte sich auf dem Niederhof, kam auch zuweilen zum Anderlschusterhaus. Am schönsten jedoch war es immer im Wald. Immer gab es hier etwas zu ergründen, zu erforschen, worin der Vinzenz wieder Meister war. Er kannte jeden Ruf der Raubvögel, kannte jede Wildspur, und oft folgten sie stundenlang solch einer Spur. Wenn man dann müde war, setzte man sich an ein Plätzchen in der Sonne und machte Zukunftspläne. Gittli hatte dazu allerdings nichts zu sagen. Es war, als gäbe es für sie keine Zukunft, nur immer dieses wunschlose, schöne Kinderland. Und das Gittli wußte wundersame Geschichten zu erzählen von Norggen und Heinzelmännchen, von Königssöhnen und schönen Prinzessinnen. Die Kräutersammlerin Baldauf kehrte oft im Anderlschusterhaus ein, und dieses alte Weiblein war unerschöpflich in solchen Geschichten und Sagen, die sich in dem Köpfchen des Gittli zu purer Wirklichkeit verdichteten.

Der Florian, der ebenso wie das Gittli großen Gefallen an diesen Geschichten fand, hörte immer mit großer Andacht zu, während Vinzenz übermütig lächelnd erklärte: »Das gibt's ja gar net.«

Einmal jedoch kam wirklich eine bildschöne Norggenfrau den Saumweg durch den Wald geritten. Sie kam auf einem herrlichen Falben geritten und gewahrte die Kinder zuerst gar nicht. Aber dann zog sie das Zaumzeug straff und hielt mit einem Ruck.

Das Gittli hielt bang den Atem an, sie versteckte sich hinter dem Florian und war voller Angst, was nun kommen würde. Für sie gab es keinen Zweifel mehr, daß es eine der Norggenfrauen war, ob nun eine von den guten oder den bösen, das blieb erst abzuwarten.

Die Norggenfrau indessen beugte sich ein wenig vor im Sattel, sah den Florian an und sagte dann:

»Bist du nicht der Oberhofer-Florian?«

Florian stand mit gespreizten Beinen und sah zu der Reiterin auf.

»Ja, der Oberhoferbub bin ich.«

Lächelnd betrachtete ihn die schöne Frau. Dann beugte sie sich noch weiter nieder, strich mit ihrer Hand über seinen blonden Scheitel und über seine Wange.

»Bist ein strammes Bürschlein geworden«, lobte sie. »Grüß mir deinen Vater und deine Mutter recht schön.«

Darauf nickte sie auch dem Gittli freundlich zu, streifte den Vinzenz noch mit einem kurzen Blick und ritt davon.

»Das war eine von den Guten«, flüsterte Gittli.

»Schmarrn!« schrie Vinzenz. »Die Baronin war's.«

Ja, die Baronin war es. Der Vinzenz war voll Zorn, daß sie ihm nicht über die Wange gestrichen hatte. Immer und immer wieder nur der andere! Alle gaffen sie den an, und alle loben sie den.

Wütend rannte er von dannen und ließ die anderen allein mit dem festen Vorsatz, nicht mehr mit ihnen zu gehen.

Am folgenden Tag jedoch kam er schon wieder. Es war allein eben auch nichts, zumal die Großen ihn auch nicht besonders gern hatten.

Plötzlich aber war das gemeinsame Wandern und Spielen zu Ende. In einer Nacht war heftiger Westwind aufgekommen. Das johlte und sang und fauchte um die einsamen Höfe da droben, es ging mit jähem Sprung vom sanften Moll zum harten Dur, und als es dann leise verbrauste, begann es zu schneien; ganz weich und lind, aber ohne Unterlaß fielen die Flocken aus einem blaugrauen Himmel. Der Schneefall dauerte drei volle Tage und noch eine Nacht. Damit hatte der Winter seinen Einzug gehalten.

Weiße Wellen waren um den Oberhof gewachsen, und im Niederhof drunten war es nicht viel anders. Vom Anderlschusterhaus sah man gleich gar nichts mehr. Nur an dem rauchenden Schornstein erkannte der Florian, daß noch Leben war da drüben in dem kleinen Haus. Aber sosehr er sich sehnte nach seiner kleinen Spielgefährtin, es war gar nicht daran zu denken, nur hundert Schritte vom Hof wegzukommen, denn der Schnee war stellenweise gut mannstief.

Ja, die ganze Welt hatte sich verwandelt. Am meisten die Berge. Beengend klein sah die Bergwelt sich nun an. Über ihr wölbte sich ein blasser, verschwiegener Himmel, in den der Koffel seine Spitze fest hineinbohrte.

Florian war die ersten Tage ein wenig verdrossen. Es wäre jetzt erst schön geworden, denn eines Tages, als sie drunten im Wasser spielten, kam ein blasser, hochaufgeschossener Knabe zu ihnen, der helle Beinkleider trug und auch sonst ein sehr feiner Knabe war. Er ließ sich jedoch herab und spielte mit ihnen, wußte viel Neues, womit man sich die Zeit vertreiben konnte, und versprach ihnen, daß er sie am nächsten oder an einem der nächsten Tage mit aufs Schloß nehmen würde, dort hätte er ganze Kisten voll Spielzeug.

Es war der Baronin von Eggenheim einziger Sohn Helmut, der auf ein paar Wochen in den Ferien heimgekommen war. Er war in der Stadt in einem Internat und kam nur alle heiligen Zeiten nach Hause.

Nun war aber dieser viele Schnee gefallen, und es wurde vorerst nichts mit dem Besuch auf dem Schloß. Es kamen Tage voll klingenden Frostes und tödlicher Langeweile für den Florian.

Wie hatten es die anderen doch viel besser! Das Gittli hatte ein Schwesterlein, der Vinzenz einen Bruder. Und wenn dieser Bruder, wie man hörte, auch ein Narr sein sollte, man konnte sich doch die Zeit ein wenig vertreiben damit. Er jedoch war ganz allein und konnte weiter nichts tun, als täglich wünschen, daß der Winter bald vorübergehen möge.

3

Er dauerte ziemlich lange, dieser Winter, und es war schon fast Ostern, als die drei Schattenhofener Kinder den Weg unter die Füße nahmen zum Schloß Eggenheim.

Nun standen sie bei dem großen, kunstvoll geschmiedeten Tor, das in der Mitte das Wappen des Hauses trug. Es war verschlossen. Vinzenz rüttelte daran. Es gab nicht nach.

»Was tun wir jetzt?« fragte das Gittli. Es war ihr gar nicht mehr recht wohl beim Anblick des großen weißen Hauses, das zwischen den Kastanienbäumen hindurchschimmerte. »Kehren wir wieder um«, verlangte sie.

Florian schüttelte den Kopf.

»Jetzt sind wir schon da. Umkehren tun wir net.«

Im selben Augenblick entdeckte er die Klingel im Gemäuer. Herzhaft drückte er auf den Knopf, und das Gittli glättete aufgeregt ihr Schürzchen, als sie den hellen Klingelton vernahm.

Bei der Freitreppe öffnete sich die breite Doppeltür. Eine schwarze Gestalt erschien und bewegte sich langsam auf dem Parkweg zum Gittertor her.

Es war der Diener Emil, der nun hinter den wuchtigen Gitterstäben stand, in einem feierlichen dunklen Anzug mit vielen blitzenden Knöpfen. Mit hoheitsvoller Miene musterte er die kleine Gesellschaft, machte dann eine eigenartige Schnörkelbewegung mit dem glattfrisierten Kopf und fragte:

»Was wollt ihr?« Ganz rostig klang seine Stimme.

Das Gittli drückte sich hinter den Florian und faßte verstohlen nach seiner Hand. Sie begann sich zu fürchten vor diesem langen schwarzen Menschen.

»Ins Schloß wollen wir«, erklärte Vinzenz kurz.

Der Schwarze betrachtete ihn halb neugierig, halb belustigt: »Und wem gehört ihr denn, hm?«

»Ich bin vom Oberhofer«, antwortete Florian.

Der Vinzenz sagte nichts. Das Gittli aber machte ein Knicks-chen und gab ganz artig zu wissen, daß sie dem Anderlschuster gehöre. Florian fügte dann noch hinzu:

»Der Helmut war gestern bei uns und hat gesagt, daß wir heute kommen dürfen.«

Da lächelte der Gestrenge, öffnete das Gittertor und ließ sie ein. Die drei Kinder trippelten hinter ihm her und wunderten sich, daß sich Helmut immer noch nicht sehen ließ.

Sie kamen in die Vorhalle. Dort ließ Emil sie stehen.

Kühl war es in der Halle und so still wie in einer Kirche. In bläuliche Dämmerung war der Raum gehüllt. An den Wänden hingen Bilder in schweren Goldrahmen, die von den beiden Buben neugierig betrachtet wurden. Das Gittli aber steckte den Daumen in den Mund und verharrte ganz ängstlich.

»Wartet hier«, befahl er. »Ich will erst einmal nachfragen, wo euer Gastgeber steckt.«

Leise, kaum hörbar, ging eine Türe. Ein leises Knacksen, und die Halle lag in blendender Helle. Unter einer Türe stand die Baronin und schaute lächelnd auf die kleinen Gäste.

Gittli flüsterte erschrocken: »Das ist die gute Norggenfrau.« Und sie drückte sich wieder schutzsuchend neben Florian.

Die Baronin gab jedem der Kinder die Hand und sagte:

»Euer Gastgeber ist mir ein feiner Kavalier. Lädt euch ein, und er selbst vergißt darauf. Doch horcht –?«

Im selben Moment hörte man draußen Hufgetrappel. Es war Helmut, der mit dem Reitknecht zurückgekommen war. Die Baronin führte die Kinder hinaus. Helmut war bereits aus dem Sattel gesprungen und wischte sich lachend das Haar aus der Stirn.

»Auf halbem Wege ist mir eingefallen, daß ihr heute kommen

wollt. Und da sind wir dann gleich umgekehrt.«

Er war nicht mehr der feine blasse Knabe, der sich im Herbst den dreien verschüchtert genaht hatte. Nein, der Winter hat ihn beinahe um einen Kopf wachsen lassen. Seine Wangen waren frisch und rot, und unter den straffen Beinkleidern reckte und streckte sich ein junger Körper in fröhlichem Übermut.

Er ritt einen braunen Ponyhengst, der die höchste Bewunderung der beiden anderen Knaben fand. Florian sagte:

»So einen muß mir mein Vater auch kaufen.«

»Mir der meine auch«, sagte Vinzenz.

Und das Gittli stand daneben mit glückseligem Lächeln. Sie hatte nun alle Furcht verloren und betrachtete die Norggenfrau nicht mehr heimlich und verstohlen, sondern mit großen glücklichen Augen.

»So, nun kümmere dich aber um deine Gäste«, wandte sich die Baronin an ihren Sohn.

Helmut sprang die Treppe hinauf, und die anderen folgten ihm.

Hei, was gab es in diesem großen Haus alles zu sehen! Eine solche Pracht und Herrlichkeit! Alle Stiegen und Böden waren mit schweren Teppichen belegt. An den Wänden hingen mächtige Kronleuchter, und jedes Zimmer war hell und groß und anders eingerichtet.

Helmut führte sie durch alle Räume, selbst hinauf in das Turmgemach, von dem aus man das Land weit überschauen konnte. Er streckte den Arm aus und deutete dorthin, wo der Rauch in der Ferne sich mit dem Himmel vermählte.

»Dort in der weiten Ferne ist die große Stadt«, erklärte er. »Wart ihr schon einmal dort? Nicht? Wenn ihr größer seid, müßt ihr einmal dorthin kommen. Jetzt seid ihr noch zu klein dazu.«

Ja, er läßt sie nun schon den Erwachsenen spüren, und das Gittli vermutet, daß er heute gar nicht mit ihnen spielen will. Das war aber doch nicht so, denn nach einer Weile waren sie alle in dem großen Spielzimmer, das Helmut als ganz allein ihm gehörend bezeichnete, und konnten sich wiederum nicht genug wundern, daß ein einziger Bub eine solche Fülle von Spielsachen haben könnte.

Da war alles, vom Schaukelpferd bis zu einem richtigen Kasperltheater. Das war für Gittli das richtige. Die Buben aber machten sich über die große Kiste her, in der wohl an die fünfhundert Bleisoldaten in Ruhe lagen. Jetzt aber wurden sie zur Schlacht geordnet, und es ging hitzig her in dieser Stunde.

Später brachte dann ein Mädchen in weißem Schürzchen und Häubchen Kaffee und Kuchen, und Helmut bewirtete seine kleinen Gäste in vollendeter Art.

Da kam auch die Baronin und setzte sich zu ihnen.

»Na, schmeckt es euch?« fragte sie und strich dabei dem Gittli über das Haar.

»So was Gutes hab ich noch net 'gessen«, versicherte Gittli.

»Dann iß nur fest, wenn es dir schmeckt. Du kannst dir auch etwas mit nach Hause nehmen. Von wem bist du denn?«

»Vom Anderlschuster.«

»Und du?« wandte sie sich an Vinzenz.

Vinzenz hatte schon das sechste Stück Kuchen und langte, bevor er Antwort gab, noch nach dem siebenten.

»Vom Niederhofer bin ich«, bampfte er heraus.

»Und du, das weiß ich schon, du bist vom Oberhofer«, sagte die Baronin zum Florian. Zu ihren kleinen Gästen gewandt, fuhr sie fort: »Was wollt ihr einmal werden, wenn ihr groß seid?«

Vinzenz war mit der Antwort flink zur Hand:

»Wenn ich groß bin, dann tu ich ackern und krieg dann von meinem Vater mal den Hof.«

»Hm, sehr schön! Und du, Florian?«

Florian besann sich eine Weile. Dann hob er rasch den Kopf. Eine feste Entschlossenheit lag auf seinem jungen Gesicht.

»Ich steig auf den Koffel 'nauf, wenn ich groß bin.«

Die Baronin schaute ihm lächelnd in die Augen. Dann nickte sie:

»Du wärst der erste. Aber es wäre schade um dich. Der Berg läßt keinen zu sich. Du wirst das einsehen, wenn du erst groß bist. – Und du, kleines Mädchen? Was wirst du einmal tun?«

Als hätte Gittli schon längst auf diese Frage gewartet und als gäbe es darauf keine andere Antwort, sagte sie mit kindlicher Entschlossenheit:

»Ich heirat den Florian.«

Der Florian bekam einen roten Kopf, obwohl er noch keinen tieferen Sinn in diesen Worten zu erkennen vermochte. Aber der Vinzenz lächelte so spöttisch, daß den anderen Zorn packte gegen das Gittli, weil sie so ein Geheimnis vor aller Öffentlichkeit preisgab.

Zum Schluß fragte die Baronin auch ihren Sohn, was er einmal zu tun gedenke.

»Ich? Hei, jagen will ich und reiten und das Leben genießen.«

So breiteten diese vier Kinder ihre Wünsche aus vor der erfahrenen Frau. Sie wußte, daß zwischen Wünschen und Wirklichkeit eine Welt von Leid und Enttäuschung gebettet sein kann. Und darum lächelte sie nun über die jungen Menschen um sich herum.

Es dunkelte schon, als Emil mit der Kutsche vorfuhr, um die kleinen Gäste nach Hause zu bringen.

4

Es kam die Zeit, da die drei Schattenhofener Kinder der Schule entwuchsen. Es war oft ein weiter Weg gewesen im Winter bei Schnee und Eis, und die zwei Buben mußten das Gittli oftmals ein Stück tragen, wenn es in dem hohen Schnee nicht mehr weiterkonnte. Ja, sie hatten gute und treue Kameradschaft gehalten, die drei. Nun traten sie aus dem Kinderland ins Leben, ein jedes in seinen eigenen Aufgabenkreis.

Florian ersetzte daheim schon vollwertig eine Kraft. Er schickte sich in jede Arbeit in Haus und Feld und war des Vaters rechte Hand. Ganz anders Vinzenz; auch er schlug seinem Vater nach, saß des Sonntags fleißig im Wirtshaus und rannte bald auch hinter den Schürzen her.

Der Florian maß indessen seine jungen Kräfte an den Bergen der Heimat. Ziel und Krone seiner heißesten Wünsche war der Koffel. Er sprach aber zu niemandem mehr davon, denn sein Vater hatte ihn oftmals einen Narren gescholten, der Gott versuchen wolle, und in seiner Mutter Augen hatte er oftmals die helle Angst gelesen, wenn die Rede auf den Unbezwungenen kam.

Da kam das Kirchweihfest, das die zwei Jugendfreunde wieder einmal mit Gittli auf dem Oberhof zusammenführte. Dort wurde getanzt und gesungen, und in später Stunde zogen die jungen Leute zum Niederhof hinüber, wo der Kehraus gefeiert werden sollte. Den Schluß bildeten der Florian, das Gittli und der Vinzenz. Das Mädchen ging zwischen den beiden Burschen und lachte fröhlich über die unerschöpflichen Späße des Vinzenz.

Auf der Bachbrücke hielten sie an. Dem Vinzenz war es

plötzlich eingefallen, daß man sich bei dieser Brücke zum ersten Male im Leben begegnet sei.

»Ja«, sagte Florian. »Das weiß ich noch wie heut. Am selben Tag hab ich ja auch das Gittli zum erstenmal gesehn.«

Sie blieben stehen, lehnten sich auf das Geländer und waren plötzlich zurückgehoben in die Jahre ihrer Kindheit.

Weißt du das noch? fragten sie einander. Und das noch? Und jenes noch? Und das Gittli erinnerte sich plötzlich an den Besuch im Schloß.

Vinzenz machte eine abwehrende Handbewegung.

»Der kennt unsereins ja nimmer«, sagte er. »Ist ein feiner Herr geworden, der Helmut.«

Ja, er ist ein feiner und flotter Herr geworden, der junge Helmut von Eggenheim. Zuweilen sah man ihn durch die Gegend rasen in seinem knallroten Auto. Oder er wanderte mit der Büchse auf dem Rücken in den Wald und tippte dann nachlässig an den Hutrand, wenn ihm jemand begegnete. Er konnte oder wollte sich nicht mehr erinnern an die Spielgefährten von damals und hielt Abstand. Zuweilen sickerte etwas davon durch, daß er seiner Mutter viel Sorgen mache. Aber wer wußte das so genau?

Der Baronin stand es nicht auf der Stirn geschrieben, daß sie ein geheimes Leid trug um den erwachsenen Sohn. Ja, sie trug ein Leid um ihn; sie wußte um die innere Haltlosigkeit ihres Sohnes, der die strenge Hand des Vaters nie zu spüren bekommen hatte und mütterlichen Ermahnungen unzugänglich blieb. Vielleicht daß ihn einmal eine große, starke Liebe auf den rechten Weg zu bringen vermochte? So hoffte und betete das Mutterherz...

Die drei Jugendgespielen auf der Brücke hatten indessen ihre eigenen Wünsche und Hoffnungen. Das Gittli zum Beispiel wünschte sich etwas ganz leise und heimlich, als jetzt mit flammendem Strahl eine Sternschnuppe über den Himmel hinfuhr und dann in der Tiefe des Waldes verlosch: »Daß ich es ihm einmal sagen dürfte, wie lieb ich ihn hab!« Der Florian schien immer noch nichts zu ahnen von der stillen Liebe, die sie für ihn im Herzen trug. Freilich, reden konnte sie nicht davon, und wenn sie einen Blick seiner Augen auffing, so meinte sie vergehen zu müssen vor seltsamem Glücksgefühl...

Auf dem Niederhof ging es schon hoch her, als die drei ankamen. Florian nahm gleich das Gittli bei der Hand und ließ sich mit ihr hineintragen in den Strudel der Fröhlichkeit und der Kirchweihstimmung. Nach dem Gittli war es eine andere und dann eine dritte und vierte, mit der er durch die Stube walzte. Eine jede fühlte sich stolz und selig im Arm des jungen Oberhofer.

Einmal, als er sich verschnaufend auf die Ofenbank setzte, hatte er gleich auf jeder Seite eine neben sich. Die eine fächelte ihm mit ihrem Taschentuch Kühlung zu, und die andere rückte immer vertraulicher an ihn heran. Wo hatte er heute nur seine Augen, der Florian?

Drüben am Kanapee saß jetzt der Vinzenz mit dem Gittli, und der wisperte ihr allerlei ins Ohr, daß sie ein paarmal leise auflachte wie ein Vogel im Traum. Es mußte etwas sehr Spaßhaftes sein, was ihr der Vinzenz erzählte, etwas, das sie sehr interessierte; denn sie achtete nicht darauf, wie der Florian sie mit einem Male scharf aus gesenkten Brauen heraus betrachtete.

In dieser Stunde kam es dem Florian zum ersten Male zum Bewußtsein, daß das Gittli gar kein Kind mehr war, sondern ein junges, voll erblühtes Mädchen. Und je länger er sie betrachtete, desto mehr überkam es ihn wie ein Wunder, daß ihm dies bisher noch nicht aufgefallen war.

War überhaupt eine hier, die sich mit seinem Gittli messen konnte? Die schweren Zöpfe baumelten nicht mehr über den Rücken, sondern waren um die hohe Stirn geschlungen wie ein schwerer Kronreif. In dem schmalen, von der Sonne braungebrannten Gesicht mit dem feingeschwungenen Mund standen zwei große dunkle Augen, die jetzt blitzten vor Lebenslust.

Der schlanke Hals verschwand in dem weißen, bestickten Fürtuch, das zierlich gerafft um die Schultern hing und mit den zwei Enden in das schwarzsamtene Mieder gesteckt war. Unter dem rotgestreiften Rock guckten ein Paar weiße Strümpfe hervor, die in derben Halbschuhen mit Messingschnallen steckten.

Wenn sie sprach, so bewegte sie ganz langsam und nachdenklich die Brauen dabei. Aber wenn sie lachte, dann zeigten sich zwei Grübchen in ihren Wangen.

Plötzlich bemerkte Florian, wie eine rote Lohe über ihr schmales Gesicht huschte. Mit einer unwilligen Gebärde schob sie die Hand des Vinzenz fort von ihrem Arm.

Als sie dann aufblickte, trafen sich ihre Augen mit denen des Florian. Voller Verwirrung senkte sie den Blick. Nein, sie hatte sich nichts vorzuwerfen. Voll und fest richtete sie jetzt ihre Augen auf Florian.

In dieser Minute geschah es, daß ein fremdes und doch so wundersames Gefühl in zwei Herzen einzog und von ihnen Besitz nahm.

Da litt es Florian nicht länger auf der Bank; er ging stracks auf das Gittli zu und holte sie von der Seite des Vinzenz.

Sofort stand sie auf und legte den Arm in seinen Arm. Sie suchte ein paarmal seinen Blick, aber er schaute über sie hinweg und schien mit seinen Gedanken weit fort zu sein. Da rief sie ihn leise beim Namen. Florian schaute sie an, tief und lange, als wollte er bis auf den Grund ihrer Seele schauen. Und da er sich ein wenig zu ihr hinneigte, wurden ihre Lippen erwartungsheiß. Aber ganz ruhig und klar ging sein Blick über ihr Gesicht. Nur der Griff um ihr Handgelenk wurde fester, beinahe schmerzhaft für das Mädchen.

Sie sahen beide nicht, daß Vinzenz sie mit dunklem Blick verfolgte. Er war plötzlich hellwach und witterte etwas. Aber da sollte sich der Oberhofer einmal täuschen! Diesmal sollte ihm der andere nicht zuvorkommen!

Aber das konnte er doch nicht hindern, daß die beiden unaufhörlich zusammen tanzten. Dafür langte der Vinzenz öfter nach dem Bierkrug, als ihm guttat, und lachte zuweilen auf.

Es sollte niemand merken. Und es merkte auch niemand, daß Florian und Gittli die Stube verließen. Draußen standen sie dann ein wenig wartend im warmen Gewölbe der Nacht. Aber als sie um den Wagenschuppen bogen, wo der Weg ins Freie führte, trat ihnen plötzlich Vinzenz entgegen. Er vertrat ihnen den Weg und lachte häßlich.

»Schau, schau, das junge Paar begibt sich nach Hause! Ist's erlaubt, daß ich mich anschließ? Aber ich weiß schon, wo zwei sind, ist ein Drittes zuviel.«

»Da hast du einmal die Wahrheit gesagt«, fiel ihm Florian dazwischen. »Und jetzt gib den Weg frei! Oder siehst net, daß du uns im Weg stehst?«

»Daß ich euch im Weg steh«, höhnte der andere, »seh ich freilich. Vielleicht hab ich mehr gesehn, als euch zwei lieb ist.«

Florian spürte, wie ihn Zorn anfallen wollte. Aber er beherrschte sich und schob den anderen mit dem Ellbogen aus dem Weg.

»Ruck ein bissel, Vinzenz«, sagte er ruhig. »Wir möchten heimgehn. Und du schlaf deinen Rausch aus! Du weißt ja nimmer, was du redest. Komm, Gittli!«

Vinzenz duckte sich ein wenig, wie wenn er sich auf den Florian stürzen wollte. Aber dann glitt er lautlos zurück und verschwand um die Ecke.

Die beiden schritten in die Nacht hinein. Sie sprachen nichts, auch nicht von Vinzenz und seinem sonderlichen Gebaren. Ihre Hände ruhten ineinander, und obwohl alles neu war in dieser Nacht, alles sonderbar hell, glaubten sie, es sei immer schon so gewesen, daß sie Hand in Hand geschritten wären. Das war, als wollten sie sagen: Solange wir uns so bei den Händen halten, kann nichts Schweres über uns kommen.

Gittli bemühte sich, gleichen Schritt mit ihm zu halten. Ein feiner Wind strich vom Wald herüber und ließ die Härchen auf ihrer Stirn sich bewegen. Ihr Körper drängte sich leicht gegen ihn. Aber dort, wo der Weg nun an den Zaun der Jährlingsweide stieß, dort war es, als erwachten sie beide aus der seligen Blindheit. Florian blieb stehen, löste seine Hand aus der ihren und hob sie, um ihren Scheitel zu streicheln.

»Was ist mit uns zwei?« fragte er.

Wahrhaftig eine sehr unnütze Frage. Wie hätte das Mädchen sie beantworten sollen, da sie noch niemals mit einem Mann zur Nachtzeit an einem Jährlingsweidenzaun gestanden war. Aber da wiederholte er seine Frage:

»Weißt net, was das ist mit uns beiden?«

Gittli hob die Schultern.

»Weiß es net«, flüsterte sie zurück mit einem Lächeln in den Augen, das sich ansah, als blühten Blumen darin. Sie dachte an die vielen Stunden in ihrem Leben, in denen kein anderes Wünschen war, als einmal mit Florian so Hand in Hand zu schreiten. Ganz gleich, wohin. Sie hat sich oft und oft gewünscht, nur einmal die Arme um seinen Hals legen zu dürfen und ihn zu küssen. Einmal nur – um dann wieder zurückzukehren in ihre bescheidene Welt, in das Land ihrer verschwiegenen Träume. Denn das sagte ihr rechnender Verstand: Ich kann doch niemals ganz die Seine werden. Dazu bin ich viel zu gering.

Florian machte eine Bewegung, als wollte er den Weg fortsetzen, indem er den einen Fuß auf das Steiglein setzte, das über den Bretterzaun hinwegführte. Aber dann legte er plötzlich beide Hände auf ihre Schultern, die sich der Berührung sanft entgegenstreckten. Seine Stimme war dunkel.

»Hat der Vinzenz ein Recht auf dich, Gittli?«

»Keiner hat ein Recht auf mich! Am allerletzten der Vinzenz.«

»Hast dich aber recht gut verstanden mit ihm, vorhin auf dem Niederhof.«

»Du weißt doch, daß er nichts als Dummheiten im Kopf hat. Ich hab mich geschämt vor dir.«

»Schon gut, Gittli. Weißt, auf einmal hab ich dich anschaun müssen da droben in der Stuben vom Niederhof. Da war mir grad, als säh ich dich zum erstenmal.«

Lächelnd legte sie den Kopf ein wenig zurück.

»Kennst mich aber doch schon als kleines Kind. Es wird an die sechzehn Jahr her sein, daß wir uns zum erstenmal gesehn haben.«

»Ja, als Kind hab ich dich kennt, allweil schon als Kind. Heut aber, Gittli, heut hab ich das erstemal gesehn, daß du kein Kind mehr bist und –«

»Und?« forschte das Mädchen.

»Weiß es ja selber net, was mit mir ist. Ach, Gittli – ich glaub, ich hab dich lieb –«

Gittli schloß die Augen, als müßte sie diese Worte ganz tief in sich aufnehmen. Sagen konnte sie nichts darauf. Ein Glücksgefühl ohnegleichen war in ihr. Und da Florians Hände sie immer noch umfaßt hielten und sein Mund ganz schmal wurde vor Unbeholfenheit und Verlegenheit, warf Gittli ihre Arme einfach um seinen Hals.

»Du – du – ach, Florian – du lieber Florian!«

Sie küßte ihn, und alle Herrlichkeit der Welt offenbarte sich ihm in diesem Kusse, den er zurückgab mit der tiefen Gläubigkeit des ersten Liebens.

Es geschah dies in der Stunde nach Mitternacht.

Florian stand mit hohem Atem. Sein Herz pochte in raschen Schlägen. Traumhaft verschwommen kam vom Niederhof der Lärm der Kirchweih. Aus der Tiefe hörte man das Wasser brausen, und drüben auf der anderen Seite sah man ein Licht brennen.

So standen die beiden jungen Menschen an der stillen Jährlingsweide und überließen sich dem Gezärtel ihrer Hände und Lippen. Plötzlich hielt Florian ihr Gesicht etwas von sich ab. Sein Gesicht nahm einen Ausdruck von Strenge an.

»Hast du« – er räusperte sich, als wäre ihm etwas in den Hals gekommen –, »sag es ganz ehrlich, Gittli. Hast du schon einmal einen andern geküßt?«

Sie schüttelte den Kopf und drückte ihr Gesicht gegen seinen Hals.

»Hätt doch gar net können, Florian; denn seit ich denk, hab ich noch keinen anderen liebgehabt. Und ich werde wohl auch sonst keinen mehr so liebhaben.«

Ihm war dieses Geständnis wie eine Offenbarung. Und dieses Wissen und das Geliebtwerden nahm alle Verlegenheit von ihm, und das Reden wurde ihm plötzlich leichter.

»Vielleicht war es doch an der Zeit, daß ich dir das erste Busserl aufdruckt hab«, sagte er. »Wer weiß, ob dich net schon in der nächsten Woch ein anderer weggeholt hätt.«

»Da brauchst wirklich net in Sorg sein«, erwiderte Gittli. »Es hätt mich in der nächsten Woch und auch in den nächsten Jahren keiner weggeholt, weil ich doch keinen hätt mögen können. Du weißt ja das gar net, Florian, wie das ist, wenn man einen Menschen schon als Kind ins Herz geschlossen hat. Das läßt sich net 'rausreißen so mir nichts, dir nichts.«

Da wird er nun doch ein wenig still. So nah ist ihm das Glück schon immer gewesen, und er ist immer daran vorbeigegangen.

Immer wieder mußte er sie küssen. Wie schnell er es gelernt hatte! Sie kamen überein, mehr auf Gittlis Wunsch, daß sie ihre Liebe zunächst geheimhalten wollten, solange es ging. Die Schwierigkeiten, das fühlten die beiden jungen Leute, würden erst beginnen an dem Tag, wo es bekannt würde, daß in den Oberhof eine einziehen sollte, die nichts einbrachte, als was sie am Leibe hatte.

Florian war schon mitten im schönsten Pläneschmieden. Das Gittli aber, das nüchterner rechnete, hatte derweil das Köpfchen gegen seine Brust gelehnt, und er konnte nicht sehen, wie sich ihr Gesicht umschattete. Würden diese herrlichen Träume jemals Wirklichkeit werden? Florian redete halt jetzt in seinem jungen, drängenden Glücksgefühl und sah die Welt und den Himmel offen. Später würde er wohl selbst einsehen, daß er in seinen Kreisen zu freien habe, eine Bauerntochter versteht sich, die brav zubringt.

Als es drunten im Dorf die zweite Stunde nach Mitternacht schlug, meinte Gittli, daß es jetzt an der Zeit wäre, für heute heimzugehen.

Alles war still geworden. Auf dem Niederhof waren auch die Lichter erloschen. Nur mehr das Wasser brauste in der Tiefe. Dieses Brausen stand immer in der Luft, in allen Nächten, Jahr um Jahr, und es wird wohl immer so sein.

Lachend hob Florian das Mädchen über den Zaun, sprang selbst darüber und brachte sie hinauf zum Anderlschusterhaus.

Als sich die Haustüre hinter ihr schloß, machte er sich auf den Heimweg. Wie ein Sieger, der seinen Weg schon gemacht hat und nun am Ziel steht, kam er sich vor. Es schien ihm, als läge der Kreis seines Lebens nun schon festgerundet vor ihm. Als mächtigen Pfeiler in diesem großen Kreis sah er den Oberhof stehen. Und er sah sich einziehen in den Hof mit dem Gittli als junge Bäuerin, daß sie eingereiht werde in das Geschlecht der Oberhofer.

5

Sonntagmorgen. Mit dröhnendem Hall rufen die Glocken von Roggenhausen zum Hochamt. Nirgends im weiten Umkreis hatten die Glocken solch schönen Klang. Die Roggenhauser wurden oft darum beneidet. Der Ahnherr von Eggenheim hatte die große Glocke vor mehr als zwei Jahrhunderten gestiftet, und es mußten dazu, so erzählt man sich, Turm und Glockenstuhl neu gebaut werden, um Platz zu schaffen für die gewichtige Glocke. Wenn sie anhub zu schlagen, dann dröhnte ihr tiefer, eherner Klang weithin in die Täler. Sie weckte droben in den Bergwänden ein hallendes Echo, und wer sich einmal in den Gründen und Schlüchten aufhielt um die Zeit des Glockenläutens, der wußte, sie das sang und summte, als ob die Steine tönend geworden wären und zu singen anhöben.

Droben im Oberhof stand der Florian unter der Türe in der knapp sitzenden, kurzen Lederhose. Über das blühweiße Hemd hatte er lässig auf einer Schulter die graue Joppe mit den großen Hirschhornknöpfen hängen. Ein Büschel seiner blonden Haare stahl sich keck unter dem weiten Rand des grünen Trachtenhutes hervor, auf dem eine breite Adlerfeder im Morgenwind fächelte.

Man konnte schon noch so lüftig droben stehen, obwohl es schon gegen Ende Oktober ging. Der Herbst war von einer solchen Schönheit und Milde, wie ihn die ältesten Bauern nicht wußten. Die Tage des Sommers waren fast unmerklich in ihn hineingeglitten und breiteten ihre Wärme noch behaglich aus.

Der Florian stand und horchte auf den Klang der Glocken. Er stand und sah hinauf zu den Bergen, über denen sich ein glasheller Himmel spannte. Nur um den Koffel zogen weiße

Wolkenschleier und verhüllten die Spitze des Riesen, des Unbezwungenen.

Es wäre eigentlich schon Zeit für den Florian, zu gehen, wenn er noch zurechtkommen wollte zum Hochamt. Aber er stand und wartete. Seine Mutter trat unter die Türe und mahnte:

»Geh doch, Florian, kommst ja nimmer zurecht. Weißt doch, der Pfarrer mag es net gern, wenn man unter der Predigt hereintappt.«

Sie stellte sich neben ihn. Er war fast um einen Kopf größer als sie; doch da sie nun so nebeneinanderstanden, hätte man sie eher für Geschwister halten können. Die Oberhoferin hatte noch ein ganz junges Gesicht, und in ihrem Blondhaar war noch kein graues Fädchen zu erkennen.

Sie forschte in seinem Gesicht und sagte plötzlich: »Der Koffel, gelt?«

Er lächelte sie an.

»Anschauen werd ich ihn doch dürfen, wenn ihr mich schon net 'nauflassen wollt.«

Die Mutter wollte noch etwas sagen, aber Florian hatte drüben am Weg etwas Weißes hinter den Haselnußstauden schimmern sehen und hatte es plötzlich sehr eilig.

Drunten, wo die Wege zusammenkamen, trafen sie sich, er und das Gittli. Es war fast eine Woche vergangen seit jener Nacht am Jährlingszaun, und wie sie jetzt so voreinanderstanden, hatten sie beide brennrote Gesichter. Bis er sie bei der Hand nahm.

»Guten Morgen, Gittli! Ich hab schon gemeint, die Woch nimmt gar kein End.«

»Mir ist's net viel anders gangen, Florian.«

»Ich hab's schon gesehn. Eine Woch ist zu lang. Ich werd unter der Woch einmal zu dir kommen, wenn es geht.«

»Wenn ich die Kleinen im Bett hab, kann ich mich schon ein bissel fortstehlen«, meinte sie. »Zu lang darf ich halt net ausbleiben, weil sonst der Vater schimpft.«

»Wenn's bloß ein Stündl sein kann«, beschied er sich. Und das Gittli meinte gleich darauf besorgt:

»Wenn der Winter kommt, dann treffen wir uns oft länger net als eine Woch.«

»No ja, der wird auch wieder 'rumgehn. Dann kommt 's Frühjahr, Gittli. Du, das wird schön werden. Dann steigen wir 'nauf auf die Berg, wenn die Almrosen blühn. Oh, es wird eine schöne Zeit werden, Gittli.«

Die Glocke mahnte wieder, sonst wären sie wohl noch eine Weile hier stehen geblieben. Sie gingen fast bis zu den ersten Häusern des Dorfes miteinander. Dort trennten sie sich.

»Wartest nach der Kirch hier auf mich?« fragte Florian.

»Freilich wart ich«, lachte sie, »wo doch jede Stund so kostbar ist, die wir beisammen sein können.«

Nach der Kirche standen beim Kramerhaus die Burschen des Dorfes zu einem kleinen Plausch beisammen. Florian war mitten unter ihnen, als noch der Niederhofer-Vinzenz herzutrat. Er hatte einen neuen, mächtigen Gemsbart auf seinem Hut, der allerlei gekostet haben mußte.

»Ah, der Florian«, grüßte er und rückte an seinem Hütl. »Die Woch bin ich gar net 'nüberkommen zu euch.«

Florian betrachtete den schönen Gemsbart.

»Wo hast denn den Bart her?«

»Kauft natürlich. Oder meinst, daß dir einer so einen schenkt?« Vinzenz nahm den Hut ab und strich mit der flachen Hand über die seidenfeinen Haare des Gemsbartes. »Schön, gelt?«

»Ja, schon damisch schön«, gestand Florian. »Was hat denn der kost?«

»Was meinst denn?«

»An Hunderter?«

»Beinah! Um achtzig Mark hab ich ihn kriegt unter der Hand. So was tät dir auch stehen. Ich wüßt dir noch einen.«

»Hast leicht reden, aber wo sollt denn unsereiner achtzig Mark hernehmen. Kennst doch meinen Vater.«

»Ja, der knausert richtig. Aber schuld bist selber. Wenn mich der meine so knapphalten tät mit dem Taschengeld, dann könnt er sich die Arbeit selber tun. Mußt dich halt rühren um dein Sach, Florian!«

»Mein Sach?« Florian wandte sich ärgerlich zur Seite. »Es kommt mir ja doch net aus. Später gehört doch alles einmal mir.«

»Richtig, aber man möcht doch auch ein bissel was haben von seiner Jugend. Ich wett, du traust dich net einmal zum Kegelscheiben am Sonntag. Oder kommst mit heut?«

Florian zögerte.

»Ich hab net recht Zeit. Zum – weil – ja, zum Sattler muß ich noch, weil der die Woch auf die Stör kommen soll.«

Florian wandte sich ab, und der Vinzenz stelzte breitbeinig zum Wirtshaus hinüber.

Draußen vor dem Dorf wartete Gittli schon auf den Florian.

»Wartest schon lang?« fragte er.

»Nein, bin grad herkommen«, antwortete sie.

Und dann setzten sie ganz langsam den Weg fort. Mitunter blieben sie stehen, denn sie hatten sich viel zu sagen.

Wie schön doch dieser Herbst war! Die Bäume prangten im wilden Rausch der Farben, der hohe Schrei eines Sperbers klang in der Stille wie ein Kriegsruf, und ganz im Hintergrunde hörte man das Rollen der Kugeln und das polternde Stürzen der Kegel in der Kegelbahn.

Ja, dort ging es lebhaft her. Wohl ein Dutzend Burschen waren dort und zeigten ihre Geschicklichkeit. Einer der lautesten war der Niederhofer-Vinzenz. Hemdsärmelig, mit gespreizten Beinen stand er da, den Hut weit aus der Stirn geschoben, einen Schweizerstumpen im linken Mundwinkel.

Soeben kam der Bernrieder-Simmerl an die Reihe.

»Nimm halt nachher die Mittlere, wenn du die Große net

derheben kannst, Simmerl«, kommandierte der Vinzenz. »Und schau, daß du was triffst! Scheib auf den rechten Paarer; wir müssen die andern überholen, die haben schon zwei Häuschen.«

Der Simmerl schob und traf wie gewöhnlich nichts.

»Bist du ein Patzer!« schrie Vinzenz. »Du derfst mit dem Kegelscheiben aufhören, wann du magst.«

Dann kam er selber dran. Er spuckte in die Hände, schob seinen Hut auf das linke Ohr, schubste die Kugel ein paarmal in der Hand und hatte plötzlich einen Schreck, daß ihm beinahe die Kugel entfallen wäre.

Droben auf dem Feldweg hatte er zwei Gestalten beobachtet. Er brauchte gar nicht genau hinzusehen, um sie zu erkennen. Er schloß seine Augen zu einem ganz kleinen Spalt und murmelte: »Der Florian und das Gittli!« Dann schmiß er die Kugel einfach hinaus, ohne zu zielen.

Die Kegelbahn hatte für heute alles Interesse für ihn verloren. Alsbald warf er seine Joppe über die Schulter und ging davon. In seiner Erregung merkte er gar nicht, daß er ins Laufen kam.

Und immer sprach er dabei halblaut vor sich hin. »Da schieb ich ihm einen Riegel vor! Der hinterlistige Kerl! Will der mir wirklich mein Gittli ausspannen! Aber ich wehr mich, Florian! Noch hast dein Glück net in der Taschen! Ich bin schon auch noch da, ich, der Niederhofer-Vinzenz! Was du bist, das bin ich auch!« Er klimperte mit den Geldstücken in seinem Hosensack. »Bist ja doch ein Schnapper gegen mich. Kaufen kann ich mir doch, was ich gern mag. Und dös macht bei den Mädeln schon einen Eindruck. Da wird 's Gittli auch net anders sein.«

Erschrocken hielt er in seinem Selbstgespräch inne. Ein Hase sprang über den Weg und suchte rasch ins schützende Dickicht zu kommen. Vinzenz dachte:

Schad, daß ich mein Büchserl net dabei gehabt hab. Ein paar Mark wären es auch wieder gewesen.

Als er in den Hohlweg kam, wo dann der Weg bald nach dem

Niederhof abzweigte, hörte er hinter einer Wegbiegung das klirrende Geräusch von Nagelschuhen. Im nächsten Moment tauchte der Praxner-Hans, einer der Eggenheimschen Jäger, hinter der Biegung auf. Eine Gestalt wie aus Eisen gefügt. Die Büchse funkelte hinter seiner verschlossenen Lodenjoppe, als wenn die Läufe aus Silber wären.

Vinzenz lüftete auf freundliche Art sein Hütl und grüßte. Er sah es wohl, wie der Jäger einen raschen Blick auf seinen Gemsbart warf, und Vinzenz lächelte heimlich vor sich hin.

Ja, Jager, da kannst lang schnüffeln, dös erfahrst ja doch net, wo ich den herhab.

In etwas gehobenerer Laune setzte Vinzenz seinen Weg fort. Als er daheim ankam, stand sein Bruder im Hof und kam sogleich mit seinen huschenden Schritten heran. Er hatte eine schlaue Pfiffigkeit in seinem faltenreichen Gesicht.

»Was meinst, Vinzenz, was ich gesehn hab?«

Vinzenz mochte den Bruder nicht. Aber die Neugierde trieb ihn, zu fragen:

»Was hast denn gesehn?«

Der Halbidiot schaute sich erst furchtsam um, als sei es ein schweres Geheimnis, das er zu verraten bereit sei. Dann deutete er mit ausgestreckter Hand hinunter in den Grund, wo der Bergbach brauste.

»Da unten bin ich gehockt, dann ist der Florian mit dem Gittli gekommen.«

Vinzenz rührte in Unbehagen die Schultern und kniff den Mund zusammen.

»Was geht denn das mich an?«

Der andere tat immer wichtiger:

»Sie haben mich net gesehn, weil ich hinter den Stauden gehockt bin. Und da haben sie sich abgebusselt. Und allweil busselt – allweil –«; er sagte es mit schrillem, weinerlichem Diskant. »Gar nimmer aufgehört ham s' mit Busseln –«

Weiter kam er nicht mehr, denn Vinzenz gab ihm einen derben Stoß vor die Brust und schrie:

»Halt dein Maul, du Depp! Ich will nix wissen!«

Der Narr taumelte wimmernd gegen die Hauswand, und Vinzenz schritt mit zornrotem Gesicht an ihm vorbei ins Haus.

Noch niemals hatte Florian mit einer solchen Lust geschafft wie in diesen farbenfrohen Herbstwochen. Und niemals vorher war sein Wesen von einer so hellen, sonnigen Art durchdrungen wie in diesen Tagen. Wahrhaftig, seine Eltern hatten allen Grund, stolz auf ihn zu sein.

»Es hat doch was auf sich«, sagte der Bauer einmal zur Bäuerin. »Es hat doch was auf sich, Mutter, daß wir ihn in die Welt geläutet haben. Sein ganzes Wesen läutet, und wo er vorbeigeht, da wird es hell.«

Die Bauerntöchter blickten mehr als je auf ihn, wenn er durchs Dorf schritt. Aber Florian achtete nicht auf die Blicke, die hinter ihm her gingen. Sein Sinnen und Trachten war angefüllt mit dem Gedanken an Gittli. Je öfter er mit ihr zusammenkam, desto tiefer und gefestigter wurde ihre Liebe. Er war sich längst endgültig darüber klar, daß keine andere einmal Oberhoferin werden würde als das Gittli. Wo wäre denn ein Hindernis? Er hatte eine verständige Mutter und einen klugen Vater.

Es gab niemals Streit auf dem Oberhof wie drüben beim Nachbarn, wo sich der Bauer und Vinzenz oft laut und böse stritten. Man konnte es zur rechten Zeit herüberhören, und es war häßlich genug anzuhören. Hatte Florian einmal seinen eigenen Kopf, so ließ ihn sein Vater gewähren. Der Bub sollte durch Schaden klug werden.

Oft war Florian irgendwie gepackt von der wissenden, stillen Art des Vaters. Es kam ihm überhaupt zuweilen so vor, als wisse der Vater um alles, was in ihm vorging. Und er wartete stets darauf, daß irgendwie einmal ein Wort fallen könnte wegen dem Gittli.

Aber es fiel keines. Es war noch tiefes Geheimnis. Die beiden zeigten sich auch nicht in der Öffentlichkeit, suchten sich an den Sonntagnachmittagen Wege aus im Wald, die verschwiegen waren und einsam. Sie wußten der stillen Plätzchen viele, wohin kein Mensch kam.

Aber einmal stand doch plötzlich die Baronin vor ihnen. Der Waldboden hatte ihre Schritte gedämpft, sie mußte vom Wege abgekommen sein, denn sie lächelte ein wenig, als sie die beiden, an den Stamm einer mächtigen Buche gelehnt, sitzen sah. Sie fragte nach dem Weg, und Florian wies ihn ihr. Schon im Weggehen wandte sie sich noch einmal an Gittli und meinte lächelnd:

»Du wirst also dein Wort wahr machen und den Florian heiraten?«

Ihr Blick glitt dabei wohlgefällig über das Mädchen, das heiß errötete. Die Baronin schien ihre Verlegenheit nicht zu bemerken; sie fuhr fort:

»Und du, Florian, du willst immer noch den Koffel bezwingen?«

Seine hellen Augen strahlten.

»Aber ganz gewiß, Frau Baronin. Nur heimlich muß es gehen, meine Leut dürfen es net wissen. Ich muß mir erst alles heimlich verschaffen. Seil und Mauerhaken und was man so braucht.«

»Komm zu mir, Florian, ich will dir die Ausrüstung verschaffen. Jedenfalls, laß es mich wissen, wenn es soweit ist. Nimm es nicht zu leicht, Florian, es wäre schade um dich.« Ein schwermütiger Zug kam in ihr Gesicht, dann ging sie rasch davon.

»Wie sie noch alles weiß«, staunte Gittli.

»Jünger ist sie auch net worden; an den Schläfen sind ihre Haare schon ganz grau! Und ist doch kaum älter als meine Mutter«, sagte Florian.

»Es soll schon wahr sein, daß sie viel Kummer mit ihrem Buben hat«, wußte Gittli. »Der Vater hat kürzlich im Park drüben ein paar Bäume umschlagen müssen, und da ist er unverhofft Zeuge geworden, wie sie hart aneinandergeraten sind, die Baronin und der Helmut.

»Und war eigentlich als Bub ein ganz brauchbarer Kerl«, meinte Florian. »Aber was geht es uns an! Reden wir lieber von uns selbst, Gittli. Sag, wie soll es denn einmal werden?«

Und das Gittli wußte auf diese Frage so vielerlei und so Schönes, daß Florian gar nicht glauben konnte, daß es so viel Herrliches gäbe. Sie breitete die Zukunft in hellen Bildern vor ihm aus, wie sie einmal in der Kinderzeit die Sagen und Märchen ausgebreitet und erzählt hatte.

Die Stunden vergingen wie im Fluge. Und auf einmal war jene leise Stunde zwischen Tag und Dämmerung da, in der Gott sein Schweigen geheimnisvoll über die Erde breitet. Als gewaltiger Feuerball hing die Sonne am Grat der Berge und überflutete noch einmal in flammenden Strömen Berg und Wald. Dann war sie drunten, und im Tal begann mit schweren Akkorden die Stiftsglocke zu läuten. Ihr Rufen klang durch die Dämmerung und drang hinein in die Waldwinkel, in denen wartend die Dunkelheit hockte.

Am Waldrand trennten sich Florian und Gittli. »Gute Nacht«, sagten sie beide, und eins trat vom anderen zurück. Es war das letztemal für lange Zeit, daß sie sich getroffen hatten, denn am nächsten Tag hing ein bleigrauer Himmel über dem Land, und am Abend hatte es schon so viel Schnee, daß man im Oberhof die Schlitten aus dem Schuppen nahm.

Es war Winter geworden.

6

An einem der langen Winterabende schnallte der Niederhofer-Vinzenz die Schi an und fuhr hinauf zum Anderlschusterhaus. Er hielt es nicht mehr aus. Wochenlang hatte er sich in Sehnsucht verzehrt nach Gittli; er hatte das Gefühl, daß sie ihm mehr bedeutete als alle anderen, die ihm seine Eroberungen so leicht machten.

Freilich – das sagte er sich unumwunden –, mit dem üblichen Geplänkel, mit dem er sonst seine Werbung einzuleiten pflegte, wird er bei Gittli kein Glück haben. Dazu kannte sie ihn schon zu lange. Aber es gab doch so manches Mittel, um einem Mädel den Kopf zu verdrehn. Im übrigen glaubte Vinzenz nicht, daß der Florian ernstere Absichten habe. Dazu waren die auf dem Oberhof viel zu stolz, als daß sie so ein armes Kleinhäuslmädel als Schwiegertochter anerkennen würden. Bei ihm war das anders. Er würde seinen Willen schon durchzusetzen wissen. Und es wäre doch gelacht, wenn er das Gittli nicht für sich gewinnen könnte. Es war wohl am besten, wenn er gleich das Heiratsfähnchen ein wenig winken ließ. Nun, er würde schon etwas finden.

Nach kurzem Nachdenken, während er lautlos über die weiße Fläche dahinglitt, schien Vinzenz auch bereits etwas ausgetüftelt zu haben, denn er lachte vor sich hin und bekam in den Augenlidern jenes Zucken, das sich immer bei ihm einzustellen pflegte, wenn er einen besonders gescheiten Einfall hatte. Vorerst war ihm nun wenigstens eingefallen, was er sagen mußte, um seinen Besuch überhaupt zu begründen.

Da war er auch schon nahe bei dem Anderlschusterhaus. Er schnallte die Schi ab und lehnte sie an den Fensterladen.

In der warmen Stube saßen das Gittli und ihre Mutter auf der Ofenbank und stopften Strümpfe. Der Anderlschuster saß am Tisch und las in einem alten Kalender, dem man ansah, daß schon viele Finger in ihm geblättert hatten. Dazu qualmte er aus seiner kurzen Pfeife einen Tabak von recht zweifelhafter Sorte. In dicken Schwaden zog der Rauch unter der niederen Stubendecke hin und vermischte sich mit dem feinen Dampf der Äpfel, die auf der Ofenplatte zum Braten aufgelegt waren.

Auf einmal hob der Anderlschuster lauschend den Kopf. Jemand stampfte im Flur den Schnee von den Stiefeln, und gleich darauf wurde die Stubentüre geöffnet, und Vinzenz trat ein.

Mit raschem Blick durchflog er die Stube, sah das Gittli sitzen und lächelte.

»Der Vinzenz!« wunderte sich der Anderlschuster und strich sich mit der Pfeifenspitze den Bart aus den Mundwinkeln. »Ein seltener Besuch!«

»Aber hoffentlich komm ich net ungelegen. Ich muß dich was fragen, Anderlschuster. Ist's erlaubt, daß ich ein bissel niedersitz?«

»Hock dich nur her!«

Vinzenz setzte sich so, daß er das Gittli schön im Auge hatte. Also, herinnen wär er jetzt einmal. Und er würde wohl noch öfter herkommen.

»Also, mein Vater«, begann jetzt Vinzenz, »will am Jochgraben droben hundert Kubik Holz schlagen. Du kennst doch den Jochgraben, Anderlschuster. Kann man jetzt mit dem Fuhrwerk hin zum Holzrausschleifen?«

Der Anderlschuster überlegte ein Weilchen. Dann nickte er:

»Ja, gehn tut's schon, wenn's auch ein bissel umständlich ist.«

»Der Vater hat Bedenken gehabt. Aber ich hab mir gesagt, da fragst den Anderlschuster, der kennt sich ja aus in den Waldungen.«

»O mei, wird net leicht einen Holzschlag geben, wo ich net

schon gearbeitet hätt«, bestätigte der Anderlschuster.

»Ja, dös hab ich gewußt, drum bin ich kommen«, schloß der Vinzenz den Diskurs und lehnte sich behaglich zurück. Er sah sich gegenüber die zwei gebeugten Scheitel, den grauen und den kastanienbraunen, und ärgerte sich, daß das Gittli es gar so eifrig hatte. Ein wenig könnte sie doch plauschen mit ihm. Da war mit dem Anderlschuster, den er sonst nur den »Fretter« nannte, schon besser zurechtzukommen.

»Das beste Kraut raucht er auch net, der Anderlschuster«, hub jetzt Vinzenz von neuem an. Er zerrte einen Tabaksbeutel und seine kurze Pfeife aus der Tasche, füllte sie und schob dem andern den Tabaksbeutel zu.

Eine behagliche Stille machte sich breit. Man hörte die Bratäpfel singen, und aus der anstoßenden Kammer drang die Stimme eines Kindes, das im Traum etwas murmelte.

»Wie geht's denn deiner Mutter?« fragte jetzt die Anderlschusterin. »Die hab ich schon lang nimmer gesehn.«

Vinzenz wiegte den Kopf ein wenig.

»Alt wird s' halt auch schon jetzt. Is gar nimmer recht gut auf die Füß.«

»Mußt halt du bald heiraten«, meinte der »Fretter« scherzhaft.

»Die Wahl wird dir ja net schwer werden. Hast ja einen schönen Hof, und Bauerntöchter gibt's grad genug«, fügte die Frau hinzu.

»Aber net jede paßt auf den Niederhof«, sinnierte Vinzenz und schaute dabei das Gittli an, das aufgestanden war und mit einem gespitzten Span die Bratäpfel umdrehte. »Es ist auch net gesagt, daß es eine Bauerntochter sein muß. Die Hauptsach ist, wenn eine arbeiten mag. s' Geld ist net so wichtig.« Er machte einen brunnentiefen Seufzer. »Es is halt schwer, die Richtige zu finden.«

»Kunststück!« lachte der Anderlschuster. »Für dich trau ich mir zehn suchen.«

Nun lachte auch Vinzenz und meinte, daß es mit einer schon reiche, wenn es die Richtige wäre.

Da die Äpfel nun gar gebraten waren, bot Gittli auch dem Vinzenz einen an. Sie kamen dabei ein wenig ins Plauschen, und der Vinzenz sagte so nebenbei:

»Bei euch ist es eigentlich ganz gemütlich. Da werd ich öfters kommen, wenn's euch recht ist.«

»Komm nur«, lud ihn der Anderlschuster ein. »Unterhaltung mag ich allweil.«

»Mir geht's gradso. Mit dir kann man sich gut unterhalten. Und der Mutter wird es auch nix ausmachen, wenn ich komm?« fragte Vinzenz. »Vom Gittli weiß ich's schon, daß es ihr recht ist, wo wir doch als Kinder schon allweil beieinandergesteckt sind und uns allweil gut vertragen haben.«

Gittli gab keine Antwort darauf. Sie war offenbar sehr beschäftigt mit ihren Äpfeln. Ganz dunkel ahnte sie schon den Zweck seines Kommens. Aber da sollte er sich gewaltig täuschen.

Der Vinzenz aber war mit dem ersten Besuch schon recht zufrieden. Er rüstete sich zum Heimweg und lächelte heimlich, als der Anderlschuster sagte:

»Gittli, leucht ihm 'naus, daß er seine Bretteln find.«

Gittli zündete die Sturmlampe an und leuchtete dem Vinzenz hinaus, wartete, bis er die Bretteln angeschnallt hatte, und wünschte gute Nacht.

»Horch einmal, Gittli«, sagte Vinzenz, bevor sie ins Haus huschen konnte. »Freut es dich, wenn ich dich öfters besuchen komm?«

»Ich kann dir doch das Haus net verwehrn. Es gehört ja net mir.«

Das war deutlich genug. Aber Vinzenz war eine abgebrühte Natur. Er lachte sogar.

»Übermäßig freundlich bist grad net! Aber da gefallst mir erst recht, wenn du so kratzbürstig bist. Gut Nacht!«

In sausender Fahrt glitt er den Hang hinunter und wurde von der Dunkelheit verschlungen.

Am selben Abend und zur selben Stunde, als der Vinzenz das Anderlschusterhaus verließ, sagte die Oberhoferin zu ihrem Mann:

»Was meinst du, Vater, wenn ich die Anderlschuster-Brigitte fragen tät, ob sie auf Lichtmeß net zu uns kommen möcht. Wenn die Resl nach Neujahr heiraten möcht, muß ich eine haben für die Küch.«

Florian, der mit dem Vater und dem Girgl, dem Oberknecht, tarockierte, schnellte mit dem Kopf herum.

»Das Gittli?« entfuhr es ihm. Der Bauer aber zog zuerst seinen Stich ein und sagte in seiner ruhigen, abwägenden Art:

»Das Gittli könnt gar net unrecht sein. Ist eine feste Gesellin und die Arbeit gewohnt von daheim. Laßt halt einmal anfragen die nächsten Tag. Oder laßt sie 'runterkommen, dann kannst gleich alles verhandeln mit ihr. Ich red dir da nicht drein... Florian, du kommst zum Ausspielen.«

Florian warf eine Karte hin, ganz gedankenlos. Da fuhr der Vater auf und sah dem Jungen prüfend ins Gesicht. Was hatte der Bub auf einmal, daß er offensichtlich nicht mehr beim Spiel war mit seinen Gedanken?

Nein, es war vorbei. Florian konnte seine innere Unruhe nicht länger verbergen; nach einer Weile legte er die Karten weg und sagte, daß er Schlaf habe.

Droben stand er dann in seiner Kammer, sah durch das kleine Fenster hinaus in die Nacht und dachte nichts anderes als wie: Ins Haus darf sie net kommen, das Gittli. Aber je länger er sich zermarterte, wie er das abwenden konnte, desto ruhiger wurde er. Schließlich sah er die Sache gar nicht mehr als so unmöglich an, wie sie ihm im ersten Augenblick erschienen war.

War es nicht fein? Er hatte dann das Gittli tagtäglich um sich, und alle Angst, daß doch einmal ein anderer kommen und sie ihm wegnehmen könnte, war beseitigt für immer.

Wie der Mutter nur das Gittli einfallen konnte! Es hätte genug andere Mädchen auch gegeben. Auf den Oberhof zu kommen, schlug wohl keine aus, denn der Oberhof war bekannt als guter Platz, und die Dienstboten blieben jahrelang.

Vielleicht weigerte sich aber das Gittli, auf den Oberhof zu kommen? Bei dieser Möglichkeit spürte Florian ein heftiges Unbehagen. In der kurzen Zeit hatte er sich an den Gedanken schon so gewöhnt. Die Mutter wollte es. Gut! Warum soll er sich dagegenstemmen? Es kam ja doch, wie es kommen mußte, und es war zwecklos, sich gegen etwas Unabwendbares zu wehren.

Am nächsten Morgen schon wurde der Jungknecht zum Anderlschuster geschickt, daß er das Gittli hole. Florian ärgerte sich, daß der Vater ihn mit dem Fuhrwerk in den Wald schickte. Er hätte gerne mit Gittli ein paar Worte gesprochen, bevor sie zur Mutter ging.

Als er aber gegen Mittag mit einer mächtigen Fuhre Daxen in den Hof fuhr, kam das Gittli gerade aus der Haustüre. Sofort eilte sie auf ihn zu.

»Wie gut, Florian, daß ich dich treff. Wirst ja schon wissen, was deine Mutter meint.«

Florian begann die Pferde auszuspannen, als interessierte ihn das aufgeregte Mädchen gar nicht.

»Ich weiß schon«, nickte er.

»Ja – aber das geht doch net, Florian. Was sagst denn du dazu?«

Florian lachte sie lustig an.

»Was ich dazu sag?« Er schupfte die Achseln. »Ich denk mir halt, es bleibt sich gleich, ob du jetzt schon einziehst in den Hof oder später. Die Hauptsach ist, daß du einmal da bist, wenn auch vorerst noch als Küchenmadl. Und im Frühjahr gehst dann sowieso auf die Alm.«

Das Gittli tat einen hörbaren Atemzug.
»Jetzt bin ich schon froh, daß du so denkst. Zu deiner Mutter hab ich gesagt, ich müßt erst noch meine Leut fragen.«
»Die werden doch nichts dagegen haben?«
»Was denkst du denn? Die sind froh, wenn wieder eins von der Schüssel wegkommt. Im Frühjahr hätt ich mich ohnehin um eine Stelle umschaun müssen. Daheim hätt ich ja nichts verdient. Der Vater hat schon daran gedacht, ob mich die Frau Baronin net nimmt. Aber bei euch ist's mir viel lieber.«
»Mir ist's auch lieber so«, lachte der Florian.
»Wie euer Knecht kommen ist heut früh zu uns und hat gesagt, ich sollt 'rüberkommen, weil die Oberhoferin mit mir was zu reden hätt, da bin ich so erschrocken, daß ich keinen Tropfen Blut mehr geben hätt.«
»Warum denn?« forschte er.
»Ich hab nichts anderes denken müssen als: Jetzt ist deine Mutter dahintergekommen, daß wir zwei« – Gittli schluckte ein paarmal heftig –, »ja also, daß wir zwei uns versprochen haben. Aber eine Bitte hab ich, Florian.«
»Wenn ich dir helfen kann, Gittli...«, versicherte er.
»Du kannst es, Florian. Ich meine, wenn es sich schon so gefügt hat, daß wir unter einem Dach leben müssen, dann wollen wir den anderen keinen Anlaß geben, daß wir ins Gerede kommen. Du verstehst mich schon, wie ich's meine, Florian.«
Florian verstand sie wohl. Sein Gittli stand ihm auch zu hoch, als daß er sie von bösen Zungen hätte verleumden lassen. Im Frühjahr dann, wenn sie auf die Alm gezogen, würde es sich schon geben, daß sie sich wieder allein treffen und aussprechen könnten.

Als der Niederhofer-Vinzenz erfuhr, daß das Gittli auf den Oberhof kommen sollte, da packte ihn eine Wut. Er bildete sich ein, daß man ihn schmählich hinters Licht geführt hätte; denn es konnte den Anderlschusterleuten doch nicht mehr verborgen geblieben sein, warum er diesen Winter so oft zu ihnen gekommen war. Er hatte zuletzt nicht mehr hinter dem Berg gehalten mit seiner Neigung zum Gittli. Freilich, das Mädchen selber hatte ihm bis zur Stunde keine Hoffnung gemacht. Aber was hat so ein armes Wesen schon viel zu entscheiden! Das letzte Wort lag bei den Eltern. Und die kleinen Häuslerleute würden es niemals zulassen, daß ihre Tochter die Hand des jungen Niederhofer ausschlug. In einen Niederhof kann man nicht alle Tage hineinheiraten. So rechnete der Vinzenz.

Der Anderlschuster seinerseits hatte längst gemerkt, weshalb der Vinzenz so oft kam. Für ihn, der zeit seines Lebens mit der Not zu kämpfen hatte, tat sich da die unerwartete Möglichkeit auf, wenigstens eins von seinen Kindern gut zu verheiraten. Vielleicht wäre das Gittli dann als Niederhofbäuerin auch in der Lage, das armselige Los der übrigen Geschwister zu verbessern. So rechnete der Anderlschuster und forschte eines Abends die Tochter aus:

»Sag einmal, Gittli, warum kommt denn der Vinzenz gar so oft zu uns? Meint er es ernst?«

»Wie soll ich das wissen, Vater?« wich das Mädchen aus.

»Mir zuliebe wird er kaum herkommen«, beharrte der Vater.

»Und meinetwegen kann er sich den Weg sparen«, trotzte das Gittli.

Der Anderlschuster strich sich seinen Bart und meinte überlegend:

»No ja, so dumm wär's grad net, wenn er es ehrlich meinte. Not und Sorgen wären vorbei für dich.«

»Ich mag aber doch den Vinzenz net, Vater.«

»Überleg dir's wohl, bevor du nein sagst«, mahnte der Anderlschuster abschließend. Aber die Mutter gab noch zu wissen:

»Ehrlich gesagt, Vater, ich möcht ihn ja auch net, den Vinzenz. Er hat so was Falsches, so was Verschlagenes an sich. Wenn man dagegen den Oberhofer-Florian anschaut, das ist wie Tag und Nacht.«

»Ja mei, der Florian ist freilich ein anderer Kerl«, pflichtete der Anderlschuster bei.

Die beiden merkten nicht, daß das Gittli ganz leuchtende Augen bekam und schnell die Stube verließ.

Und auf einmal blieb dann der Vinzenz aus. Als er es von dritter Seite erfuhr, daß das Gittli zum Oberhofer kommen sollte, da soff er zunächst die halbe Nacht drunten im Wirtshaus. Dann grübelte er tagelang darüber nach, wie er das verhindern könnte; aber es fiel ihm nichts ein. Nur die Hoffnung verblieb ihm, daß der Oberhofer das Gittli vom Hof jagen würde, wenn er von der Liebschaft des Florian mit ihr erfuhr.

So kam Lichtmeß heran, und das Gittli siedelte einen Tag früher auf den Oberhof über, weil der Lichmeßtag ein Freitag war, an dem man nicht »einstehen« soll, weil es nach dem Volksmund wenig Glück brachte.

Die beiden Liebenden konnten ihr Geheimnis treu bewahren. Schließlich fand niemand etwas Unrechtes dahinter, wenn die beiden sich neckten oder vertraut miteinander taten, denn jedes wußte ja, daß sie sich von früher Kindheit her gut kannten.

7

Der Frühling kam nun mit Macht über die Berge gezogen, und der Winter lag wie ein langer, dumpfer Traum hinter den Menschen.

An einem Samstagabend mußte das Gittli noch ins Dorf, um Fleisch zu holen für den Sonntag.

Drüben im Niederhof stand der Vinzenz und sah das Gittli raschen Schrittes ins Tal gehen. Heut kannst du sie allein treffen, schoß es ihm durch den Kopf. Er kehrte zurück ins Haus, holte sich Joppe und Hut und ging ebenfalls talwärts. Drunten, wo der Weg vom Oberhof in ein kleines Jungholz mündete, setzte er sich an den Wegrand und wartete. Endlich hörte er Schritte. Sein Herz begann doch unruhig zu schlagen, als er jetzt ihre Gestalt zwischen den Stämmen auftauchen sah. Mit einem raschen Sprung vertrat er Gittli den Weg.

Erschrocken wich das Mädchen einen Schritt zurück, um dann aufzuatmen.

»Du bist es, Vinzenz! Du hast mich net wenig erschreckt!«

Sein blasses, verstörtes Gesicht fiel ihr auf, und etwas wie Beklemmung überkam sie, als sie in diese flackernden Augen blickte. Da sagte er:

»Eine halbe Stunde hock ich schon da und wart auf dich.«

»Auf mich?«

»Ja, auf dich. Reden möcht ich endlich einmal mit dir. Mit dir allein.«

»Dann red, und mach es kurz, ich muß schauen, daß ich heimkomm.«

Vinzenz trat rasch auf sie zu. Ein harter Zug lag um seinen Mund.

»Pressiert es dir denn gar so, daß du heimkommst zum Florian?«

Kaum merklich zuckte Gittli zusammen. Zugleich aber überkam sie eine feste Entschlossenheit. Sie warf den Kopf zurück, sah Vinzenz ruhig an und sagte:

»Wenn du es durchaus wissen willst, Vinzenz: Ja, es pressiert mir, daß ich heimkomm zu ihm. So, jetzt weißt es. Und jetzt gib mir den Weg frei.«

Sie wollte an ihm vorüber. Doch mit gespreizten Beinen stellte er sich vor ihr auf. Und ehe sie sich's versah, hatte er mit raschem Griff ihren Arm gefaßt.

»Du weißt net, Gittli, wie gern daß ich dich hab, sonst tätst net so zu mir reden. Keine Minute hast Zeit für mich, aber mit dem anderen kannst freundlich sein und nett.«

Sie schien nicht zu hören, was er sagte, riß sich nur mit einem Ruck von ihm los.

Unbeirrt sprach er weiter:

»Gittli, schau, ich hab dich doch gern, viel lieber vielleicht als der Florian. Du kriegst es schön bei mir. Im nächsten Jahr werd ich mündig. Der Vater übergibt mir dann den Hof, und wir können gleich heiraten. Brauchst nimmer länger Magd sein und dann –«

Gittli unterbrach ihn:

»Spar dir deine Worte, Vinzenz. Ich kann dich ja net gern haben.«

Dann brauch ich also gar net zu hoffen?«

»Nein, Vinzenz, es wäre ganz umsonst.«

Seine Augen begannen im Zorn zu funkeln.

»Was hast du denn eigentlich auszusetzen an mir?«

»Gar nichts, Vinzenz. Ich hab dich allweil ganz gut leiden können, aber liebhaben, Vinzenz, liebhaben ist ganz was anderes. Wenn du einmal eine von Herzen gern hast, wirst mich schon verstehen.«

Mit bitterem Lachen unterbrach er sie.

»Den Trost kannst für dich behalten! Aber wenn's net im Guten geht...«

Und zum zweitenmal umfaßte er ihr Handgelenk, riß sie nah an sich – aber da traf ihn ein schmerzender Schlag ins Gesicht, daß er verblüfft losließ.

Gittli raffte das Körbchen auf, das sie in ihrer Not hatte fallen lassen, um die andere Hand freizubekommen, und stürzte davon.

Vinzenz war zu bestürzt, als daß es ihm eingefallen wäre, ihr nachzurennen. Er stand wie versteinert, wischte sich mit der Hand übers Gesicht und fluchte. Da hörte er Schritte kommen; mit einem Sprung war er im Jungholz.

Es waren nur ein paar Holzfäller, die des Weges kamen. Vinzenz ließ sie vorüberziehen und blickte dann den Weg hinauf. Droben verschwand soeben das Gittli um eine Wegbiegung.

Eine gute Weile stand Vinzenz schon und schaute der Entschwundenen nach. Dann legte sich der Aufruhr in seinem Innern. Schließlich hatte Gittli doch recht, daß sie sich zur Wehr setzte, sagte er sich. Man kann ihr nicht feind sein.

Aber dem anderen, der ihr den Kopf verdreht hat, wollte er's bei Gelegenheit eintränken, beschloß Vinzenz.

Das Mittagessen war beendet. Die Oberhoferin sprach das Dankgebet, und die Mägde begannen den Tisch abzuräumen. Der Bauer schaffte die Arbeit für den nächsten Tag an, wies ein paar Knechte und den Florian an, daß sie am Morgen gleich auf die Alm gehen müßten mit Werkzeug und Nägeln. Die Zäune würden gelitten haben unter der Last des vielen Schnees, das Hüttendach mußte ausgebessert werden, damit alles in Schuß sei für den Almauftrieb nächste Woche.

Damit wußte ein jedes um seine kommenden Aufgaben, und alles verließ die Stube; die Knechte, um ins Dorf zu gehen, die Mägde, um ihre Eltern aufzusuchen.

Es war einer jener Maiensonntage, an denen alles in Blüten prangte. Wie Bräute standen die Kirschbäume im weiten Umkreis, und in ihren Kronen veranstalteten die Bienen ein gewaltiges Konzert. Über der jubilierenden Erde aber hatte der Himmel sein blauseidenes Gezelt ausgespannt.

Die Hände hinter dem Rücken verschränkt, ging der Oberhofer um den ganzen Hof herum, stieß dann das Gartentürl auf und setzte sich hinter das kleine Sommerhäusl, das fast ganz mit Geißblatt verwachsen war, auf die roh gezimmerte Birkenbank. Von hier aus konnte man schön hinuntersehen in das Dorf, und man hatte zugleich einen herrlichen Ausblick auf die ganze Bergkette.

Das leise Geläute der im Talgrund weidenden Rinder rieselte durch den sonnenhellen Tag. Bald würde das Herdengeläute hinaufwandern zu den Almen, die zwischen Wiesengrün und Waldesdunkel von den Höhen herunterblickten.

Mit zufriedenen Augen betrachtete der Bauer die Bergkette vor sich. Auf manchem der vielen Gipfel hatte er schon gestanden in jungen Jahren. Nun stand er auf der Mittagshöhe seines Lebens, hatte ein Weib, das ihm in großer Liebe zugetan war, hatte einen Sohn, auf den er wahrhaftig stolz sein konnte.

»Sehen Sie, Feichtner«, hatte die Baronin erst kürzlich zu ihm gesagt, »man beneidet mich so oft um meinen großen Besitz, und doch dünkt es mich manchmal, als sei ich viel ärmer als Sie, wenn ich Ihren Sohn, den Florian, ansehe. Auf Ihren Florian können Sie stolz sein.«

Nun, der Oberhofer war es auch, und seine Frau nicht minder. Immer hatte ihnen der Florian nur Freude gemacht. Ein Bub, wohlgeraten nach innen und außen, ein Hoferbe, dem er einmal Haus und Hof mit ruhigem Gewissen anvertrauen konnte.

Inzwischen war des Bauern Blick am Koffel hängengeblieben. Er schüttelte den Kopf, konnte nicht begreifen, daß es immer wieder Menschen gab, die es sich in den Kopf setzten, diesen Berg zu bezwingen. Zum Glück sprach der Florian nicht mehr davon. Es genügte schon, wenn jedes Jahr ein paar junge Menschenleben zerschmettert am Fuße dieses Unnahbaren liegenblieben. Freilich, wenn man da hinauf einmal eine Drahtseilbahn bauen und ein Unterkunftshaus errichten wollte, wie es der Gemeinderat vorhatte, dann mußte er zunächst einmal von jemandem bezwungen werden. Der einzige, der immer dagegen sprach, war der Oberhofer.

»Laßt dem Berg seinen Frieden«, sagte er immer wieder. »Ihr seht doch, daß er keinen zu sich lassen will, daß er jeden zerschmettert, der nach seinem Gipfel greifen will.«

Der Oberhofer wandte den Blick von dem Berg ab und schaute dem heiteren Liebesspiel zweier Schmetterlinge zu. Da hörte er auf einmal Schritte im Garten. Das Geißblatt raschelte, ein unterdrücktes Lachen klang auf, dann die Stimme des Florian:

»Es bleibt alles dabei, Gittli, daß wir uns jeden Sonntag treffen, wenn du jetzt auf die Alm ziehst. Und was krieg ich jetzt zum Abschied?«

Die Antwort war ein Kuscheln und Flüstern und Küssen.

Der Bauer saß tief betroffen und unbeweglich. Es trennte ihn von den beiden nur eine dünne Bretterwand und die Blätter des Geißblatts.

Ganz leise erhob er sich, machte einen Bogen um den ganzen Garten und kam von der anderen Seite wieder auf den Hof zu. An einem der offenen Fenster saß die Bäuerin, hatte die Hände im Schoße gefaltet und hielt Feiertag. Der Oberhofer lehnte sich an das Fenstersims und sagte, sich zur Ruhe zwingend:

»Wo meinst denn, daß der Florian steckt, Mutter?«

Überrascht sah sie auf, der Klang in seiner Stimme ließ sie aufhorchen.

»Was ist denn los, Balthasar?«

Seine Finger trommelten aufgeregt auf das Fenstersims. Er

brach eine der hellroten Blüten aus dem Blumenstock, zerquetschte sie zwischen den Fingern und warf sie fort. Dann sah er sein Weib an.

»Es ist weiter nichts los, Mutter, als – unser Bub, der Florian, hat's mit dem Gittli. Brauchst nach gar keiner Ausrede mehr suchen, ich hab es grad mit eigenen Ohren gehört. Hinten, im Gartenhäusl sitzen sie.«

Die Bäuerin stand rasch auf, kam zur Haustüre heraus und sagte:

»Das muß ich schon selber sehn.«

Er hielt sie am Arm zurück.

»Das hat keinen Sinn jetzt, Mutter. Es ist viel gescheiter, wir sprechen uns darüber aus, was zu geschehen hat.«

Die Oberhoferin setzte sich zu ihm auf die Hausbank und meinte:

»Ich bin so überrascht, daß ich gar net recht weiß, was ich denken soll.«

Der Bauer faßte nach ihrer Hand. »Mit dem haben wir doch rechnen müssen, daß uns der Bub einmal eine Tochter daherbringt. Freilich –«

Er sprach den Satz nicht aus, aber die Mutter wußte, was er meinte. Ihr selber wäre es ja auch lieber gewesen, wenn ihr der Bub eine ins Haus gebracht hätte, die auch aus einem richtigen Hof käme. Sie hatte zwar nichts gegen das Gittli. Im Gegenteil. Nur im Augenblick war sie jetzt verärgert über die Heimlichkeiten der beiden. Und sie machte ihrem Ärger auch Luft. Der Bauer aber beschwichtigte sie:

»Sei doch ehrlich, Mutter, wir sind ja auch schon fast ein Jahr miteinander gegangen, bis unsere Eltern was gemerkt haben. Wie sollte denn der Bub anders sein? Es handelt sich jetzt darum: Meint es der Bub ernst mit dem Mädel, oder will er ihr nur den Kopf verdrehen? Aber das werden wir gleich heraushaben.«

Der Oberhofer stand auf und ging bis ans Hauseck vor.

Dann hob er die Hände trichterförmig vor den Mund und rief: »Florian!«

Keine Antwort.

»Florian! Hörst denn net?«

Da tauchte über den Gartenbüschen ein blonder Haarschüppel auf, dann der ganze Florian. Er sah zum Vater herüber.

»Was ist denn?«

»Komm nur«, winkte der Vater und drehte sich um.

Florian kam um die Hausecke und stellte sich möglichst unbefangen. Er sah den Vater und die Mutter auf der Hausbank sitzen, sah ihre Blicke prüfend auf sich gerichtet und wurde immer unsicherer, zumal niemand ein Wort sprach. Es dauerte eine halbe Ewigkeit, bis der Vater harmlos fragte:

»Wo bist denn gewesen, Florian?«

»Im Gartenhäusl war ich.«

»Allein?« fragte die Mutter vorlaut, und der Bauer puffte sie leicht in die Seite. »Laß doch mich reden, Mutter«, und zum Sohn gewendet: »Das Gittli war auch bei dir, net wahr? Brauchst nichts zu leugnen. Setz dich einmal her zu uns, wir haben was zu reden mit dir.«

Florian wollte sich neben den Vater setzen, aber sie nahmen ihn die Mitte, und es war beinahe ein feierlicher Augenblick, als der Vater nun langsam, als müßte er jedes Wort noch bedenken, zu sprechen anhub:

»Mußt net denken, Florian, daß wir dir jetzt Vorwürf machen, ich und die Mutter. Leichter hättest du dir freilich getan mit einer Jungbäuerin, die auch was 'reingebracht hätte ins Haus. Was man erheiratet hat an Geld und Gut, braucht man sich nimmer erarbeiten. Aber schließlich sind ein paar feste Arme, die keine Arbeit fürchten, und ein gesundes, frohes Herz auch keine schlechte Mitgift.«

Er machte eine kurze Atempause, und Florian nutzte sie, um es rundheraus zu sagen:

»Das Gittli wird es sein, Vater und Mutter.«

Und da die Mutter sich mit einer langsamen Gebärde über die Stirn fuhr, meinte Florian, sie tue dies aus Unwillen, und er müsse um gut Wetter für sein Gittli anhalten. Also fuhr er fort:

»Das Gittli ist allweil schon in mir gewesen, und ich wüßt net, wie das Leben noch wäre ohne sie. Freilich ist sie aus einem kleinen Häusl 'raus und hat nichts kennt bis jetzt als Not und Sorgen; aber hat net der Vater selbst einmal, und net bloß einmal, zu mir gesagt: Ob Bauer oder Häuslmann, wenn nur eins aus einem rechten Haus 'raus ist. Und das ist mein Gittli!«

»Da wird kein Wort verloren darüber«, erklärte der Oberhofer. »Die Anderlschuster sind rechte Leut, wenn auch nichts übriges da ist. Aber wenn du schon dabei bleibst, dann mußt du einsehen, daß ihr auf keinen Fall beisammen bleiben könnt auf dem Hof. Sonst kommt ihr ins Gerede. Es trifft sich gut, daß nächste Woche Almauftrieb ist. Da geht Gittli also mit der Emerenz auf die Alm. Wenn sie im Herbst wieder 'runterkommt, bist du auf der Winterschul. So liegt dann fast ein Jahr zwischen euch. Ist es nach diesem Jahr noch so wie heut, dann meinetwegen könnt ihr im Herbst darauf heiraten. Ist es recht so, Florian?«

Der Vater hielt ihm die Hand hin, und der Florian schlug freudig ein; dann nahm er die Mutter um den Hals, so heftig und stürmisch, daß sie ihn einen Wildling schelten mußte. Sie schob ihn von sich fort und sagte:

»So – und jetzt will ich mit dem Madl einmal reden.«

»Aber sei net grob mit ihr«, rief Florian ihr nach, als sie um die Hausecke nach dem Gartenhäusl verschwand.

Nach einer halben Stunde kam die Mutter mit dem Gittli aus dem Gartenhäusl zurück. Gittli hatte verweinte Augen und blickte verwirrt bald auf Florian, bald auf den Oberhofer, der ihr ermunternd zunickte.

»Ist es denn wirklich wahr?« fragte sie schüchtern. »Wirklich wahr, was mir die Bäu... die Mutter vorhin gesagt hat? Ihr habt auch nichts dagegen, daß ich euren Florian gern hab?«

»Gar nichts hab ich dagegen«, lachte der Bauer und umschloß mit großer Herzlichkeit ihre Hände. Seine Augen freuten sich an dem jungen, frischen Mädel, und er fühlte wohl, daß keine andere so vortrefflich zu seinem Florian passen würde.

So saßen sie auf der Hausbank, die beiden jungen und die beiden alten Leute. Vor ihren Augen lag die blühende, herrliche Frühlingswelt. Träge pluderten sich die Hühner in der Sonne. Von fern klang der Lärm des Dorfes, und ein paarmal hörte man drüben im Niederhof Türen zuschlagen und dazwischen das Lachen der Halbidioten.

Auf einmal kamen Schritte, und ehe der Oberhofer aufstand, um nachzusehen, bogen zwei Männer mit einer Bahre um die Hausecke und stellten sie nieder. Unter einer groben Leinendecke lag ein junger, fremder Mensch, tot und starr. Der Koffel hatte ihn zurückgeschleudert und zerschmettert.

Die Träger waren ebenfalls fremde Touristen. Sie hatten den Toten zufällig gefunden und fragten nun hier, wohin man ihn bringen solle.

»Wer ist es denn?« fragte der Bauer und wollte das Tuch wegziehen von dem Toten, aber die Bäuerin hinderte ihn daran.

»Laß das, Vater, ich kann es net sehen.«

Die Touristen erzählten, daß sie schon am Morgen beobachtet hatten, wie sich einer an der steilen Wand emporarbeitete. Er sei schon ziemlich hoch oben gewesen, aber auf dem Rückweg von ihrer Tour hätten sie nun den zerschmetterten Körper am Fuße des Koffels gefunden.

Trauer und Zorn standen in dem Gesicht des Oberhofer zu lesen.

»Allweil wieder und allweil wieder«, sagte er. »Ich weiß jetzt schon ein gutes Dutzend, die man hier vorbeigetragen hat. Sie könnten es doch schon bald wissen, daß der Koffel keinen zu sich laßt.«

Dann gab er Anweisung, daß sie ihn ins Dorf hinuntertragen

und den Bürgermeister benachrichtigen sollten.

Als die Männer die provisorische Bahre aus Stangen und Tannenzweigen wieder aufhoben und den Weg fortsetzten, glitt das Tuch, das den Toten bedeckte, etwas zur Seite. Man sah ein junges braungebranntes Gesicht; die Augen waren weit aufgerissen. Die Oberhoferin wandte sich aufstöhnend zur Seite. Auch das Gittli drängte sich zitternd an Florian.

Der stand steif wie ein Pfahl. Sein Mund war hart zusammengepreßt, sein Blick hing starr an dem unbezwungenen Berg. Immer härter wurde sein Gesicht, steinhart wurde es. Aug in Auge stand er mit dem Riesen. Als ob er ihn zum Zweikampf herausfordern wollte.

Aber der Berg schien seiner zu spotten. Er blieb unbeweglich in seiner steinernen Ruhe. Ganz ruhig floß das Sonnenlicht über den schimmernden Scheitel, den der Koffel in den blauseidenen Himmel hob, göttergleich und ewig in seinem Wesen. Wie demütig wartende Schatten duckten sich um ihn herum die anderen Berge, die ihn wohl anerkannten als einen Fürsten in ihrem Reich.

Die Stimme des Vaters riß Florian aus seiner Betrachtung.

»Und da wolltest du auch einmal hinauf! Aber jetzt wirst geheilt sein, will ich hoffen.«

Florian gab keine Antwort. Er faßte nur das Gittli bei der Hand und sah sie an. Und sie, die ihn am besten von allen kannte, ahnte, was in dieser Minute in ihm vorging. Eine dunkle Angst preßte ihr das Herz zusammen, flackerte in ihren Augen, und als Florian dies sah, schaute er über sie hinweg, dorthin, wo soeben die Träger mit dem jungen Toten in einer Wegmulde verschwanden.

8

Ein paar Tage später trug man den jungen Bergsteiger im Roggenhausener Friedhof zur letzten Ruhe. Er war aus der Stadt und hatte einer Alpenvereinssektion angehört; darum war neben seinen bedauernswerten Eltern, Brüdern und Schwestern auch eine Anzahl Kameraden aus der Stadt gekommen. Der alte Pfarrer fand schöne Worte des Trostes und hatte Verstehen für die begeisterungsfähige Jugend, die Gipfel stürmen will. Nicht jedem gibt Gott ein mutiges Herz, sagte er. Aber dieser hier, das sei einer gewesen, dessen Sehnsucht es war, die Wolken unter sich zu sehen und nichts über sich zu haben als Gottes leuchtende Sonne...

Die Kameraden von der Sektion erzählten hernach beim Adlerwirt, daß der Abgestürzte einer ihrer tüchtigsten Bergsteiger gewesen sei und schon ganz andere Berge bezwungen habe als diesen Koffel. Es sei im Verein schon vor einiger Zeit die Rede davon gewesen, eine Bergsteigergruppe für diese Erstbesteigung zusammenzustellen. Das sei die einzige Ungeschicklichkeit, die man dem Verunglückten leider nachsagen müßte, daß er sich zum Alleingänger gemacht habe. Man habe jetzt feststellen können, daß der junge Gipfelstürmer den Berg fast bezwungen habe – bis dicht unterhalb des Gipfels. Erst da habe ihn ein kleines Versehen vielleicht oder ein loses Gestein um den Sieg gebracht.

Der Bürgermeister und ein paar Bauern saßen dabei und hörten es. Und als die jungen Bergsteiger sich anschickten, zur Bahn zu gehen, um in die Stadt zurückzufahren, sagten sie, daß sie demnächst wiederkommen würden; dann müsse der Koffel daran glauben, auch wenn er sich noch so dagegen sperre.

Florian erfuhr davon schon am nächsten Tag. Auch der Vinzenz wußte es, und er kam am Abend zum Florian. Er traf ihn allein im Roßstall und setzte sich zu ihm auf die Haferkiste.

»Hast es schon gehört, Florian, den Koffel wollen sie besteigen.«

Florian nickte verdrossen.

»Hab's schon gehört.«

»Die aus der Stadt werden es schon packen, wenn sich von uns keiner 'nauftraut«, sagte Vinzenz lauernd.

Florian gab keine Antwort, stecke den Pferden Heu auf die Raffeln und ließ das Wasser in die Barren laufen.

»Wenn ich nur was machen könnt«, fing Vinzenz wieder an. »Aber ich kann ja nichts machen mit dem Bergsteigen. Mir wird allweil gleich so schwindlig. Aber daß du nicht schon lange drangegangen bist?«

Florian sah sich vorsichtig um, ob niemand um die Wege sei. Dann hockte er sich zum Vinzenz auf die Haferkiste.

»Jetzt kann ich nimmer länger warten, Vinzenz. Der Koffel muß dran glauben. Und du mußt mir helfen.«

Vinzenz rührte in Unbehagen die Schultern: »Ich hab dir's ja schon gesagt, daß ich nichts machen kann mit dem Bergsteigen.«

»Das verlang ich auch gar net. Aber du mußt die Sachen zu dir nehmen; Seil, Mauerhaken und so weiter. Bei mir darf ich nichts sehen lassen, sonst merken meine Leut, was ich im Sinn habe.«

In biederer Herzlichkeit schlug Vinzenz dem anderen auf die Schulter.

»Da kannst dich auf mich verlassen, Florian.«

»Und Maul halten, daß niemand was erfahrt. Natürlich, dem Bürgermeister sag ich's und –«

»Das ist doch selbstverständlich«, nickte Vinzenz eifrig und malte dann dem Jugendfreund in den schönsten Farben aus, was das für ein Triumph für ihn sein werde, die Erstbesteigung.

»Wegen dem steig ich net 'nauf«, antwortete Florian.

»Das weiß ich schon. Aber trotzdem –« Die Stalltüre kreischte, der Oberhofer kam, und Vinzenz wechselte flink das Thema.

Am nächsten Tag schon erschien Florian gegen Abend in der Schmiede. Der Schmied war zugleich Bürgermeister, und da die Gesellen draußen vor der Schmiede einem Wagen neue Reifen aufpaßten, war der Meister allein in der Werkstatt. Er stand vor dem Blasbalg und hielt ein Stück Eisen in die glühenden Kohlen.

»Ah, der Florian«, begrüßte er den Eintretenden. »Kommst wegen eurer neuen Egge? Die wird die Woche noch fertig.«

»Naa, deswegen komm ich net«, antwortete Florian. »Mauerhaken brauch ich.«

Der Schmied trat vom Blasbalg. Das Feuer zuckte ein paarmal hoch auf und fiel dann in sich zusammen.

»Willst eine Bergtour machen?« fragte er.

»Ja, auf den Koffel will ich.«

»Florian, mach keine Dummheit!«

»Ach was, soll ich warten, bis die aus der Stadt mir zuvorkommen? Wär traurig, wenn in unserer Gemeinde das keiner fertigbrächt. Also, machst mir die Mauerhaken oder net?«

Der Schmied band seine Lederschürze ab. »Komm mit 'rüber«, forderte er Florian auf und schritt ihm voran durch eine niedere Tür, die in eine kleine gemütliche Stube führte. »Da müssen wir schon genauer reden darüber. Freilich tät es mich als Bürgermeister freuen, wenn von uns einer als erster 'naufkäm. Aber überreden möcht ich dich net dazu, Florian. Grad dich net, deine Leut haben bloß dich allein. Denk dran. Der, den wir vor ein paar Tag beerdigt haben, war auch so jung wie du.«

Florian tat, als höre er das nicht, sondern nahm einen Bleistift und kritzelte etwas auf ein Blatt Papier. Dann zeigte er es dem Schmied.

»Also, schau her, so möcht ich die Haken haben. Gut sechzehn bis achtzehn Zentimeter lang. Nimmst das allerbeste Eisen, was du in deiner Schmiede hast.«

»Wieviel brauchst denn?«

»Mach mir nur amal fünfunddreißig bis vierzig. Lieber ein paar mehr als zuwenig.«

»Wer geht denn mit dir?«

»Da brauch ich keinen.«

Der Bürgermeister kratzte sich hinter den Ohren.

»Weiß es dein Vater?«

»Dann wär ich net zu dir kommen.«

»Herrgott, wenn dir aber was passieren tut, Florian?«

»Man muß net gleich allweil ans Ärgste denken. Ich weiß net, Bürgermeister, ich hab dös Gefühl, als wenn ich 'naufkäm.«

»Wenn das gutgeht, Florian – die Mauerhaken mach ich dir umsonst.«

Florian lachte.

»Von der Baronin krieg ich das Seil. Dann hätt ich mein Sach beinand.«

Sie hatten noch eine Menge zu bereden und zu beratschlagen, ehe Florian sich verabschiedete und den Weg zum Schloß einschlug.

Die Baronin hörte ihm lächelnd zu, als er etwas hastig und erregt von seinem Plan sprach. Natürlich würde sie ihm das Seil gern überlassen. Deutlich ließ sie Florian ihre Freude darüber merken, daß er sie zu seiner Vertrauten gemacht habe.

Sie saßen sich in einem hohen Raum mit schweren, alten Möbeln gegenüber. Das Abendrot fiel herein und umschmeichelte alle Gegenstände mit sanfter Gebärde. Zuletzt blieb es eine Weile in dem Gesicht der Baronin haften, und dem jungen Florian erschien es so schön, wie er noch kein Frauenantlitz gesehen hatte. Sie fragte ihn nach dem Gittli, und Florian öffnete vertrauensvoll sein Herz. Sein ruhig gefestigtes Glück schwang in seiner dunklen Stimme, und die Baronin lauschte dieser Stimme nach, die in dem hohen Raum wie ein dunkles Cello sang. Sie hatte die Hände gefaltet und dachte wohl zurück an die Jahre, da sie selbst jung gewesen war und voll Vertrauen zum kommenden Glück. Und sie dachte vielleicht auch mit einem Gefühl der Bitterkeit daran, wie es wäre, wenn der eigene Sohn so ruhig und in sich gefestigt um solche Stunde bei ihr säße und von seinem Glück spräche.

Da wurde die Plauderei in dem dämmrigen Raum plötzlich unterbrochen. Die Türe öffnete sich, und herein trat Helmut, an seiner Seite ein überschlankes Mädchen mit strohgelbem Haar und grellrot bemalten Lippen.

»Ach, du hast Besuch, Mama«, sagte Helmut und knipste die Lichter an. »Entschuldige, ich wußte es nicht.«

»Kennst du ihn nicht mehr?« fragte die Baronin. »Florian ist es.«

»Ach, richtig, der Florian vom Oberhof«, sagte Helmut.

»Florian wird auf den Koffel steigen«, fuhr die Baronin fort.

»Ach nein?« Helmut zündete sich eine Zigarette an. »Schneid hat er immer schon gehabt, der Florian«, sagte er dann zu seiner Braut.

Das hellblonde Mädchen betrachtete den jungen Florian nicht ohne Bewunderung. »Willst du dich nicht anschließen, Helmut?«

Der junge Freiherr lächelte und reichte seiner Braut Feuer:

»Nichts für unsereinen! Ich stehe prinzipiell auf dem Standpunkt, immer nur sicheren Boden unter den Füßen zu haben.«

Jetzt lachte auch die junge Dame. Sie schien dem Bräutigam recht zu geben und konnte doch ihre Bewunderung nicht verhehlen für den wagemutigen Jungen dort. Und als dann Florian sich erhob, um heimzugehen, sah sie ihn nicht ohne Bedauern scheiden.

»Na also, Florian, mach es gut«, sagte Helmut gönnerhaft.

Die Baronin begleitete Florian bis vor das Parktor, hielt lange, sehr lange, seine Hände und sagte:

»Ich will dich in Gedanken begleiten, Florian, daß es dir gelingt. Du wirst wiederkommen, Florian. Dich darf deine Mutter nicht verlieren.«

Dann ging sie langsam den Parkweg zurück und setzte sich beim Pavillon auf eine Bank und faltete die Hände im Schoß.

Wollte Gott, mein Sohn wäre wie dieser Florian, so frisch und grad gewachsen und unverbraucht!

Unmerklich und ganz still rannen ihr dabei die Tränen über das Gesicht, tropften auf die verschlungenen Hände.

Glühwürmchen leuchteten auf im Gebüsch und rüsteten sich zum Flug durch die Nacht. Droben, hinter den hellerleuchteten Fenstern, lärmte der Lautsprecher, und die Braut des jungen Freiherrn lachte dazwischen mit hoher Stimme.

Florian schritt indessen dem Oberhof zu. Die Nacht war warm und sternschön. Fern aber, hinter den Bergspitzen, zuckte zuweilen ein gelber Schein auf, dem ein fernes Murren folgte. Draußen im Flachland mußte irgendwo ein Wetter sein. Das erste in diesem Jahre.

9

Lautlose Ruhe im morgenstillen Hochwald. Zwei Wanderer schritten rüstig bergauf. Weit hinter ihnen klangen die Kirchenglocken von Roggenhausen.

»Jetzt sind wir bald da, wo ich deine Sachen versteckt hab«, sagte Vinzenz, und Florian schlug ihm in seiner freudigen Stimmung fest auf die Schulter.

»Das hast gut gemacht, Vinzenz. Kein Mensch hat was gemerkt. Meine Leute meinen, ich bin in der Frühmesse. Wenn ich bis Mittag net daheim bin, werden sie freilich schaun. Aber am Nachmittag erst, wenn ich droben bin am Koffel! Hintnach kann er ja schimpfen, mein Vater, wenn ich nur einmal droben war.«

Vinzenz nickte.

»Freilich, wenn du nur einmal droben warst. So – jetzt sind wir da.«

Sie standen vor einer mächtigen Tanne, die aber im unteren Teil des Stammes faul und hohl war. Vinzenz sah sich erst um. Nichts war um die Wege, nur zwischen den vereinzelten Stämmen ein goldener Streifen Sonnenlicht. Dann nahm er ein paar Moosbüschel fort, eine kleine Öffnung wurde sichtbar. Aus der zog Vinzenz ein mächtiges Seil und einen Pack Mauerhaken. Auch einen Hammer dazu und Kletterschuhe. Das alles verstaute er in Florians Rucksack, den er in dem seinen verwahrt hatte, und dann langte er nochmals schnell in die Öffnung und holte etwas hervor.

»Was hast denn da?« fragte Florian, der im selben Augenblick den Kopf wendete.

Vinzenz lächelte verschmitzt.

»Siehst es doch, daß es ein Büchsl ist.« Er zwinkerte mit dem linken Auge. »Meinst, daß ich mein Alten allweil anbetteln mag um ein Taschengeld? Schieß ich mir halt ab und zu ein Rehböckl.«

Florian starrte den anderen überrascht an.

»Du wilderst, Vinzenz?«

»Was heißt wildern? Ist das Wild grad für die Herren allein gewachsen? Übertreiben tu ich's ja net, bloß ab und zu halt ein Stückl. Der junge Herr Baron spürt ja das kaum bei der großen Jagd, die er hat. Wenn du meinst – ich hätt schon noch ein Gewehr. Ich geb dir's ganz billig.«

»Nein!« sagte Florian unwillig. »Dös fang ich net an.«

Sie machten sich wieder auf den Weg. Immer höher kamen sie. Der Wald lichtete sich, man hörte das dumpfe Gebimmel schwerer Kuhglocken. Florian blieb stehen.

»Da müssen wir jetzt rechts 'nüberbiegen. Auf unsere Alm mag ich net hinkommen. Das Gittli braucht net wissen, was ich im Sinn hab.«

»Da hast recht«, lachte Vinzenz gedämpft. »Die Weiber täten bloß einen Schreck kriegen.«

Florian nahm Gittli in Schutz:

»Wenn ich zum Gittli sag, ich steig auf den Koffel, dann glaubt sie auch dran, daß ich es schaff. So viel Vertrauen muß ein Mädel schon haben.«

Sie bogen nach rechts ab, und nochmals nahm ein dunkler Hochwald sie auf. Einmal vernahmen sie die Stimme des Gittli, die einen hellen Jodler in den schönen Sonntagmorgen erklingen ließ, als wenn sie ahnte, daß ihr der Geliebte so nahe war in dieser Stunde.

Florian lächelte verträumt vor sich hin, blieb stehen und reckte den Kopf, als ob er die Jodlerin sehen könnte. Die Hütte lag aber schon weiter unten, und es guckte nur das Schindeldach ein wenig unter den Bäumen hervor.

»Geh weiter«, drängte Vinzenz. »Sonst kommst ja in die

ärgste Hitz hinein.«

Sie gingen weiter. Der Wald wurde lichter und wechselte in ein niederes Jungholz über. Dahinter begann schon ein Latschenfeld und felsiges Gelände. Plötzlich blieb Vinzenz mit einem Ruck stehen, faßte Florian am Arm und flüsterte: »Da schau 'nüber, siehst ihn?«

Florian hatte den Bock schon gesehen. Kaum dreißig Schritt entfernt, äste er vor ihnen ahnungslos auf einer Lichtung. Deutlich konnte man zwischen seinen Lusern ein wunderbares Sechsergehörn sehen.

Lautlos nahm Vinzenz den zusammenklappbaren Stutzen aus dem Rucksack. »Tätst du ihn treffen?« flüsterte er dem anderen zu und berührte mit dem Lauf die Hand des Florian. Der zuckte zusammen, als ihn das kühle Eisen berührte, starrte aber unausgesetzt hinüber zu dem herrlichen Bock. Und plötzlich – er wußte es später nicht, wie das gekommen war –, plötzlich hielt er das Gewehr in seinen Fäusten. Er sah nicht, wie Vinzenz hinter seinem Rücken hämisch grinste. Irgendeine ungeschickte Bewegung mußte er gemacht haben, der Rehbock warf witternd den Kopf herum und äugte zu ihnen herüber. Dann setzte er mit einem gewaltigen Sprung zur Flucht an. Im selben Augenblick krachte der Schuß. Hochauf schnellte der Bock, dann brach er in den vorderen Läufen zusammen.

Kaum hatte der Schuß sich gelöst, warf Florian erschrocken die Büchse weg und sah sich um. Aber Vinzenz verstaute die Büchse in aller Seelenruhe wieder in seinem Rucksack und meinte gelassen:

»Das ist bloß das erstemal, Florian. Beim zweitenmal denkt man sich schon nichts mehr. Mir ist es net anders gegangen.«

Florian antwortete nicht. Er atmete heftig. Das Echo des Schusses verrollte langsam an der Bergkette. Sie blieben noch eine Weile stehen. Florian hielt jetzt den Atem an, stand witternd wie ein Tier. Nichts rührte sich. Es war mehr der Schrecken vor dem, was er getan hatte, als die Angst, nun ertappt zu werden. Er mußte an seine Eltern denken, was die wohl sagen würden, wenn sie darum wüßten. Zornig schrie er den Vinzenz an:

»Warum hast auch die Teufelsbüchs mitnehmen müssen!«

Vinzenz hörte nicht auf ihn. Er nahm den anderen beim Arm und zog ihn mit sich. Im Schutz der Bäume bleibend, schlichen sie hin. Da lag er, der Sechserbock, ausgestreckt, mit gebrochenen Lichtern. Vinzenz beugte sich ein wenig nieder. Dann sagte er verwundert:

»Teufel, Florian, ein Schuß wie gezirkelt. Du bist mir halt in allem über.«

Florian, der sich nun selber ein wenig über den schönen Schuß zu freuen begann, fragte:

»Was tust jetzt mit dem Bock?«

»Ah, da brauchst dich net kümmern, Florian. Den bring ich leicht an. Der Krammbacher Wirt wart schon drauf.«

Florian schüttelte leicht den Kopf.

»Das hab ich gar net gewußt, daß das so leicht geht.«

Vinzenz zog den Bock ein wenig mehr ins Dickicht und drängte dann zum Weitergehen, mit einer Eile, als wollte er selbst auf den Koffel.

Die Sonne brach jetzt über den Kamm der östlichen Berge hervor und überflutete die Berge mit hellem Licht. Sie stiegen über ein Geröllfeld und dann noch über eine kleine Steinkuppe. Dort blieb Vinzenz stehen und sagte:

»So, jetzt mußt allein gehen, Florian. Bis daher hab ich dich begleiten wollen. Also, jetzt zeig , was du kannst!«

Florian maß den Berg mit kritischen Augen. Nun waren sie schon fast drei Stunden gestiegen, und immer noch lag der Berg so unerreichbar fern. Er durfte wohl noch gute zwei Stunden steigen, bis er erst einmal an den Fuß des Koffels kam. Die Zeit wird reichlich knapp werden, sagte er sich als erfahrener Bergsteiger.

»Also, dann pack ich's halt«, sagte er entschlossen. Vinzenz reichte ihm mit übertriebener Herzlichkeit die Hand und legte Sorge in seine Stimme:

»Gib Obacht, Florian. Freveln derfst mir net. Lieber steigst wieder zurück, bevor du mir 'runterfallst.«

Florian lachte übermütig und trennte sich von dem Begleiter.

Vinzenz sah ihm eine Weile zufrieden nach. Es muß ja gerad nicht sein, daß er sich das Genick bricht wie die anderen, sinnierte er. Aber wenn es ihm doch zustoßen sollte, ist er selber schuld. Und dann war ihm der Weg frei zum Gittli.

Er nahm ein Fernglas aus seiner Joppentasche und setzte sich in Positur. Von hier aus wollte er jede Bewegung des anderen im Fels verfolgen. Vorerst ging das ja noch mit bloßem Auge. Aber immer kleiner und kleiner wurde die Gestalt, die mit kraftvollen Schritten pausenlos dem bisher Unbezwungenen entgegeneilte. Die Stunden schleppten sich bleiern dahin. Und als ganz fern die Mittagsglocken von Roggenhausen klangen, stieg Florian Feichtner in die erste Wand des Koffels ein.

Auf dem Oberhof stand die dampfende Suppe auf dem Tisch. Die Bäuerin trat wohl schon zum zehntenmal vor die Türe und kehrte wieder ins Haus zurück.

»Ich weiß gar net, daß der Bub net heimkommt?« fragte sie den Bauern.

Der wandte sich an die Knechte:

»Hat ihn von euch keiner gesehen nach der Kirch im Dorf drunten?«

Nein, es hatte ihn keiner gesehen.

Plötzlich fiel dem Oberhofer etwas ein. Er nahm die Bäuerin nach dem Essen beiseite und sagte:

»Daß wir aber auch gar net draufkommen sind! Wo wird er denn anders sein, der Bub, als auf der Alm droben, beim Gittli.«

Und da lachten sie alle beide, daß ihnen das so spät einfiel. Am Nachmittag ging der Oberhofer ins Dorf, spielte Karten mit dem Lehrer, dem Wirt und dem Bürgermeister. Aber der Bürgermeister war heute gar nicht recht bei der Sache. Zweimal hatte er nun den Oberhofer schon gefragt, ob der Florian daheim sei. Und dann fragte er, als sich die Abendschatten schon übers Dorf legten, zum drittenmal:

»Meinst, daß dein Florian jetzt schon daheim ist, Oberhofer?«

Der Oberhofer nahm ein neues Spiel auf und sagte unwillig:

»Laß mich doch mit dem Flori in Ruh! Gib aufs Spiel Obacht, ist gescheiter!«

Alsbald aber zahlte der Bürgermeister und verließ die Gaststube. Mit verschränkten Händen ging er vor das Dorf hinaus und schaute immerzu hinauf auf den Koffel. Dessen Haupt glutete im purpurnen Glanz der untergehenden Sonne.

Der Bürgermeister wurde immer unruhiger. Am liebsten wäre er zum Oberhof hinaufgegangen und hätte nachgeschaut, ob der Florian schon zurückgekommen wäre. Er hätte dem Jungen die Flausen austreiben und ihn von dem Plan zurückhalten müssen. Aber jetzt war nichts mehr daran zu ändern.

Immer mehr legte sich die Dämmerung über das Land. Sie griff allmählich auch schon hinauf zu den Höhen. Dort, über den Feldweg, schritt der Oberhofer der Höhe zu. Der Bürgermeister wollte ihm nachlaufen, aber er kam dann doch bloß bis zur Kirchhofmauer. Mit schwerem Hall hub die Stiftsglocke an, den Abendsegen zu läuten.

Auf dem Koffel verlosch das letzte Leuchten. Die Nacht umschlang schwesterlich sein steinernes Haupt. Ruhe und Frieden breiteten sich über das All, in das wieder ein Tag als winziger Tropfen versunken war.

Als der Oberhofer heimkam, sagte die Bäuerin:

»Du, Balthasar, die Baronin war da heut abend und hat gefragt, ob der Florian schon daheim wär.«

Der Bauer zog die Brauen hoch.

»Was, die Baronin auch?«

»Ja, sie ist dann gleich wieder weggegangen. Ganz eigen ist sie mir vorgekommen.«

»Jetzt möcht ich doch endlich wissen, was die Leut der Flori angeht! Der Bürgermeister hat mich heute schon dreimal gefragt. Und dann – ob er schon daheim ist? Ja, wissen die, wo er überhaupt ist?«

Der Oberhofer ging ein paarmal die Stube auf und ab, schaute auf die Uhr und dann zum Fenster hinaus.

Soeben schlug die große geschnitzte Kuckucksuhr die zehnte Abendstunde. Kaum war der letzte Ruf des Vogels verklungen, klangen Schritte im Flur. Es war der Bürgermeister.

Er schaute sich schnell in der Stube um. Sein Gesicht hatte einen verstörten Ausdruck.

»Ist der Florian noch net da?« fragte er.

Mit zwei schweren Schritten trat der Bauer vor ihn hin.

»In Dreiteufelsnamen! Was sind denn dös für Heimlichkeiten! Wo ist der Florian?«

Der Bürgermeister zauste am Bart. Dann hob er rasch den Kopf.

»Auf den Koffel wollt er!«

»Jesus, Maria!« Die Oberhoferin schlug die Hände vors Gesicht. Der Bauer wurde bleich, aber er gab keinen Laut von sich; dann faßte er den anderen scharf ins Auge:

»Du hast es gewußt?«

»Ich hab's gewußt.«

Von der Ofenbank her kam ein unterdrücktes Schluchzen.

»Warum hast du uns nichts gesagt?« fragte der Bauer mit harter Stimme.

»Hab net können, Oberhofer. Der Florian hat mich so gebettelt darum, daß ich dir nichts sag. Ich hab ihm abgeraten, wie er kommen ist zu mir, daß ich ihm Mauerhaken machen sollt. Aber wenn ich's net getan hätt, dann wär er halt woandershin gangen und hätt sie sich machen lassen. Aufhalten hätt ihn doch keiner können.«

Der Bauer wandte sich ab. Es zuckte um seinen Mund. Plötzlich fuhr er herum.

»Schau, daß du jemand auftreibst! Und Fackeln müssen her, wir müssen ihn suchen. Ich kann noch net ans Schlimmste glauben.«

Eine halbe Stunde später waren die Dorfburschen zusammengetrommelt. Sie zogen mit dem Bürgermeister bergwärts. Allen voran der Oberhofer. Die anderen konnten ihm kaum folgen. Daheim aber kniete die Oberhoferin vor dem Herrgottswinkel und betete inbrünstig um Rettung aus Bergnot für ihren Buben.

Der Trupp, der auszog, den Florian tot oder lebendig heimzubringen, kam nach zwei Stunden zur Oberhofalm. Da dort noch Licht brannte, um Mitternacht, hatte der Oberhofer Hoffnung, daß Florian dort sein könnte. Statt dessen trat ihm auf der Hüttenschwelle die Baronin entgegen. Neben ihr stand das Gittli, das sofort den Oberhofer bei beiden Händen faßte.

»Sei nur ohne Sorge, Bauer, es geht alles gut.«

Der Oberhofer schob sie sanft von sich.

»Wo ist der Bub?«

Statt dem Gittli antwortete die Baronin:

»Der Florian ist in der Wand, gut angeseilt. Ich habe ihm meine Jäger entgegengeschickt und ihm sagen lassen, er solle umkehren. Sie konnten allerdings nicht zu ihm gelangen. Aber Florian konnte sich mit ihnen verständigen und ließ sagen, daß wir alle ohne Sorgen sein sollten. Er habe guten Stand für die Nacht, sei gut angeseilt und frohen Mutes. Sowie es tagt, will er den kurzen Weg bis zum Gipfel, der nicht so schlimm sei, zurücklegen. Meine Jäger sind auch in der Wand und bleiben die ganze Nacht mit ihm in Verbindung. Vielleicht können Sie der Oberhoferin Botschaft bringen, damit sie außer Sorge ist.«

Der Oberhofer schaute sich um. Da rannten schon zwei Burschen den Hang hinunter. Der Bürgermeister trat auf sie zu.

»Oberhofer, jetzt muß ich dir schon sagen, mir ist ein Stein vom Herzen. Jetzt hab ich keine Angst, daß es der Florian net schafft.«

Der Oberhofer nickte nur und hockte sich auf die Stufen, die zur Sennhütte führten. Die Baronin setzte sich links von ihm und das Gittli rechts. Und plötzlich war auch der Vinzenz da und tat sehr wichtig. Er habe fast den ganzen Aufstieg verfolgt und müsse schon sagen, daß der Florian gar nicht leichtsinnig herangegangen sei an den Berg, daß er jeden Griff und Tritt zuerst sorgfältig geprüft habe, sonst wäre er vielleicht schon vor dem Abend noch hinaufgekommen.

Da unterbrach ihn der Oberhofer. »Wärst zu mir kommen und hättest es mir gesagt, wär es mir lieber gewesen.«

Vinzenz tat beleidigt.

»Freilich, meinen besten Freund werd ich verraten!«

Dann ging man in die Hütte, um den Morgen abzuwarten.

Bleiern krochen die Stunden dahin. Wie ein heller Glasscherben hing die Mondsichel am Himmel. Aber dann begann sie zu verblassen, die Sterne verloschen einer nach dem andern. als hätte der erwachende Morgenwind sie ausgeblasen. In der Tiefe des Waldes schrie ein Käuzchen. Aber der Ruf hatte keine Kraft mehr, denn der Morgenwind erwachte immer stärker und brachte ein dumpfes Rauschen in die Kronen der Bäume. Ein heller werdender Schein verbreitete sich über den Bergspitzen. Eine Berglerche stieg hinter der Almhütte trillernd empor. Wie ein Jubellaut klang es.

10

In der ersten Morgenfrühe reckte Florian die Glieder und streckte sich, so gut es unter den gegebenen Verhältnissen möglich war. Sein Blick ging an der senkrechten Wand hinauf, seine Augen suchten schon wieder nach einem Griff für die Hände, nach einer winzigen Spalte, in die sich ein Haken treiben ließ.

So furchtbar hatte es sich Florian nicht vorgestellt. Er sah auf seine Hände. Sie waren blutig gerissen, wie seine Knie zerrissen und voll Schrunden waren. Aber was machte es! Er wird es zwingen! Er war längst an der Stelle vorbei, an der es vor ein paar Wochen den jungen Fremden aus der Stadt zurückgeschleudert hatte. Schlimm genug sah es allerdings oft auch für ihn aus. Oft pendelte sein Körper frei über dem ungeheuren Abgrund, bis seine Hände wieder eine kleine Rinne in der senkrechten Wand finden konnten, in die sich ein Haken treiben ließ. Der Berg begann sich gegen ihn zu stemmen. Steine pfiffen ihm an den Ohren vorbei und polterten zu Tal; aber Florian bog geschickt aus, klomm weiter und zog sich Meter um Meter hoch. Immer geringer wurde die Entfernung zum Gipfel. Aber dann hinderte ihn die einbrechende Nacht weiterzuklettern. Zum Glück konnte er für die Nacht einen einigermaßen sicheren Stand finden.

Und jetzt war der Morgen da. Alle Müdigkeit hatte Florian abgeschüttelt. Er wußte nun, daß sein Unternehmen kein heimliches mehr war; er hatte in der Nacht drunten bei der Almhütte die Fackeln gesehen. Wahrscheinlich war auch sein Vater dabei. Und nun werden alle sein Tun verfolgen, jeden Schritt ängstlich miterleben, bis er endlich oben war. Oh, er wollte es ihnen schon zeigen, wie man den Koffel nimmt!

Umkehren? Kommt gar nicht in Frage! Er hatte es den Eggenheimschen Jägern gestern abend schon zu verstehen gegeben, daß er unter gar keinen Umständen mehr umkehren wolle. Ob sie wohl immer noch am Fuße des Koffels auf ihn warteten?

Florian atmete tief. Der frische Morgenwind trieb ihm den Rest von Müdigkeit aus den Gliedern. Und dann ging er frisch an den Überhang und bezwang ihn mit äußerster Kraftanstrengung. Seine Hände bluteten schon wieder. Was machte es! Die letzte, senkrechte Wand, etwa fünfzig Meter, reckte sich vor ihm auf. Verbissen drängte er weiter, aber die Wand gab nur langsam Meter um Meter her. Da – bei den letzten fünf Metern – versuchte der Berg ein Letztes, den jungen Stürmer von sich zu schleudern. Gottlob, der Mauerhaken hielt. Florian triumphierte: »Koffel, nun hab ich dich! Mich bringst jetzt nimmer 'nunter; mußt schon warten, bis ich selber wieder geh.«

Mit einem letzten Ruck schwang er sich auf den Gipfel. Und stand und schaute! Dann breitete er weit die Arme aus und jubelte laut. Ein Rausch des Glückes hatte ihn erfaßt. Wie schön ist doch die Welt! Und der Gipfel des Koffels war nun gar nicht mehr schauerlich. Er sah sich nur von unten so an. Hier oben war ein schönes Plateau, eine Mulde; so groß, daß man zwei Bauernhöfe hineinstellen konnte. Lose Steine lagen umher, und dazwischen leuchteten Edelweißsterne, so groß und schön, wie er sie noch niemals gesehen hatte.

Florian sah hinunter in die Tiefe, sah drunten bei der Almhütte ein Gewimmel von Menschen und konnte doch niemand erkennen. Sie waren wie Punkte so klein.

Wohl über eine Stunde blieb Florian auf dem Gipfel, schaute weit hinaus in das Land und konnte ganz in der Ferne im Dunst eine große Stadt erkennen. Rings um ihn aber türmten sich die Berge auf in ihrer großartigen Majestät.

Gar nicht trennen wollte er sich von hier. Aber er mußte nun endlich auch an den Abstieg denken. Noch einmal unterzog er das Seil einer eingehenden Prüfung, dann trat er an den Rand.

Der Abstieg dünkte ihm ein Kinderspiel im Vergleich zum Aufstieg. Zuweilen konnte er mit halben Seillängen arbeiten, und nach wenigen Stunden schon stand er drunten, wo er gestern früh den Einstieg begonnen hatte.

Nun hatte er wieder festen Boden unter den Füßen. Immer näher kam er der Almhütte, schon konnte er die einzelnen Menschen erkennen, zuerst seinen Vater, dann das Gittli und auch die Baronin. Plötzlich löste sich das Gittli von der Gruppe und kam ihm mit flatternden Röcken entgegengesprungen.

Lachend breitete er die Arme aus, und sie warf sich unter Weinen und Lachen an seinen Hals.

»Ach, Florian, weil du nur wieder herunten bist!«

Er nahm ihr Gesicht in die Hände und blickte ihr in die Augen.

»Hast du denn gezweifelt, daß ich 'naufkomm?«

Das Mädchen schüttelte den Kopf.

»Keine Minute, Florian, aber Angst hab ich doch haben müssen.«

Lachend schlang er seinen Arm um ihre Schulter, und so legten sie den Weg zur Almhütte zurück. Dort stand der Vater. Er rührte sich nicht, sah ihn nur immerzu an. Er rührte sich auch dann noch nicht, als die Baronin und alle andern dem Florian die Hand reichten und ihm gratulierten und ihn umdrängten. Und erst als dies geschehen war, trat der Oberhofer ganz nahe an seinen Sohn heran. Undurchdringlich war sein Gesicht.

Nur in seinen Augen war ein stilles Leuchten. Jetzt hob er die Hand, faßte das blonde Büschel Haare, das dem Florian widerspenstig in die Stirn hing, und zog sein Gesicht ganz nahe an sich heran. Aug in Auge standen sie, und dann lachte der Oberhofer in verhaltenem Stolz und sagte, sich zu einem groben Ton zwingend:

»Lausbub, miserabler!«

Der Bann war gelöst, und Florian mußte erzählen. Aber der Oberhofer machte dem bald ein Ende und sagte:

»So, und jetzt heim zur Mutter! Wie du mit der fertig wirst, ist deine Sach.«

Sie schritten rasch zu Tal. Der Bürgermeister konnte ihnen kaum folgen, und er hätte doch noch so vieles wissen wollen. Mittendrin fragte Florian:

»Wo ist denn eigentlich der Vinzenz geblieben?«

»Wie du oben warst, ist er heimgegangen«, antwortete der Vater.

So war es auch. Als Florian sich auf den Gipfel schwang und drunten auf der Hütte alles jubilierte, hatte sich Vinzenz auf und davon gemacht. Daß dem Florian aber auch alles zum Guten ausschlagen mußte! Alles, was er anpackte, gelang ihm! Und nun würde natürlich das ganze Land ringsum auf Wochen hinaus von nichts anderem reden als von dieser Erstbesteigung des Florian Feichtner. Er war der Held des Tages, und alle Mädel würden sich nach ihm den Hals ausrenken. Vom Gittli ganz zu schweigen! Die war jetzt verloren für ihn, den Vinzenz.

Nein, er hätte es nicht fertiggebracht, zu warten, bis Florian herunterkam vom Berg. Er hätte ihm nicht gratulieren können wie die anderen. Er haßte ihn jetzt noch mehr als früher. Und so rannte er durch den Wald, brachte seine Büchse wieder ins Versteck und kam auf den Niederhof in einer Laune, die der verkrüppelte Bruder vor allen anderen zu spüren bekam.

Von dort aus sah er dann auch, wie der Oberhofer mit dem Florian heimkam. Er sah, wie die Oberhoferin unter der Türe stand und ihren Buben immerzu streichelte. Dann zog sie ihn an den Händen ins Haus.

Florian sollte auch hier wieder erzählen. Aber nun machten sich die überstandenen Strapazen bemerkbar. Eine halbe Stunde später lag er schon in tiefem Schlaf. Und er träumte noch einmal das ganze große Erlebnis. Und er glaubte, das Gittli sei bei ihm und die Baronin streichle ihm übers Gesicht. Aber es war seine

Mutter, die in später Stunde nochmals an das Bett des Sohnes gekommen war.

Am nächsten Tag stand in der Zeitung groß zu lesen von der Bezwingung des gefürchteten Koffelgipfels. Immer wieder mußte der Oberhofer seiner Frau den Bericht vorlesen. Und es kamen in den folgenden Tagen viele Briefe und Anfragen aus der fernen Stadt an den Florian Feichtner, der mit dieser Erstbesteigung in die Reihe der meistgenannten Bergsteiger des Landes eingerückt war.

Florian ließ die Leute reden und die Zeitungen schreiben. Wichtig für ihn war einzig und allein, daß er oben gewesen war. Mochten andere sehen, wie sie es auch fertigbrachten. Ratschläge wollte er gerne erteilen, sofern man an ihn herantrat.

Nach ein paar Tagen ließ sich auch der Vinzenz auf dem Oberhof sehen. Er tat vertraulich:

»Von deiner Bergsteigerei braucht unsereins nimmer zu reden. Redet ohnehin das ganze Dorf davon. Du mußt schon einen guten Stern haben, weil dir alles so gut 'nausgeht, aber da hab ich dir was mitgebracht.«

Damit langte er in das Westentascherl, zog einen Schein heraus und steckte ihn dem Florian zu.

»Was hast denn da?« fragte Florian. »Dös sind ja zwanzig Mark?«

»Ja, nimm sie nur, die gehören schon dir. Soll vielleicht ich sie einstecken, wo ich den Bock gar net geschossen hab?«

Florian war unschlüssig.

»Deswegen hab ich net geschossen.«

»Richtig, aber spreiz dich net länger, und nimm das Geld!«

»Hast ihn heimgebracht, den Bock, ohne daß einer was gemerkt hat?«

»Das versteht sich, Flori! Überhaupt, was liegt denn der Baronin oder dem Staat schon an so einem lausigen Rehbock?

Die Baronin hat letzthin selber einmal gesagt, daß ihre Jäger viel mehr abschießen müßten.«

»Hat sie gesagt?«

»Frag sie selber«, redete Vinzenz eindringlich auf den anderen ein. »Wenn du gern mitgehst am Sonntagnachmittag oder in der nächsten Mondnacht, eine Büchse hab ich schon für dich.«

Florian wehrte sich.

»Ich mag's meinen Leuten net antun.«

»Geh, Florian, was soll denn da aufkommen? Ich geh jetzt schon über ein Jahr 'naus, und net dös geringste haben die Jager bis jetzt gespannt. Du bist doch sonst so ein mutiger Kerl! Steigst auf den Koffel 'nauf und hast Angst, wenn 's Büchserl knallt!«

»Angst hab ich net«, wehrte sich Florian. »Aber mir ist's um die Schand und um meine Leut.«

Für heute gab sich der Vinzenz zufrieden. Aber er trat immer wieder als Versucher heran, bis Florian endlich in einer mondhellen Nacht mitging.

Und dann hatte ihn die Jagdleidenschaft erfaßt wie ein Rausch. Oh, wie leicht doch so was zu lernen ist, dieses Anpirschen, dieses Warten auf die Beute. Wie prickelnd das Spiel mit der Gefahr!

Oft und oft nahm sich Florian vor, nicht mehr hinauszugehen. Aber wenn dann der Tag da war, kam Vinzenz wieder, und er selbst wurde auch schon ruhelos und fand die Ruhe erst, wenn er den kühlen Lauf der Büchse in seinen Fäusten fühlte.

Vinzenz hatte ihm einen fast neuen Stahldrilling verschafft, während er selbst immer noch mit seinem alten Kugelstutzen schoß. Da aber für Florians Waffe die Munition schwerer zu beschaffen war, nahm er seines Vaters alten Zwilling, der in der Rumpelkammer droben unter dem Gerümpel hing, putzte ihn spiegelblank und versteckte ihn droben im Wald.

Noch war immer alles gutgegangen. Vinzenz wußte fast immer, in welchem Revier die Jäger waren, und sie gingen dann meistens in der entgegengesetzten Richtung.

Seine Eltern glaubten ihn an den Sonntagnachmittagen droben auf der Alm beim Gittli. Meist stimmte das auch; denn erst ging es auf den Bock, dann wurde die Büchse versteckt, und Florian schlenderte der Alm zu. Das Fortschaffen der Beute war Sache des Vinzenz.

Mit dem Gittli war Florian ein Herz und eine Seele. Nur das bedrückte ihn jetzt zuweilen, daß er vor ihr ein Geheimnis hatte. Sollte er sich vor ihr offenbaren? Sollte er ihr erzählen von seinen geheimen Wegen, von seiner neuen Leidenschaft? Er brachte es nicht über sich. Denn da er dieses Tun selbst als ein Unrecht empfand und da er überdies mit leisem Erschrecken feststellte, daß ihn von dieser Leidenschaft nichts mehr abzubringen vermochte, darum schrak er davor zurück, Gittli nutzlos in Unruhe zu stürzen. Bekehren wird sie mich ja doch nicht, sagte er sich.

Und doch wäre es vielleicht gerade die Macht der Liebe gewesen, die ihn noch abzubringen vermochte von dem unheilvollen Weg, den er unter dem Einfluß des Vinzenz beschritten hatte. Dem Vinzenz aber vertraute Florian blindlings. Er war kein guter Menschenkenner, sonst hätte er die Ränke des Jugendgenossen längst durchschaut.

In diesem Sommer gab es Hochzeit auf Schloß Eggenheim. Baron Helmut führte seine Jugendliebe als Braut heim und begann sich dann alsbald als Schloßherr aufzuspielen.

Eine seiner ersten Anordnungen betraf die Jagdaufsicht. Er ließ die beiden Jäger zu sich kommen: Das Faulenzen auf der Jagdhütte müsse ein Ende nehmen. Es gehe nicht an, daß die besten Böcke den Wilderern gehörten. Hier müsse mit rücksichtsloser Härte durchgegriffen werden, verlangte der Baron von den Jägern.

Vielleicht hat er in diesem Punkt recht, dachte die Baronin.

Das Wildern hat in der letzten Zeit überhandgenommen. Aber traf denn die Jäger dabei eine Schuld? Das Jagdgebiet war ja viel zu groß für zwei Betreuer. Und sie hatte selbst in letzter Zeit schon daran gedacht, noch einen dritten Jäger einzustellen. Aber das sollte der Helmut nun machen. Was die Jagd betraf, so wollte sie ihm freie Hand lassen. Die Leitung des Gutes aber wollte sie noch behalten.

11

Sonntagnachmittag. Einer von jenen ruhigen Herbstsonntagen, wo die Wälder so still sind, als ginge der Herrgott selber durch sie hin.

Kein Lufthauch war in dem schönen Nachmittag. Die Bäume standen still wie Tempelsäulen, und wenn nicht manchmal ein Tannenzapfen aus schwindelnder Höhe herabgesaust wäre, so hätte man glauben können, man sei in einer Kirche.

Melodisches Herdengeläute erfüllte die Almgründe. Wie ein klingender Atem verwehte es in der Luft, ohne nachzusingen. In den Latschenbüschen knisterte die Hitze, und die fingerlangen glänzenden Nadeln hingen wie trauernd herab.

Da zerriß ein Schuß die sonntägliche Stille, und droben am schmalen Steig brach eine Gemse im Feuer zusammen, kollerte als graues Bündel über die Wand und blieb am Rande des Latschenfeldes liegen.

Zwei Hände griffen heraus und zogen die Beute herein in das Dickicht. In den Bergwänden rollte noch das Echo des Schusses. Zwei Gesichter tauchten über den Latschenbündeln auf, horchten, lauschten. Alles blieb still.

Die Almglocken läuteten wieder friedlich. Ein paar Steine fielen drüben an der Wand, dann wieder Stille.

Florian hatte die rauchende Büchse beiseite gelegt, sah widerwillig dem Vinzenz zu, wie er die Gemse kunstgerecht aufbrach und as Messer dann mit einem Moosbüschel vom Blut säuberte. Ihn ekelte vor solchem Tun, und gerade wollte er sich entfernen, da klang von der einsamen Wetterföhre herüber eine helle und scharfe Stimme.

»Hände hoch!«

Florian riß den Kopf zurück.

Drüben, kaum sieben Meter entfernt, stand der junge Baron, hatte das Gewehr im Anschlag, den Finger am Drücker.

Blitzschnell lag Florian auf dem Boden. Er wußte gar nicht recht, ob Vinzenz bei ihm war. Er war aber bei ihm. Regungslos verhielten sie sich. Nur Vinzenz spannte leise den Hahn seiner Büchse. Florian klemmte sich ein Latschenbüschel in die Zähne, damit man sein Gesicht nicht erkenne.

Da beging Helmut von Eggenheim die Unvorsichtigkeit und trat mit angeschlagenem Gewehr hinter der schützenden Föhre hervor. Er ging auf die beiden zu, als handle es sich um ein paar Kinder, die man nur zu nehmen brauchte, um sie auf den rechten Weg zu führen.

Vinzenz stieß einen Fluch aus. Er erkannte, daß eine Flucht unmöglich war, denn hinter ihnen ging es steil über ein Geröllfeld hinauf. Sein Finger krümmte sich am Abzug.

Auch Florian fühlte, daß es kein Entrinnen mehr gab. Sie waren in eine richtige Falle geraten. Er hatte nur das eine, sichere Empfinden, daß Helmut ihn noch nicht erkannt haben konnte.

»Dem brennen wir eins 'nauf!« zischte Vinzenz. »Aber auf die Füß hinhalten!«

Langsam spannte Florian den Hahn. Dies mußte der Nahende bemerkt haben, denn mit einem kurzen Ruck riß der die Büchse an die Wange.

Wer hätte nachher noch feststellen können, ob zwei oder drei Schüsse gefallen waren in dieser kurzen Sekunde? Jedenfalls erstickten sie den Schrei, den der Baron noch ausstieß, bevor er zusammenbrach. Florian wußte bloß, daß in der ungeheuren Erregung sein Finger den Abzugsbügel berührt hatte. Er hätte nicht sagen können, ob er getroffen hatte oder nicht. Vor seinen Augen verschwamm alles in Nebel. Neben ihm zischte Vinzenz mit heiserer Stimme:

»Teufel, Florian, was hast jetzt angefangen!«

Da riß es ihn empor. Er stürzte hin zu dem Getroffenen, beugte sich über ihn und stammelte in seinem Schrecken törichte Worte. Aber der Sterbende verstand sie nicht mehr. Ein kurzer Atemzug, ein leises Stöhnen, und sein Kopf fiel zur Seite. Die Augen wurden gläsern, unter der Haut stieg langsam die Farbe des Todes empor. Unbeweglich und starr lag der junge Baron. Aus der rechten Schläfenseite sickerte ein dünner Streifen roten Blutes.

Florian rüttelte ihn an der Schulter. Es half nichts mehr. Sein Kopf sank langsam herab auf des andern Brust. Plötzlich aber riß er den Kopf zurück, starrte den Vinzenz wütend an.

»Du Hund, was hast du aus mir gemacht!«

Vinzenz duckte sich zurück.

»Hab dir doch extra gesagt, du sollst auf die Füß hinhalten!«

»War ich's denn überhaupt?« schrie der Florian wie ein gemartertes Tier.

Vinzenz machte eine todernste Miene.

»Ich hab ja gar net geschossen. Schau her, ich hab ja noch die Kugel im Lauf.«

Er hatte die Verstörtheit Florians benutzt, um schnell eine neue Kugel in den Lauf zu schieben; jetzt wies er sie dem anderen mit der Miene eines unschuldig Verdächtigten.

Stöhnend wandte sich Florian ab. Vinzenz aber hob mit einem jähen Ruck den Kopf. Hatte nicht soeben das Gestein geklirrt? Wie von eisenbeschlagenen Schuhen! Mit einer huschenden Bewegung sprang er in die Latschen zurück, dann hinunter auf den Steig und hetzte in wilder Flucht davon, ohne den Kameraden zu warnen.

Florian merkte in seiner Verstörtheit von allem nichts, sah erst auf, als der Praxner-Hans, der jüngere der beiden Gutsjäger, vor ihm stand.

Da fuhr er zusammen und suchte mit gehetzten Augen einen Ausweg. Aber es gab keinen. Der Jäger stand wie ein Pfeil vor ihm, hatte mit einem einzigen Blick die ganze Situation erfaßt.

Er sah, daß sein Herr tot war, und sah den Feichtner-Florian neben der Leiche.

»Wie hat das passieren können? Und wie kommst du da her, Florian?« fragte er kurz.

Florian wich dem forschenden Blick des Jägers aus.

»Ich bin – von da droben bin ich kommen, ja. Und da hab ich ihn liegen sehen.«

»Und das Gewehr da? Wem gehört das?« Der Jäger stieß mit dem Fuß gegen das Gewehr.

Florian zuckte aufs neue zusammen.

»Ich weiß es net! Weiß überhaupt nichts!«

Der Jäger wandte seine forschenden Augen von Florian, bückte sich zu dem Toten nieder und murmelte:

»Die arme Frau Baronin!«

Wie ein Schlag ging es durch Florian. Er hatte bis jetzt noch nicht an die Baronin gedacht. Jetzt fiel es zentnerschwer über ihn her. Sein Kopf sank ihm auf die Brust. Was hatte die Baronin nicht schon alles Gute an ihm getan. Und er? Er mordete ihr dafür ihren einzigen Sohn.

»Bleib da«, sagte der Jäger plötzlich. »Ich hol meinen Kameraden, daß wir den Herrn 'nunterschaffen können.«

»Nein, nein«, wehrte sich Florian entsetzt. »Bleib du da, ich hol ihn schon.«

Er stürzte davon mit einer Hast, als säße ihm das Grauen im Nacken. Wie verwandelt doch plötzlich die Welt war, der schöne, leuchtende Herbsttag, die Berge mit allem, was sie trugen. Alles war plötzlich grau um den jungen Menschen, grau und ohne Licht.

Florian eilte wirklich zur Jagdhütte, verständigte mit kurzen Worten den zweiten Jagdgehilfen, der das Schreckliche zuerst gar nicht glauben wollte, aber dann doch schnell davonstürzte. Florian blieb auf der Bank vor der Jagdhütte sitzen. Allmählich fanden sich seine Gedanken wieder zusammen. Alles stellte er in geordneter Reihenfolge vor sich hin. Vielleicht ist er doch nicht tot, wagte er zu hoffen, um gleich darauf wieder den Kopf zu schütteln. Da hilft kein Kraut mehr! Der wird nicht mehr lebendig. Und er, ausgerechnet er, dem die Baronin immer besonders zugetan war, er mußte ihn töten!

Natürlich war ich es, gestand er sich schonungslos. Der Vinzenz hat ja die Kugel noch im Lauf gehabt. Hab es ja selber gesehen. Aber eines wußte er gewiß. Gezielt hatte er nicht nach dem jungen Baron, wenigstens nicht nach dem Kopf. Der Schuß war im Erschrecken abgegeben.

Wo nur der Vinzenz mit einem Male hingekommen war? Warum hatte er ihn nicht rechtzeitig gewarnt, als der Jäger kam? Vielleicht hatte er es doch getan. Sicher hatte er es getan! Aber seine Gedanken sind zu zerstückelt gewesen, als daß er darauf noch geachtet hätte. Und dann war der Jäger vor ihm gestanden.

Plötzlich riß es Florian.

Das Gewehr! Der Jäger hat sicher das Gewehr an sich genommen. Wahrhaftig, ein schlagender Beweis, um ihn der Tat zu überführen. Aber was ging ihn das Gewehr an? Er wußte von nichts, kannte es nicht. Er sah es bei dem Toten liegen, als er zufällig auf ihn stieß. Wer will es anders wissen? Der es anders weiß, muß schweigen.

Immer ruhiger wurde Florian. Erst als es Abend werden wollte, begann sich sein Gewissen wieder zu rühren. Du hast einen Menschen getötet, sagte es ihm immer wieder vor. Der Baronin Sohn hast du getötet.

Er sprang auf und rannte ziellos einsame, verschwiegene Wege. Nirgends aber fand er Ruhe. Überall, aus allen Büschen und Bergschluchten, trat ihm das bleiche Gesicht des jungen Herrn von Eggenheim entgegen. Es trieb ihn wie einen Gehetzten immer wieder fort.

Die Schatten des Abends wurden länger und länger. Irgendwo von einer Alm klang ein Lied zur Zither. Die leidenschaftlichen und doch schwermütigen Töne verschmolzen mit dem Rauschen des Bergwindes, der immer stärker wurde und als übermütiger Geselle in die Latschenbündel sprang.

Florian preßte die Kiefer hart zusammen. Herrgott, wenn er doch auch noch einmal so ein fröhlicher Mensch werden könnte, der singen kann in der Freude seines Herzens! Aber er würde wohl nie mehr in seinem Leben sich richtig freuen können oder gar singen. Gestern noch war er ein froher und stolzer Mensch, und heute –

Vor kurzem haben sie noch voll Bewunderung über ihn gesprochen, als er den Koffel bezwungen hatte. Morgen schon werden sie mit dem Finger auf ihn deuten.

Aber es weiß ja niemand, suchte er sich immer wieder zu beruhigen. Wer will es denn beweisen, daß ich es war?

Den Hut in der verkrampften Faust, schritt er wieder talwärts, stieg über ein paar Almzäune und stand dann plötzlich vor dem Gittli. Das Mädchen war außer sich vor Freude über sein Kommen und bemerkte die Verstörtheit in seinen Zügen gar nicht. Nur einmal während ihres munteren Geplauders sah sie ihn forschend an.

»Hast du was, Florian? Du redest ja kaum ein Wörtl. Hast Ärger gehabt?«

»Ich?« fuhr er auf. »Was fällt dir ein?« Er versuchte ein Lachen, das ihm vollständig mißlang. »Allweil ist man halt net aufgelegt zum Reden.«

Nun getraute sich auch das Gittli nichts mehr zu sagen. Aber immer wieder sah sie ihn an.

»Du kannst sagen, was du willst, Florian, du hast was heut«, begann sie nach einer Weile von neuem. »Ich kenn dich doch zu gut. Sag, hängt es mit mir zusammen? Magst mich nimmer?«

Florian faßte nach ihren Händen und sah sie lange an.

»Du weißt doch, wie gern ich dich hab, Gittli. Wie kannst

denn bloß auf so einen Gedanken kommen?«

»Weil du – ich weiß es selber net –, du bist so ganz anders heut.«

Er hatte bis jetzt gewartet, daß sie vielleicht schon etwas wüßte von dem entsetzlichen Geschehen droben in den Latschen. Es schien nicht der Fall zu sein, denn sonst hätte sie schon längst davon gesprochen. So wurde er auch wieder ruhiger. Aber er fragte, wie in einer dunklen Ahnung vor etwas unabwendbar Kommenden:

»Du tätst doch immer zu mir halten, Gittli, könnt kommen, was möcht?«

Ganz verwundert schaute sie ihn an.

»Natürlich, Florian, wie kannst denn da fragen?«

»No ja, es könnt ja sein, daß einmal etwas käm, etwas ganz Unerwartetes, wo du mich dann nimmer möchtest.«

»Ist vielleicht schon so was?« fragte Gittli plötzlich angstvoll. Es war ihr wie ein Blitz ins Köpfchen gefahren, daß vielleicht eine andere bestimmend in Florians Leben getreten sein könnte.

»Es ist gar nichts, Gittli. Wirklich gar nichts«, beruhigte er sie. »Dös war bloß so eine Red von mir, die nichts zu sagen hat.« Dann schrak er aber gleich darauf heftig zusammen, als die Emerenz unverhofft aus der Hütte trat und sich zu den beiden aufs Bankerl setzte. Sie plauderte eine Weile über das Wetter, über das Vieh und das gute Futter, das heuer überall auf den Almen stand. Dann verschwand sie wieder, weil sie fühlte, daß ein Dritter hier zuviel sei.

»Gute Nacht, Emerenz«, rief ihr das Gittli noch nach und schmiegte sich enger an Florian. Aber er war sonderbar still in der folgenden Stunde. Wohl brachte er ab und zu ein dunkles Lachen zuwege, das aber gar nicht in Beziehung stand zu ihrem munteren Geplauder.

Der Mond stieg über den Bergen hoch. In seinem weißen Licht verwandelten sich die Dinge und sahen irgendwie fremd aus. Ein Nachtvogel rief durch den dunklen Wald. Florian fuhr wieder heftig zusammen. Diesmal lachte das Gittli hell und fröhlich auf. Es war doch auch wahrhaftig zum Lachen. Florian, der große, starke Florian, der den Koffel bezwungen hatte, schrak zusammen vor dem Ruf eines kleinen Waldvogels, wie ein Kind, das sich fürchtet vor der Nacht. Ja, es war wirklich zum Lachen, und es war zugleich auch ein Grund, den großen Florian noch vertrauensseliger in die Arme zu nehmen.

12

Es dämmerte über den Wipfeln der Parkbäume des Schlosses Eggenheim. Hinten im Hof tummelten sich in fröhlichem Spiel die Kinder der Gutsarbeiter. Die Baronin hatte ihnen hier eigens einen kleinen Spielplatz schaffen lassen mit einem Sandberg und allerlei Spielgerät. Hier war immer Leben, hier schien auch die Sonne am längsten, und hier saß auch die Baronin um diese Stunde sehr gerne, denn man konnte von hier aus die ganze Bergkette überschauen. Es war schön, eine Weile mit offenen Augen in das Abendrot zu schauen, um dann die Augen zu schließen und dem hellen Kinderlachen zu lauschen.

Die Eltern der Kinder saßen auf der langen Bank vor dem Gesindehaus beim gemütlichen Plausch. Die Männer rauchten ihre Pfeifen, die Frauen saßen mit irgendeiner Flickarbeit dabei. Ab und zu drang aus den Pferdeställen das helle Gewieher des jungen Berberhengstes, den Helmut von Eggenheim seiner jungen Frau gekauft hatte. Die junge Frau war eine leidenschaftliche Reiterin und ritt den Hengst jeden Morgen ein paar Stunden. Nun aber stand das Tier schon ein paar Tage im Stall, denn Hertha von Eggenheim war zum Wochenende in die Stadt gefahren, wo jetzt das gesellschaftliche Leben nach der Sommerpause seinen Anfang nahm.

Helmut wollte in den nächsten Tagen nachkommen. Dann konnte man doch endlich wieder frei aufatmen und das Leben genießen. Die junge Frau hatte sich wirklich danach gesehnt. Wie war es doch so entsetzlich langweilig auf so einem Gut! Keine Abwechslung, keine Gesellschaft, kein Tanz, nichts, gar nichts! Man müßte ja verkümmern hier! Dafür begegnete einem auf Schritt und Tritt diese kühle, überkorrekte Schwiegermutter, die immer nur in einer Welt voller Pflichten lebte...

Die Baronin ihrerseits hatte nichts unversucht gelassen, die Schwiegertochter für ihrer Obliegenheiten als künfige Gutsherrin zu interessieren. Aber da war sie auf eine Verständnislosigkeit ohnegleichen gestoßen. Nein, für eine Bäuerin wäre sie sich zu schade. Dazu habe sie nicht geheiratet, um auf dem Lande zu versauern, erklärte Hertha rundheraus.

An diese unüberbrückbaren Gegensätze dachte die Baronin, als sie jetzt in einem Liegestuhl auf der oberen Terrasse lag und dem Spiel der Kinder auf dem Hof zusah.

Plötzlich verstummte das Kinderlachen. Wie abgeschnitten war es. Ganz still wurde es. Man hörte die Parkbäume leise rauschen und hörte klappernde Schritte drunten im Hof.

Unwillkürlich richtete sich die Baronin auf. Sie sah drüben beim Gesindehaus die Leute stehen, aufgeregt und mit verstörten Gesichtern.

Die Baronin war gerade im Begriff, an die Brüstung zu gehen, als durch die Balkontüre der Diener Emil auf sie zutrat, mit einigen Schritten Abstand vor ihr stehenblieb und in großer Verlegenheit nach ein paar Worten suchte.

Die Frau legte den Kopf ein wenig zurück, sah ihn mit halbgeschlossenen Augen scharf an, so wie sie sich das angewöhnt hatte, wenn sie des Abends nach den Gespannen ausspähte.

»Was ist denn geschehen, Emil?«

»Verzeihen, gnädige Frau, es muß etwas Schreckliches passiert sein. Die Jäger brachten den jungen gnädigen Herrn aus dem Wald –«

»Ja – und?«

Emil senkte den Kopf, es wurde ihm schwer, die Antwort auf diese kurze Frage zu geben.

Kein Laut entrang sich dem Mund der Frau. Nur ihre Lippen preßten sich übereinander, daß sie weiß wurden. Langsam ging sie die Veranda zurück, ging dann schneller und immer schneller, nahm die breite Treppe fast im Lauf und stand dann drunten in der großen Halle, wo die Jäger die Bahre niedergestellt hatten. Sie stand wie eine Steinfigur, ganz unbeweglich, sah, wie sich vor dem großen Eingangstor das Gesinde Kopf an Kopf drängte, und sah auf der Bahre zwischen den Tannenreisern das todblasse Gesicht ihres Sohnes. Da riß sie die Wucht des Geschehens in die Knie.

Sie preßte das Gesicht in die Latschenzweige auf der Brust des Toten und verharrte so eine Weile in stummem Schmerz. Dann richtete sie sich langsam auf. Ihr Mund zuckte vor Qual:

»Wie konnte es geschehen? Wißt ihr, wie es sich zugetragen hat?«

Der Praxner-Hans drehte verlegen den Hut zwischen den Fäusten. Er konnte nur berichten, was er vermutete.

»Und habt ihr irgendwelche Anhaltspunkte?« unterbrach ihn die Stimme der Baronin. »Einen Verdacht, wer es gewesen sein könnte?«

Schweigen.

»Keinen Verdacht?« fragte die Baronin mit gepreßter Stimme.

Da fiel zum erstenmal das Wort:

»Der Oberhofer-Florian.«

Die Baronin zuckte aufs tiefste erschrocken zusammen. Verworrenes Gemurmel entstand unter dem Gesinde. Die Frau schüttelte energisch den Kopf.

»Das kann nicht sein! Der war es nicht! Die Untersuchung wird es ergeben. Und jetzt, Leute, geht zur Ruhe. Das Tagwerk beginnt morgen genauso wie sonst. Der Verwalter –«, sie ging auf ihn zu. »Herr Verwalter, melden Sie den Vorfall auf der Gendarmerie. Auch der Pfarrer soll verständigt werden. Und ihr«, wandte sie sich an die Jäger, »ihr übernehmt die Aufbahrung. Gleich hier in der Vorhalle. Einfach und schlicht. Ich will keinen großen Aufwand.«

Sie wandte sich ab, erinnerte sich plötzlich an etwas und winkte den Diener Emil heran, schrieb ein paar Worte auf ein

Blatt Papier und reichte es ihm.

»Hier, dieses Telegramm muß sofort besorgt werden. Die junge Frau wird im Laufe der Nacht noch eintreffen. Ich will haben, daß man sie zuerst zu mir führt, bevor sie den Toten sieht.«

Solange sie sich nicht allein wußte, hatte die Baronin sich mit äußerster Kraft aufrecht gehalten. Jetzt aber, da sie sich in ihr Zimmer zurückzog, mußte sie sich auf dem Weg dorthin ein paarmal gegen die Mauer lehnen, als würde sie von einem Schwindel befallen.

In ihrem Zimmer angekommen, ging sie dort mit großen Schritten ruhelos umher, lehnte sich dann gegen das hohe Fenster und preßte das Gesicht in die Arme. Jetzt erst erfaßte sie die ganze Wucht des Geschehens. Sie hatte also keinen Sohn mehr. Drunten in der Halle lag er, tot und starr, und es wußte niemand, wessen Kugel ihn niedergestreckt hatte.

Der Oberhofer-Florian? Wie der Praxner nur auf diesen Gedanken kam!

Die Baronin weinte nun haltlos, daß es ihren ganzen Körper erschütterte.

Draußen harfte der Wind durch die Parkbäume, und auf der breiten Freitreppe lag das bleiche Licht des Mondes. Im Dorf drunten schlug jetzt die große Stiftsglocke an. Feierlich schwang ihr Klang durch Nacht und Mondschein. Und hernach bimmelte in kurzen Absätzen das Totenglöcklein. Der Verwalter hatte also dem Pfarrer schon den Tod des letzten Eggenheimer gemeldet.

Stunden vergingen, bis draußen vor dem Gittertor ein Auto hielt. Die Baronin richtete sich auf und ging der Schwiegertochter entgegen.

Noch in der Nacht verbreitete sich die Kunde von dem grausigen Geschehen wie ein Lauffeuer über das Dorf hinaus. Und wie sie damals bei seiner Hochzeit viel zu reden wußten, wußten sie jetzt bei seinem Tode noch viel mehr. Es wird ja niemals über einen Menschen so viel geredet, als wenn er heiratet oder stirbt.

Die Gerüchte fanden um so üppigere Nahrung, je geheimnisvoller das Dunkel war, das immer noch über die näheren Umstände der Tat gebreitet lag.

Der aber, der die beste Auskunft hätte geben können, lag droben im Schloß als stiller Schläfer. Seine gefalteten Hände umschlossen ein kleines silberbeschlagenes Kruzifix. Zu seinen Häupten brannten sechs dicke Wachskerzen auf hohen silbernen Leuchtern. Dahinter war die Mauer bespannt mit einem schwarzen Tuch, das in der Mitte das mit Silber gestickte Wappen derer von Eggenheim trug.

Die junge Frau hatte aufgeschrien, daß es durch das ganze Schloß hallte, als die Mutter sie an die Bahre des Toten führte. Jetzt aber saß sie oben in ihrem Zimmer und schrieb Depeschen und Todesanzeigen. Einen ganzen Berg hatte sie schon vor sich liegen. Sie war sich nach dem ersten Schmerz sofort bewußt, wie und auf welche Weise dem Rang und Namen der Eggenheim Rechnung getragen werden mußte. Sie schrieb, bis das erste Morgenlicht durch die Fenster fiel. Und auch dann fiel ihr noch dies und jenes ein. Am besten war, man schickte gleich ein paar Leute mit dem Auto in die Stadt, damit sie alles besorgen könnten.

Währenddessen stand die Baronin drunten in der Halle vor ihrem toten Sohn. Sie weinte nicht mehr, aber ihr Gesicht war noch härter und verschlossener geworden in dieser einen Nacht. Durch das hohe Fenster fiel das Morgenrot herein und umschimmerte den Toten und seine Mutter mit zärtlichem Licht. Draußen im Park begann eine Amsel zu singen.

Der Tag war erwacht und das Leben.

Auf dem Oberhof wurde die Morgensuppe aufgetragen. Blaß und mit dunklen Ringen um die Augen saß Florian am Tisch und löffelte mechanisch aus seiner Schüssel. Der Vater sah ihn ein paarmal prüfend an, bis er sagte:

»Du schaust ja ganz übernächtig aus, Florian. Wann bist denn heimkommen?«

»Ich weiß net, wieviel es war«, wich Florian aus.

»No, früh kann's net gewesen sein, weil ich und die Mutter erst um elfe ins Bett sind. Da warst noch net da. Das Herumzigeunern bei der Nacht gefällt mir schon länger nimmer. Wo bist denn gewesen?«

»Auf der Alm droben.«

»Hast du schon gehört, was passiert ist drüben auf dem Schloß?«

»Der Girgl hat mir's grad gesagt unterm Roßputzen.«

»Die Baronin erbarmt mich. Ich werd nachher gleich 'nüberschauen aufs Schloß. Die arme Frau wird gar net wissen, wo ihr der Kopf steht. Am End braucht sie mich.«

Florian starrte den Vater an, dann löffelte er weiter an seiner Suppe.

»Wo hast es denn du gehört, Girgl?« wandte sich der Oberhofer an den Knecht.

»Gestern abend im Wirtshaus drunten. Es ist ja von nichts anderem mehr geredet worden.«

»Aber wer es gewesen sein könnt?«

»Na, das hat kein Mensch sagen können.«

»No ja, das werden s' schon 'rausbringen.«

Florian schluckte und riß den Hemdkragen auf. Es war plötzlich alles so furchtbar beengend, und er glaubte, die Stubendecke müßte einstürzen. Gottlob, daß die Mahlzeit beendet war!

Der Bauer schaffte den Knechten die Arbeit für den Vormittag an und wandte sich an Florian:

»Hol mir meine Feiertagsjoppe 'runter und den Hut. Ich geh jetzt aufs Schloß.«

Als Florian an der offenen Küchentüre vorbeiging, fragte ihn auch die Mutter:

»Was sagst denn zum jungen Baron, Florian? Ja, das kommt von dem Wildern! Zuerst schießt man auf Böck und dann auf die Menschen.«

Florian gab keine Antwort, zuckte nur die Achseln und ging in das obere Stockwerk hinauf. Das Treppengeländer knirschte unter dem Druck seiner Fäuste. Er war zum Umfallen müde. Die ganze Nacht hatte er kein Auge zugebracht. Er sah drüben im Schloß alle Fenster erleuchtet und sah das bleiche Gesicht des von ihm Erschossenen vor sich.

Bei jedem kleinsten Laut zuckte er zusammen. Und als der Vater jetzt drunten an die Stubendecke pumperte, weil er so lange ausblieb, sprang er mit einem Satz zum Fenster hin, als wollte er die Flucht ergreifen.

Es war gut, daß ihn der Vater für diesen Vormittag auf den Acker hinausschickte. Da draußen, hinter dem Pflug, war es vielleicht besser als hier im Haus, wo es ihm dünkte, als wolle alles sich über ihn herstürzen.

Der Bauer war wegbereit.

»Steckst den Pflug net gar zu tief«, rief er Florian noch nach. »Höchstens ins dritte Loch. Der Grund da droben ist sowieso so locker!«

»Er langte nach der Türklinke, da wurde sie von draußen geöffnet, und der Praxner-Hans trat mit dem Ortskommandanten der Gendarmerie über die Schwelle.

»Guten Morgen, Oberhofer«, grüßte der letztere und tippte an den Mützenrand.

»Guten Morgen«, antwortete der Oberhofer ein wenig verwundert.

Florian stand im Ofenwinkel, mit einem Gesicht so grau, als hätte ihm jemand Asche hineingeworfen.

»Wo wollt ihr denn heut schon aus?« fragte der Oberhofer. »Ah, ich kann es mir schon denken. Es handelt sich wohl wegen dem jungen Baron drüben. Grad wollt ich ’nübergehn aufs Schloß. Hat man schon etwas erfahren?«

»Nein, noch net ganz, Herr Feichtner.« Der Kommissar sprach den Oberhofer immer mit »Herr Feichtner« an. »Aber – es muß sich ja 'rausstellen jetzt.« Ein scharfer Blick zur Ofenecke hin. »Es tut mir leid, Herr Feichtner, aber wir kommen wegen Ihrem Sohn, dem Florian. Er steht in dringendem Verdacht –«

Der Oberhofer unterbrach den Satz des Kommissars mit einem wilden Aufschrei. Sein Gesicht verzerrte sich.

»Mein Florian? Dös muß ein Irrtum sein!«

»Ich möchte es wünschen, Ihretwegen, Herr Feichtner. Und auch wegen Ihrer Frau.« Und nun nahm der Kommissar dem Jäger das eine Gewehr vom Rücken, ging damit auf Florian zu und sagte:

»Sie leugnen doch nicht, daß gestern dieses Gewehr neben Ihnen lag, als der Praxner Sie neben dem Toten antraf. Kennen Sie das Gewehr?«

Florian schüttelte den Kopf.

Da trat der Oberhofer herzu. Er hatte sich bereits gefaßt. Ein kurzer prüfender Blick auf das Gewehr.

»Das ist mein Gewehr. Das hab ich droben im Dachboden gehabt. Florian, wie kommt das Gewehr da ausgerechnet zu dir?«

»Sehr einfach«, erklärte der Gendarm. »Er wird es halt vom Dachboden 'runtergeholt haben.«

Dem Oberhofer schwollen die Adern auf der Stirn an.

»Herr Kommissar, Sie werden doch net glauben, daß mein Bub –«

»Ich glaube vorerst einmal gar nichts. Aber es ist doch sehr verdächtig, daß ausgerechnet der Florian mit seinem Gewehr bei dem Toten steht. Und wie der Praxner hier bekundet, hat sich der Florian sehr auffällig benommen.«

Der Oberhofer verlegte sich aufs Bitten.

»Florian, schau mir in die Augen! Gelt, du warst es net! Du

hast doch nie gewildert! Hörst denn net? Anschaun sollst mich!« Er wich ein paar Schritte zurück. »Du kannst es net.« Ein Stöhnen, daß es den schweren Mann fast erschütterte. »Du kannst mir net in die Augen schauen, Bub! Das sagt viel.«

Mit verzerrtem Gesicht wandte er sich um. Er wollte die Mutter holen. Aber die Bäuerin stand schon eine Weile unter der Türe. Niemand hatte sie kommen hören. Jetzt flog sie mit einem Schrei auf Florian zu.

»Sag, Florian, daß es net wahr ist! Nimm doch die schreckliche Angst von mir!«

»Er kann's nicht leugnen«, fiel der Gendarmeriekommissar dazwischen. »Also, Florian Feichtner, gestehen Sie offen, daß Sie gewildert haben und dabei von dem Baron überrascht wurden. Sie wollten ihn vielleicht gar nicht absichtlich erschießen. In der Erregung ist es eben passiert. Es ist viel besser, wenn Sie gleich ein offenes Geständnis ablegen. Es fällt dies beim Strafausmaß sehr ins Gewicht.«

Florian gab keine Antwort. Er fühlte, daß acht Augen auf ihn gerichtet waren. Niemanden sah er an, sondern blickte starr zu Boden. Da sprang der Oberhofer auf, faßte den Sohn mit hartem Griff und zwang ihn, ihm ins Gesicht zu schauen.

»So red doch ein Wort! Bist es gewesen oder net? Wenn du es gewesen bist, dann sei auch net so feig und drück dich vor der Straf!«

Florian hob den Kopf. Seine Augen waren rot umrändert. Er schob den Vater mit einer Bewegung von sich und sagte dann ruhig und klar:

»Ja, ich bin es gewesen.«

Die Mutter sank aufschreiend auf die Bank. Der Bauer aber gab keinen Ton von sich. Er atmete nur wie ein Erstickender und sagte dann nach einer Weile hart:

»Also doch! Ich hab es net glauben wollen, bis du es net selber gesagt hast jetzt. Jeden hätt ich erwürgt, der das von dir behauptet hätt. Dich kann ich net erwürgen, aber für mich bist gestorben seit heut.«

»Net hart sein Vater!« schluchzte die Mutter auf.

Er gab keine Antwort, sondern ging zum Fenster und blickte mit heißen Augen ins Leere. Er hatte in dieser Stunde den Sohn verloren. Für ihn gab es kein Verzeihen. Seine Hände schlossen sich zu zuckenden Fäusten.

»Florian Feichtner«, hörte der Bauer den Kommissar sagen. »Ich muß Sie zur Untersuchungshaft einliefern, da Fluchtverdacht vorliegt.«

»Ich geh schon mit«, sagte Florian dumpf. »Ich mach es Ihnen net schwer, Sie tun ja bloß Ihre Pflicht. Aber – könnt ich vielleicht meine Joppe noch 'runterholen von meiner Kammer?«

»Ja, ich geh aber mit. Halt, noch eine Frage: Der Praxner sagte mir, daß droben bei dem Latschenfeld, wo man den toten Baron fand, neben der Ihren auch noch eine zweite Fußspur zu sehen gewesen sei. Sie waren also zu zweit. Wer ist der andere?«

Der Oberhofer hob lauschend den Kopf.

Aber da sagte Florian schon ohne jedes Überlegen:

»Es ist niemand bei mir gewesen. Ich war ganz allein.«

Als er dann mit dem Gendarmen die Stube verließ, um seine Joppe zu holen, fragte der Praxner-Hans:

»Brauchen Sie mich noch, Herr Kommandant?«

»Nein, ich benötige Sie nicht mehr. Danke!«

Der Jäger trat auf den Bauern zu.

»Brauchst mir nichts nachtragen, Oberhofer, es hat so kommen müssen. Und verdächtig ist mir der Florian gestern auf den ersten Blick vorkommen.«

»Warum soll ich dir denn was nachtragen? Meinst du, daß ich es anders gemacht hätt an deiner Stell? Wo gehst denn jetzt hin?«

»'nüber aufs Schloß.«

Der Bauer preßte die Hände um das Fensterbrett.

»Wollt auch grad 'nübergehen, weil ich mir denkt hab, die Frau Baronin könnt mich brauchen. Jetzt ist mir der Weg erspart worden. Sag ihr ruhig, ich trag unter der Schand gradso schwer, wenn net schwerer, als sie unter dem Unglück. Dös sagst ihr, gell, Hans?«

»Ja, Oberhofer!«

Der Jäger ging. Nichts mehr war zu hören in der Stube als der schwere Atem des Bauern und das Schluchzen seiner Frau. Da ging die Tür nochmals leise auf. Florian trat ein. Der Gendarm blieb unter der Türe stehen.

Florian streckte der Mutter die Hand hin.

»Kannst mir verzeihen, Mutter?«

Statt aller Antwort warf sie sich schluchzend an seinen Hals. Florian ging zum Vater hin.

»Vater...«

Der Bauer rührte sich nicht, schob die Fäuste in die Hosentasche und starrte ins Leere hinaus.

»Laß mich doch net so von dir gehen, Vater!«

Der Vater wandte den Kopf und sah ihn an wie einen Fremden. Da wandte sich Florian ab und taumelte zur Stube hinaus.

Keinen Blick warf er zurück zum Hof. Er hatte den Kopf zu Boden gesenkt. Alles schien um ihn her versunken zu sein. Hart hinter ihm ging der Gendarm.

Er fühlte ein wenig menschlich, der Kommissar, und sagte, daß sie den anderen Weg nehmen würden, damit sie nicht mitten durch das Dorf bräuchten.

Florian fand dies überflüssig. Bis Mittag pfiffen es ja doch schon alle Spatzen von den Dächern, daß er den Baron erschossen habe. Wozu also dieses Versteckspiel? Wenn er aus dem Zuchthaus herauskam, werden sie ja doch einen Bogen um ihn machen und mit den Fingern auf ihn zeigen.

Urplötzlich stand jetzt sein ganzes zukünftiges Leben vor ihm. Die Ehre des Oberhofes war geschändet für lange Zeiten.

Selbst auf seinen Kindern wird diese Schande noch liegen. Ein schmerzliches Lächeln glitt um seinen Mund. Wer wird ihm denn noch Kinder schenken? Wer wird denn noch einen zum Mann wollen, der aus dem Zuchthaus kommt? Auf dem Dorf kann einer nicht untertauchen wie unter der Masse einer großen Stadt.

Die Berge strahlten in blauer Schönheit. Groß und herrschend stand der Koffel im hellen Morgenlicht und sah auf das kleine Geschehen dort unten: Da geht der Bezwinger der Berge, jetzt selbst ein Bezwungener, einen Weg, der dort mündet, wo man keinen Himmel mehr sieht und keine Berge...

Stöhnend warf Florian den Kopf in den Nacken. Der Kommissar faßte ihn mit hartem Griff am Arm. Vielleicht hätte er dies nicht tun sollen. Jedenfalls warf sich Florian bei dieser Berührung mit der ganzen Schwere seines Körpers auf den Mann. Und ehe dieser seine Pistole ziehen konnte, wälzte er sich, von einem schweren Schlag zwischen Augen und Stirn getroffen, auf dem Boden.

Mit gehetzten Augen sah Florian umher, dann rannte er mit großen Sprüngen auf die Tannenschonung zu. Die Äste schlugen hinter ihm zusammen, noch ehe der erste Schuß hinter ihm her pfiff. Er hatte schon einen weiten Vorsprung und rannte, was seine Beine hergaben. Ein Zurück, das wußte er, gab es jetzt nicht mehr. Er mußte die Grenze erreichen, und sollte es über den Koffel sein!

Immer höher kam er. Einmal hörte er verworrene Laute drunten in der Tiefe. Man war also schon hinter ihm her. Aber so leicht sollten sie ihn nicht haben! Endlich fand er dann ein gutes Versteck, hoch oben in der Krone einer alten Buche. Hier wollte er die Nacht abwarten.

Der Lärm in der Tiefe verlor sich bald. Die Mittagsglocken läuteten. Die Stunden zogen in träger Einsamkeit vorüber.

13

Die Nachmittagssonne schien warm auf das Hüttendach der Oberhofer Almhütte. Feine silberne Fäden schwammen in der Luft und verfingen sich zuweilen in Gittlis Haar; sie saß vor der Hütte und machte aus einem grellroten Seidenpapier kleine Röslein, die man für den Abtrieb zum Schmücken der Herde brauchte. Es hatte zwar noch Zeit mit dem Abtrieb, aber hier konnte sich über Nacht das Wetter ändern. Es konnte Schnee fallen, und dann mußte alles gerüstet sein zum Abtrieb der Tiere.

Nach einer Weile kam auch die Emerenz dazu und half ihr. Prüfend schaute sie der Jüngeren in das lebhaft gerötete Gesicht und scherzte dann:

»Ich kenne eine, die es schier nicht mehr erwarten kann, bis es hinuntergeht.«

Das Gittli lachte.

»Aber bis wir 'nunterkommen, ist der Florian schon fort in der Winterschul.«

»Natürlich wird er, ohne grüß Gott und behüt Gott zu sagen, davongehen«, neckte die Emerenz weiter.

»Das wird er mir doch net antun!« tat die andere erschrokken.

Die Emerenz war nicht neidisch, und sie gönnte dem Gittli ihr Glück, auch wenn sie selbst an den Freuden des Lebens vorbeigehen hatte müssen.

»Es ist dir zu vergönnen, dein Glück, Gittli. Bäuerin auf dem Oberhof, das hättest dir wohl auch net träumen lassen, gell?«

»Nein, aber manchmal scheint einem das Leben schöner als der schönste Traum.«

Gittli hob lauschend den Kopf. Von weiter unten hörte man verworrene Stimmen und dazwischen das Kläffen eines Hundes.

Gittli stand auf und ging um die Ecke. Sie wandte sich gleich darauf erstaunt zur Emerenz um.

»Emerenz, da kommen ja die Schandarm! Gleich viere sind's! Und zwei Hund haben sie dabei!«

»Was du net sagst!« Die Emerenz lief auch hinzu. »Die suchen jemand!«

Da kam die Gruppe schon näher. Der erste stieg über den Zaun. Er faßte die Mädchen scharf ins Auge:

»Ist der Florian Feichtner da heroben?«

Das Gittli faßte angstvoll nach der Hand der Emerenz.

»Emerenz, da ist etwas passiert!«

Die Emerenz hatte sich schon gefaßt und gab Auskunft:

»Der Florian? Der Sohn von unserem Bauern? Na, der is net da.«

Der erste Gendarm gab den anderen einen Wink.

»Durchsucht die Hütte! Aber gründlich!« Dann wandte er sich an die Mädchen.

»Wer von euch ist denn die Gittli?«

»Ich, Herr Wachtmeister«, antwortete Gittli verängstigt.

»So, Sie? Ich mach Sie darauf aufmerksam, daß Sie sich schwer strafbar machen, wenn Sie etwa den Florian Feichtner verborgen halten.«

Gittli fing zu weinen an.

»Ich hab doch den Florian schon seit dem Sonntag nimmer gesehn.«

»Seit Sonntag? Das war doch gestern erst!«

»Ja, gestern.« Gittli hob bittend die Hände. »Bitt gar schön, Herr Wachtmeister, was ist denn geschehn?«

Der Beamte erkannte wohl, daß das Mädchen noch vollständig ahnungslos war; sie tat ihm leid in ihrer rührenden Hilflosigkeit.

»Darf man denn gar net wissen, was los ist?« fragte jetzt auch die Emerenz.

»Das könnt ihr schon wissen«, antwortete der Wachtmeister kurz. »Der Florian Feichtner hat gestern nachmittag den Baron von Eggenheim erschossen. Er hat es selber eingestanden, ist aber auf dem Weg ins Untersuchungsgefängnis flüchtig geworden.«

Das Gittli hatte zugehört, als erzähle man ihr eine schaurige Geschichte, die nicht wahr sein kann. Aber plötzlich begriff sie alles. Begriff das verstörte Wesen, das Florian gestern an sich hatte, sein Erschrecken über die kleinsten Dinge, seine seltsamen Worte. Mit unerbittlicher Klarheit erkannte sie, daß der Mann vor ihr die volle Wahrheit sprach. Ihr Blick verdunkelte sich, sie taumelte – die Emerenz konnte gerade noch rechtzeitig zufassen, sonst wäre sie zusammengesunken.

In diesem Augenblick kamen die anderen Gendarmen wieder aus der Hütte.

»Nichts zu finden!« meldeten sie.

Kurzes Beratschlagen, dann wandten sie sich nach rechts, stiegen über den Almzaun und verschwanden hinter dem Nasenbuckel.

Die Emerenz schaffte Gittli in die Hütte, bettete sie auf den Kreister und wusch ihr die Stirn mit Essig. Aber das wäre nicht nötig gewesen, Gittli war längst wieder bei sich. Sie war nur unfähig, sich zu rühren. Mit weitgeöffneten Augen starrte sie zur Decke. Dann warf sie aufschluchzend den Kopf in die Arme und weinte herzzerbrechend.

Und draußen leuchtete sie späte Sonne. Marienfäden schwammen durch den blaugoldenen Herbsttag.

Still und mit blinkenden Himmelslichtern lag die Nacht über dem Oberhof. Der Mond stand hoch über den Bergen und ließ ihre Spitzen wie Kristall erglänzen. Mit sachtem Rauschen zog ein kühler Wind vom Bergwald herab und ließ die Wetterfahne auf dem Dach des Oberhofes leise knarren.

In der Stube brannten die Lichter. Aber es war still. Die Eheleute hatten gleich nach dem Essen die Stube verlassen. Es war kein Wort mit dem Bauern zu reden. Alle fühlten es, wie schwer er an dem Unglück trug. Und alle sahen, daß er an diesem einen Tag um Jahre gealtert war.

Ganz allein saß er in der Stube, mit fahlem, verzerrtem Gesicht. Im Kapellenturm läutete das Abendglöcklein. Der Bauer zählte die Schläge, und auch hernach, als es verstummt war und nur mehr ein leises Singen in der Luft hing, bewegte er die Lippen noch, als spräche er leise mit sich selbst. Er hob kaum den Kopf, als die Bäuerin eintrat und neben dem Ofen sich schwer auf die Bank niederließ.

»Die Füß tragen mich kaum mehr«, sagte sie nach einer Weile. Ihre Augen waren entzündet von dem vielen Weinen; ihre Angst, was aus dem Florian geworden sein mochte, stand deutlich in ihrem Gesicht.

»Leg dich schlafen, Mutter«, bat der Bauer mit schwerer Zunge.

»Ach, wenn ich schlafen könnt, Balthasar! Es wäre dann wenigstens für ein paar Stunden leichter.«

»Es wird uns wohl nie mehr leicht werden im Leben, Barbara. Da haben wir zu tragen unter der Schand, solang wir leben. Es wird wohl das gescheiteste sein, wir verkaufen und ziehen fort, wo uns kein Mensch mehr kennt.«

»Ich kann net fort von da, Vater. Es drucket mir 's Herz ab.«

Der Oberhofer dachte ja auch im Ernst nicht daran. Aber seit dem Vormittag hatten ihn schon so viele Gedanken gemartert, daß er nicht mehr wußte, wo aus und wo ein.

Sie saßen lange in Schweigen versunken. Nur das Ticken der Uhr war zu hören, und manchmal knarrte ein Fensterladen im Wind.

»Ob er über die Grenze gangen ist?« hub die Bäuerin von neuem an.

»Glaub ich net. Und wünsch ich auch net. Wenn er noch

einen Funken Ehr im Leib hat, stellt er sich und büßt seine Straf ab.« Nach einer Weile setzte der Oberhofer verzweifelt hinzu: »Verloren ist er für uns so und so.«

Die Bäuerin dachte da anders. Sie würde ihn mit der gleichen Liebe wiederaufnehmen, wenn er seine Strafe abgebüßt hatte. Aber daß sie nun gar nichts wußte, was aus ihm geworden war, das tat ihr am wehesten. Als gegen Mittag die Gendarmen gekommen waren, um ihn zu suchen, und sie dadurch überhaupt erst erfahren hatten, daß Florian geflüchtet war, da hatte sie einen Augenblick erleichtert aufgeatmet. Aber nun packte sie die Angst ärger als vorher.

Der Bauer war zum Fenster getreten. Er sah eine huschende Gestalt im Obstgarten und drehte sich mit grimmigem Lachen zurück.

»Da draußen schleicht der Gendarm umeinander. Solang ich denken kann, hat niemals ein Gendarm auf dem Oberhof was zu suchen gehabt. Und der Bub muß uns dös antun! Wie bin ich stolz gewesen auf den Burschen! Und 's Leben hat mich gefreut, ich kann's net sagen, wie! Und jetzt – oh, armes Weib, du dauerst mich schon recht.«

»Es ist net ärger für mich, Vater, als für dich. Oft hab ich heut schon gemeint, es ist bloß ein böser Traum, und wenn ich die Augen aufmach, ist alles wieder vorbei. Aber wenn ich dann drüben auf dem Schloß die Trauerfahne seh, dann mein ich grad, es druckt mir 's Herz ab. Ärger kann es für die Baronin drüben auch net sein, wie es für mich ist.«

Tröstend legte er den Arm um sie.

»Es ist besser, Mutter, wir reden nimmer davon. Müssen uns denken, wir hätten nie einen Buben gehabt. Wenn erst einmal ein paar Jahr 'rum sind, wird sich's schon leichter tragen lassen.«

So saßen sie wieder, und jedes hatte seine Gedanken für sich, bis die Bäuerin sagte:

»Ich schau jetzt, ob ich net doch ein bissel schlafen kann.«

Er nickte.

»Gelt, Balthasar, bleibst halt auch nimmer zu lang. Schau, morgen früh wartet viel Arbeit auf dich.«

Sie verstummte, denn sie sah in seinen brennenden Augen die Frage: Für wen soll ich mich denn noch schinden? Für wen denn? Schweigend blieb sie vor ihm stehen, strich ihm langsam mit der Hand über das ergraute Haar und wandte sich dann seufzend ab. Mit schleppendem Schritt stieg sie hinauf in die Kammer. Lange saß sie im Dunkeln auf der Kante ihres Bettes, ehe sie sich zu entkleiden begann.

Da – was war das? Bewegte sich nicht dort hinter dem Schrank etwas?

Noch ehe sie zum Schreien kam, preßte sich eine Hand auf ihren Mund, und eine Stimme, ach, eine so wohlbekannte Stimme flüsterte aufgeregt:

»Erschrick net, Mutter! Ich bitt dich, um Gottes willen, verrat mich net.«

»Florian –«, sie umklammerte lautlos weinend den Hals ihres Buben. Doch er ließ sie nicht weiterreden, sondern stieß sie in fiebernder Hast heraus:

»Mußt mir Geld geben, Mutter. Ich hätte es ja nehmen können, der Schlüssel steckt dort im Schrank. Wollt aber net stehlen. Bloß dem Girgl sein Dienstbotenbuch, das hab ich mir genommen. Bin schon ins Haus kommen beim Betläuten. Und komm auch wieder 'naus, wenn auch der Gendarm drunten Posten steht. Ich muß über die Grenz, Mutter. Und ich komm auch 'nüber, verlaß dich drauf. Ich schreib dir gleich, Mutter, wenn ich in Sicherheit bin.«

Das alles hörte sie wie im Traum. Aller Kummer war in dem Augenblick vergessen. Sie konnte nichts tun, als immerzu sein Gesicht streicheln und seinen Namen flüstern. Aber dann schlich sie auf bloßen Sohlen zum Kommodenkasten und kramte mit zitternden Fingern die Banknoten hervor, die sie immer aufgehoben hatte, falls eine schlechte Zeit käme. Es waren nahezu zweitausend Mark. Sie hatte das Geld im Laufe der vielen Jahre für Butter und Eier eingenommen. Der Bauer wußte darum, und es konnte sein, daß er einmal darauf kam, daß das Geld fehlte. Aber daran dachte die Oberhoferin in diesem Augenblick nicht. Beim spärlichen Schein des Mondes drückte sie ihrem Buben das Geld in die Hände und umklammerte seinen Hals.

»Sag zu keinem Menschen was«, beschwor er sie. »Auch zum Vater und zum Gittli net!«

»Ich sag nichts, Bub. Wenn nur alles gutgeht!«

Er machte sich von ihr gewaltsam los, lauschte eine Weile am Fenster und schob sich dann lautlos zur Türe hinaus.

Die Bäuerin stand mit bloßen Füßen inmitten der Stube und horchte. Nach einer Weile hörte man einen dumpfen Aufsprung hinter dem Haus. Dann war es still. Die Oberhoferin legte sich nieder, lag mit offenen Augen und zitterte und zagte um ihren Buben.

Von der Stube herauf vernahm sie das Ticken der Wanduhr und alle halbe Stunden ihren rasselnden Schlag. Dazwischen hörte man die Schritte des Bauern, der in rastloser Wanderung die Stube durchschritt.

Plötzlich zerrissen drei – vier – fünf Schüsse die Stille der Nacht. Gleich droben im Bergwald mußten sie gefallen sein. Die Bäuerin schrie gellend auf, und der Oberhofer kam über die Stiege heraufgestürzt.

»Was hast denn, Barbara?«

An allen Gliedern zitternd, klammerte sie sich an ihn.

»Hast es denn net gehört? Geschossen haben s'! Wenn das unserem Buben golten hat!«

Angestrengt lauschten sie in die Nacht hinaus. Nichts mehr rührte sich. Fern hörte man das Brausen des Wildbaches, das sich mit dem Rauschen des Windes mischte.

Die Schüsse in der Nacht hatten wirklich dem Florian gegolten. Alles war gutgegangen. Er hatte gewartet, bis der Gendarm die halbe Runde um den Oberhof beendet hatte, dann war er am Stadeldach herabgesprungen mit seinen Kleidern, die er in einen Rucksack gepackt hatte. Hinter jeder Bodenwelle geschickt Deckung suchend, hatte er dann den Wald erreicht. Hier war er fürs erste geborgen. Er hoffte, noch ehe der Morgen zu grauen begann, das Grenzkar zu erreichen, und dort wußte er schon einen Durchlaß. Dann lag alles hinter ihm. Dann war er nicht mehr der Bauernsohn Florian Feichtner, sondern der Dienstknecht Georg Berghammer, dessen Paß und Dienstbüchlein er wohlverwahrt in seiner Joppentasche trug.

Da – als er es am allerwenigsten erwartete – knackte es im Gebüsch. Eine Stimme hell und scharf wie ein Trompetenstoß, gebot ihm Halt.

Den Florian riß es herum. Da sprang ihn mit heiserem Gekläff ein Hund an, packte ihn an der Brust, daß es ihn beinahe zu Boden gerissen hätte.

Jetzt ist alles aus, dachte Florian. Den Hund abzuwehren, zog er sein Messer, stieß blindlings zu und merkte, daß die scharfen Zähne seinen Rock losließen und daß der Hund mit einem wimmernden Laut zu Boden glitt.

Aber wohin jetzt? Ein paar huschende Gestalten tauchten hinter ihm auf, drohende Stimmen schlugen an sein Ohr, die ihm Halt geboten. Und vor sich hörte er das donnernde Brausen des Wildwassers, das hier an die zehn Meter in eine Schlucht hinunterstürzte. Es lag wohl ein Baumstamm über der Klamm, und selbst bei Tag traute sich kaum eins hinüber. In dem ungewissen Mondlicht aber bedeutete jeder Fehltritt den sicheren Tod.

Einen Augenblick zögerte Florian. Dann wich er ein paar Schritte zurück, stürzte dann mit wilden Sprüngen auf die Klamm zu und schnellte mit hohem Sprung hinaus über den Rand der Schlucht. Die Verzweiflung mußte ihm die Kraft zu einem solchen Wagnis gegeben haben. Glücklich erreichte er mit den Füßen das andere Ufer, doch von der Wucht des Aufsprungs riß es ihn halb zurück. Er stieß einen Schrei aus, Rucksack und Hut stürzten in die Tiefe, ihm selbst gelang es, eine Wurzel zu fassen und sich mit letzter Kraft über den Rand zu schwingen. Da lag er nun, durch ein paar Büsche gedeckt, mit keuchendem Atem, spürte am linken Arm einen brennenden Schmerz. Eine der Kugeln, die sie ihm nachgejagt, mußte ihn getroffen haben.

Er sah, wie sie drüben am anderen Rand mit Taschenlampen umherleuchteten, und hörte eine Stimme sagen:

»Den hat es hinuntergerissen!«

Florian atmete tief auf. Wenn sie ihn verloren gaben, war er gerettet. Und wirklich entfernten sich nach geraumer Weile die Gendarmen drüben. Vielleicht suchten sie den zerschmetterten Körper im Wildbach unten?

Eine Weile blieb Florian noch liegen, hatte das Gesicht gegen die Erde gepreßt, und zuweilen ging ein Zucken über seine Schultern. Aber dann schnellte er auf, stürmte ohne Rast bergwärts und erreichte alsbald die Felswände. Über ihnen begannen die Sterne zu verblassen, und von Osten blickte der Himmel schon mit hellem Frühglanz über die Bergspitzen her.

Nach einer weiteren Stunde mühsamen Weges, auf dem kein Mensch ihm hätte folgen können, stand er jenseits der Grenze und wußte sich geborgen.

14

In derselben Stunde, als die Glocken im Tal zum Totenamt für Baron von Eggenheim läuteten, hob sich hoch droben im Latschenfeld ein bleiches, übernächtiges Gesicht aus den Büschen.

Es war der Niederhofer-Vinzenz. Vorsichtig horchte er nach allen Seiten, obwohl es nicht nötig gewesen wäre; denn die Jäger waren in dieser Stunde auch drunten im Friedhof. Trotzdem war etwas wie Angst in ihm, die ihm fast die Kehle zusammenschnürte. Konnte nicht zufällig ein Hütejunge oder eine Sennerin in der Nähe sein?

An den Boden gepreßt, als gelte es einen Feind anzuschleichen, bewegte sich Vinzenz auf eine Wetterföhre zu. Da, da war es, was er suchte! Er hatte es am Sonntagnachmittag schon gesehen, wie beim Aufblitzen der Schüsse ein Fetzen Rinde von dem Baum wegsprang.

Vinzenz zog sein Messer heraus, schnitt eine Kerbe in das Holz und stieß dann auf etwas Hartes. Nach einer Viertelstunde mühevoller Arbeit hielt er ein Geschoß auf seiner flachen Hand, schloß die Faust darüber und verzog den Mund zu einem Lächeln.

Dem Kaliber nach konnte das Geschoß nur aus der Büchse Florians stammen. Florians Schuß war also in den Baum gegangen, während der seinige den Baron –

Mit einem Satz war Vinzenz in den Büschen. Er hatte geglaubt, einen Schritt zu hören. Aber es war nur ein Stein, der von der Felsenhöhe zu Tal polterte.

Eine Weile kauerte Vinzenz in den Büschen. Hätt also net durchbrennen brauchen, der Florian, sinnierte er. Aber es ist besser, die Welt hält ihn für den Mörder. Auf jeden Fall, jetzt ist mir der Weg zum Gittli frei, schloß er seine Betrachtungen und ließ den Blick hinunterschweifen, wo er die Almhütte wußte.

Zunächst wollte er sich noch ein wenig Zeit lassen. Nun konnte er ja geduldig warten. Der Florian war nicht mehr, und sonst wollte er schon dafür sorgen, daß ihm keiner mehr ins Gäu ging.

Er trat den Heimweg an, und dort, wo es über einen Felsvorsprung in die Tiefe ging, schleuderte er in weitem Schwung das Geschoß in den Abgrund.

Tief aufatmend, als hätte er soeben einen letzten, peinlichen Zeugen von sich abgeschüttelt, lief er schnell zu Tal. Er wollte daheim sein, wenn drunten das Begräbnis zu Ende war.

Als er bei der Klamm ankam, stockte ihm der Atem. Saß dort nicht jemand und beugte sich über den Rand der Schlucht? Wahrhaftig, dort saß einer. Und Vinzenz erkannte ihn von hinten. Es war der Oberhofer.

Vinzenz machte einen Bogen, schlich sich dann, von unten kommend, heran und stieß absichtlich mit dem Fuß gegen einen Stein.

Der Oberhofer riß den Kopf zurück, und da erschrak nun selbst der abgebrühte Vinzenz über das entstellte Gesicht des Bauern. Ohne jede Farbe war es, und seine Augen waren verstört. Das vor wenigen Tagen noch üppig schwarze Haar war grau, und der ganze Mann sah um zwanzig Jahre älter aus.

»Du bist es?« murmelte der Oberhofer wie geistesabwesend. Dann wandte er das Gesicht wieder dem Abgrund zu, in dessen Tiefe das Wasser lärmte, daß man kaum ein Wort verstehen konnte. Vinzenz mußte sehr laut schreien, um sich dem anderen verständlich zu machen.

»Was willst?« fragte der Oberhofer kurz zurück.

»Suchen will ich dir helfen.«

»Da wird nimmer viel zu finden sein. Die Gendarmerie hat ja

schon zwei- oder dreimal alles abgesucht.«

»Probieren könnt man's aber doch noch einmal«, sagte Vinzenz und hatte ehrliche Bekümmernis in seiner Stimme. »Weißt, ich war gestern schon da«, log er. »Gleich, als ich's gehört hab, bin ich her, weil ich es net hab glauben können, daß der Florian –«

Er verstummte, denn der Bauer sprang auf und packte den anderen an der Brust: »Wenn ich's wissen tät, daß du meinen Buben verführt hast zum Wildern, ich brächt dich um!«

Vinzenz machte sich frei und wich entsetzt einen Schritt zurück.

»Ich?« fragte er, und seine Stimme überschlug sich fast. »Ich, den Florian verführt? Der Florian, der hätt sich von mir verführen lassen! Der hat allweil selber gewußt, was er will. Der ist auf den Koffel allein 'nauf und hat niemand braucht.«

Das war richtig. Und doch wurde der Oberhofer den Verdacht nicht los, daß Vinzenz seine Hand im Spiel hatte. Sie waren zuviel beisammengesteckt.

Ohne den anderen noch eines Blickes zu würdigen, wandte sich der Oberhofer um und schritt talwärts.

Vor dem Hof verhielt er den Schritt. Er wußte, was jetzt wieder kommen würde: Die Mutter wird in der Küche stehen, wird ihn bloß ansehen und an seinen Augen schon erkennen, daß alles Suchen vergebens war.

Sie hatte ihm alles anvertraut: daß Florian nochmals da war, daß sie ihm Geld gegeben hatte, daß er hoffte, über die Grenze zu kommen. Sie hatte es ihm nicht verschweigen können, weil sie nie in ihrer ganzen Ehe ein Geheimnis voreinander hatten. Sie hatte es ihm anvertrauen müssen, weil sie wußte, daß ihm das furchtbare Schicksal seines Einzigen die Ruhe seiner Tage und den Schlaf der Nächte raubte. Und so hofften sie zusammen und litten nun zusammen.

An diesem Abend wurde zum erstenmal in der Stube des Oberhofer für den verstorbenen Florian gebetet. Eine knappe

Woche darauf war an der Stelle, an der Florian abgestürzt war, ein kleines hölzernes Kreuz angebracht mit der Inschrift:

»Hier verunglückte der Bauernsohn Florian Feichtner tödlich.«

Ende Oktober trieben sie das Vieh von der Alm heim. Und als das Gesinde zum erstenmal wieder vollzählig in der Stube saß und die Bäuerin das Abendgebet gesprochen hatte, erhob sich der Bauer, räusperte sich und begann:

»Ihr seht, daß ein Platz leer ist am Tisch, daß einer fehlt, der im Frühjahr noch unter uns gesessen ist. Ihr wißt was geschehen ist. Früher war es eine Ehr, auf dem Oberhof zu dienen. Heut ist es anders. Ich nehm es deshalb niemandem übel, wenn er sagt, daß er nimmer dableiben will. Es kann ein jeder heute schon gehen, und ich zahl ihm den Lohn aus bis Lichtmeß. Euch zu fragen, ob wir nächstes Jahr wieder beinand bleiben wollen, dazu wäre es jetzt Zeit. Ein Bauer muß im Herbst schon wissen, wer im nächsten Jahr mit ihm schafft. Aber ich will keinen fragen, will jedem seinen freien Willen lassen und will keinen dazu überreden, daß er noch bleiben soll.«

Ganz still wurde es hierauf. Der Bauer setzte sich wieder und stützte den Kopf in die Hände. Da stand der Girgl, der Oberknecht, auf.

»Du hast vorhin gesagt, Bauer, daß du keinen fragen willst, ob er auf Lichtmeß wieder dableibt. Du sollst auch keinen fragen. Ich glaub, daß ich im Namen aller red, wenn ich sag, daß wir alle wieder beinander bleiben im nächsten Jahr.«

»Ja, ja, wir bleiben alle wieder beinander –«, rief es im Chor.

»Euch hat ein schweres Unglück troffen«, sprach Girgl weiter. »Und da wär einer ein trauriger Kerl, wenn er euch jetzt allein lasset.«

Girgl wollte noch weitersprechen, aber da faßte der Bauer mit beiden Händen über den Tisch und umklammerte wie ein Schraubstock die Hand des Knechtes.

»Ich dank dir, Girgl, und euch allen. Ihr sollt es net bereuen.«

Und alle langten über den Tisch, drückten die Hand des Bauern und die der Bäuerin. Wie ein Treueschwur war es. Das Gittli aber warf plötzlich die Hände vors Gesicht und rannte schluchzend hinaus.

Sie hatte das Unglück vielleicht am härtesten getroffen. Wie eine Traumwandlerin ging sie durch die Tage. Ihr Gesicht wurde mit jeder Woche schmaler, um ihren jungen Mund grub sich ein gramvoller Zug. Sie sprach kaum ein Wort den ganzen Tag, tat still und ohne Freude ihre Arbeit, und kein Mensch hatte sie jemals wieder lachen sehen seit dem Unglück.

Wie hätte sie auch lachen können! Immerzu standen vor ihrer Seele die Schreckenstage vom September. Und unverwischbar und unverrückbar stand in ihrem Herzen die Erinnerung an den jungen Florian, der im Wasser den Tod fand.

Vinzenz hatte sich ein paarmal an sie herangemacht, hatte mitleidige Worte für den Florian gehabt und zwischendurch in zärtlicher, versteckter Form um sie geworben.

Sie hatte ihn ein für allemal abgewiesen.

»Brauchst dir gar keine Müh geben, Vinzenz. Ich mag dich net. Dich net und keinen. Dazu hab ich den Florian zu gern gehabt.«

Seitdem war er ihr nicht mehr begegnet. Sie ging ja auch kaum mehr aus dem Haus. Würde wohl nie mehr vom Oberhof fortgehen, solange die beiden Oberhofer lebten. Es hätte gar nicht des Handschlags bedurft, sie wäre auch so geblieben.

Aber dem Bauern tat die Treue wohl, die ihm von seinen Leuten erwiesen wurde. Er trug den Kopf wieder etwas höher, blickte den Menschen wieder freier ins Auge und legte die Einbildung ab, daß jeder ihn als den Vater des Mörders ansah. Ja, als er bei der nächsten Gemeinderatssitzung seinen Kollegen kurz und bündig erklärte, er wolle aus dem Gemeinderat austreten, da stieß er auf heftigen Widerstand. Wie ein Mann standen sie alle auf und verlangten, daß er bleibe.

»Was kannst denn du dafür, daß dein Florian das Unglück hatte?« fragte der Bürgermeister.

»Dafür kann ich nichts, das stimmt. Aber da der Florian nimmer lebt, denk ich, daß die Schuld auf mich selber zurückfällt.«

»Möcht den kennen in der Gemeinde, der so denkt. Wir brauchen dich, Oberhofer. Dein Rat ist uns allweil viel wert gewesen, und da es nun ernst wird, daß auf den Koffel eine Drahtseilbahn 'naufbaut wird und ein Hotel, brauchen wir dich nötiger als bisher. Ich hoff net, daß du einen Außenseiter machen willst, wenn die Gemeinde an den großen Plan herangeht.«

Der Oberhofer stützte den Kopf eine Weile in die Hände, dann sah er einen um den anderen an.

»Gut, wenn das so ist, dann bleib ich. An mir soll es net fehlen. Jedenfalls dank ich euch für euer Vertrauen.«

Seit diesem Abend war die Verschlossenheit im Wesen des Bauern mehr und mehr abgefallen. Der Zug des Leidens aber, von den Nasenflügeln zu den Mundwinkeln herab, blieb, wie auch seine Haare grau blieben.

Eines Sonntagnachmittags, es ging schon mehr gegen Abend, und die Dämmerung hockte schon wartend hinter jedem Busch, da begegnete der Oberhofer zum erstenmal wieder der Baronin. Er war über die Felder gegangen, hatte nachgesehen, wie die Wintersaat sich mache, und war auf dem Heimweg, als er plötzlich vor der Baronin stand.

Der Oberhofer erschrak ein wenig, dann zog er den Hut, brachte aber kein Wort hervor; das ganze furchtbare Geschehnis brach plötzlich mit neuer Wucht in seine Seele und erdrückte ihn schier.

Da sagte die Frau leise, so leise, daß er es kaum hörte: »Oberhofer...«

Er hob die Augen zu ihr auf, schwieg aber immer noch.

»Ihr seid grau geworden, Oberhofer. Und zwischen den Augen habt Ihr eine Falte, die ich früher an Euch nicht kannte. Ihr müßt mit dem Leid auch einmal fertig werden.«

Nun sprach auch der Oberhofer.

»Sind Sie schon fertig geworden damit, Frau Baronin?«

»Wir müssen aber doch leben, Oberhofer. Aus uns selbst heraus leben, auch wenn uns das Leid niederzwingen will.«

»Mich hat es doppelt getroffen; einmal, daß mein Bub den Ihren erschießen mußte, und dann, daß er selbst daran zugrunde ging. Das ist schier zuviel, als daß es einer allein tragen könnte.«

Schweigend schritten die beiden eine Weile nebeneinander. Die Dämmerung hatte sich inzwischen ausgebreitet, und der Nebel hing wie ein schwerer grauer Mantel über dem Land. Die Baronin spann den Gedankenfaden weiter, indem sie nachdenklich sagte:

»Im Grunde tragen wir beide das gleiche Leid. Vielleicht fühlen wir das erst ganz, wenn die große und letzte Einsamkeit kommt, wenn es zu Ende geht mit uns und wir voll Sorge durch das dunkle Tor schreiten müssen; dann fühlen wir es doppelt schwer, daß niemand hinter uns zurückbleibt, der unser Leben weiterträgt. Aber noch leben wir, Oberhofer, und da sich keine jüngeren Schultern finden, die uns die Last einmal abnehmen werden, so wollen wir sie in Ehren bis zum Ende tragen.« Damit reichte ihm die Baronin mit festem Druck die Hand: »Auf gute Nachbarschaft auch weiterhin, Oberhofer!«

Der Oberhofer schlug ein, und alle Bitternis der letzten Wochen schien ausgelöscht zu sein.

Nur ein Wort machte ihm noch lange zu schaffen, als er jetzt den Heimweg antrat: Das Wort »vom dunklen Tor«. Langsam schritt er den Berg hinauf, und als er daheim in die Küche trat, sahen ihn das Gittli und die Bäuerin verwundert an.

Er erzählte ihnen von der Unterredung mit der Baronin. Zum Schluß meinte er:

»Alles könnt wieder recht werden, wenn nur der Bub noch leben tät. Gleich im ersten Augenblick, da sie ihn geholt haben, da hab ich gemeint, daß es keinen Weg mehr gibt von ihm zu mir. Aber jetzt, wo alle Leut ganz anders zu mir sind, als ich befürchtet hab, jetzt könnt ich ihm verzeihen. Wie hat jetzt gleich die Baronin gesagt? Ja, richtig: ›Erst wenn wir durchs dunkle Tor gehen müssen, wird es hart für uns, weil wir wissen, daß niemand unser Leben weiterträgt...‹«

Er schwieg und fuhr sich mit der Hand über die Augen. Sein Mund hatte schon wieder den gequälten Zug. Er trat ans Fenster und glitt mit der Hand über die Scheiben.

»Ja, ja, der Sommer ist weg – der Winter kommt. Und bald wird es Nacht sein – und das dunkle Tor –«, ein tiefer Atemzug, langsam ging er auf die Türe zu, seine Schultern schrumpften ein wenig nach vorne, »das dunkle Tor tut sich bald auf – und hinter uns –«

Leise schloß sich die Türe hinter ihm. Das Gittli starrte auf die Türe. Sie hörte ihr Herz klopfen. Dann sprang sie auf und faßte die Bäuerin angstvoll am Arm.

»Mutter – was hat denn der Bauer heut?«

Ein müdes Lächeln. Die Bäuerin strich dem Mädel über das Haar.

»Mutter sagst – es ist so schön, Gittli, wenn du Mutter sagst zu mir. Darfst es schon sagen zu mir, du bist ja meinem Buben versprochen gewesen.«

Sie hielten sich umschlungen und saßen auf der kleinen Bank neben dem Herd. Nichts hörte man als das leise Blaken der Lampenflamme. Und der Regen klopfte ans Fenster, eintönig und niederdrückend. Fast einschläfernd wirkte es. Später hub der Wind an und rüttelte an Fenster und Türen.

Der Winter meldete sich an. Als Gittli vor dem Schlafengehen noch mal vor die Haustüre trat, war das ganze Land schneeüberstäubt.

15

In diesen sturmdurchtobten Nächten, die dem Wintereinbruch vorausgingen, bahnte sich draußen auf hoher See der Passagierdampfer »Cornelius« der Südamerika-Linie seinen Weg durch Wellenberge. Vom Mittelschiff klangen leise Tanzweisen herüber und erstarben wieder im Donner der brechenden Wellen.

Das blonde Haar wild zerzaust, stand ein Einsamer an der Reling und schaute gedankenschwer auf das Spiel der vielen Lichter, die, aus den Bullaugen kommend, über die Wogen hüpften wie Kobolde, um dann in der schwarzen See zu ertrinken.

Langsam wanderte der einsame Passagier zum Heck. Niemand war sonst an Deck. Ja, er wich allen Menschen ängstlich aus, denn er glaubte, es müsse ihm ein jeder von der Stirn ablesen, daß er der Florian Feichtner sei, der Wildschütz, der ein Menschenleben auf dem Gewissen hatte.

Wie lange war denn das schon her?

Fort mit den quälenden Gedanken! Jener war der Florian Feichtner, der Oberhofersohn, den das Glöcklein in die Welt geläutet hatte. Hier aber stand der Dienstknecht Georg Berghammer. Florian Feichtner mußte tot sein für die Welt.

Wie wild doch das Wasser sich gebärdete! Ganz so wie der Koffel sich damals gewehrt hatte. Berge und Meer! Zwei Gewalten waren es, irgendwie verschwistert in ihrer elementaren Kraft. Ob die Spitze des Koffels wohl schon Schnee trägt jetzt? Das Edelweiß wird mütterlich zugedeckt sein vom frühen Schnee...

Vorbei, vorbei! Daß man denn nie vorwärts denken konnte?

Nur immer rückwärts! Und es war doch das Tor zugeschlagen hinter seinem Leben.

Wie lange war jetzt das schon her, daß er, über die Schweiz kommend, durch Frankreich fahrend, in Antwerpen dieses Schiff bestiegen hatte?

Das ging nun schon die vierte Woche. Ihm aber schien es, als sei schon ein halbes Menschenalter her, daß er über die herbstlich stillen Almen seiner Heimat ging. Und wenn er zuweilen in schmerzhafter Erinnerung die Augen schloß, so sah er immer wieder das Bild der Heimat vor sich, die hohen Berge und den grünen, grünen Wald. In seinem Ohr aber war dann der schwere Ton der Heimatglocken, deren wunderbarer Klang durch seine Jugendjahre ging. Er sah das Gittli in ihrer jungen, hellen Schönheit, und sah die Eltern, schmerzgebeugt und trauernd um ihn, den einzigen Sohn, der einst ihr Stolz gewesen war.

Ach, diese Bilder! Sie zauberten ihm unablässig ein Paradies vor die Seele, um ihn dann unbarmherzig daraus zu vertreiben. Verlorene Heimat!

Florian schlug beide Hände vors Gesicht und weinte wie ein Kind.

Das Heimweh, das brennende, zehrende Heimweh, hatte ihn gepackt. Jenes Heimweh, das nach jedem Baum der Heimat schreit, nach jedem Stein, der am Wege liegt.

Müde preßte Florian die Fäuste an die brennenden Schläfen. Niemand sah ihn in seiner grenzenlosen Verlassenheit, niemand hörte sein Stöhnen. Ganz mutterseelenallein stand er am Heck. Um ihn war das weite, nachtdunkle, grenzenlose Meer.

Endlich wandte er sich um und ging langsam zu seiner Kajüte. Gut, daß er Geld bei sich hatte, genügend Geld, so daß er nicht die Touristenklasse hatte nehmen müssen. Vielleicht hätte er es gar nicht ausgehalten unter den vielen Menschen. Wahrscheinlich wäre sein Benehmen dem einen oder anderen doch verdächtig vorgekommen. So aber hörte wenigstens niemand das wirre Zeug, das er in seinen schweren Träumen sprach.

Am nächsten Morgen hatte sich das Meer beruhigt. Es wurde ein herrlicher Tag mit Sonne und blauem Himmel. Die Wellen hüpften lachend um das Schiff, als hätten sie ihre Machtlosigkeit gegen den stählernen Riesen eingesehen und sich nun mit ihm ausgesöhnt.

Und immer noch kein Land! Ferne zog manchmal ein Schiff vorüber. Vier Schiffe zählte Florian an diesem Tage, und jedem sah er mit brennenden Augen nach, denn von jedem vermutete er, daß es zur Heimat fuhr, in die er nie mehr zurückkehren durfte. Dann ertrank die Sonne im Meer, und der Mond füllte die Nacht. Wie weiße Blumen standen die Sterne am samtdunklen Firmament. Wie eine Sommernacht war es – und daheim mußte jetzt Winter sein. Zwischen Tag und Nacht grüßte Florian Feichtner seine ferne Heimat, grüßte das Gittli und seine Eltern und den Oberhof.

Endlich – nach zwei weiteren Wochen – kam Land in Sicht. Endlich wieder Land, Häuser und Bäume! Und immer, so weit das Schiff auch fuhr, blieb Land in Sicht. Immer blieb die Küste in der Nähe.

Das Schiff legte in Rio de Janeiro an, fuhr weiter hinunter zum Feuerland und wendete dann nach Norden. Als der Ozeandampfer nach San Antonio kam, stieg Florian aus. Er hatte kein Ziel, wollte nur endlich wieder einmal festen Boden unter seinen Füßen spüren. Es war so, als handelte er aus einem dunklen Drang heraus. Er wollte sich von den Wogen des Lebens treiben lassen; irgendwo würden sie ihn dann schon an Land setzen.

Florian ahnte nicht, daß er schon am Ziel angelangt war. Er erschrak nur sehr heftig, als er plötzlich Laute in seiner Muttersprache hinter sich hörte. Hier in diesem fremden Land sagte jemand auf gut bayrisch:

»Wenn 's Wetter so bleibt, kann's a ganz gute Kartoffelernt geben.«

Florian riß es herum. Es war ein älteres Ehepaar, das hinter ihm ging. Doch er hatte nicht den Mut, sie anzureden; er ließ die beiden vielmehr an sich vorbeigehen und hörte noch mal ein paar Worte von der guten Kartoffelernte, die dem Mann anscheinend sehr am Herzen lag.

Das muß doch wahrhaftig ein Witz sein, dachte Florian. Man hatte jetzt drüben Winter, und der Mann sprach von einer guten Ernte. Er wußte noch nicht, daß man in Chile zweimal im Jahr ernten kann. Ach, er wußte so vieles noch nicht, tappte einfach hinter dem Ehepaar nach und kam so zum Bahnhof. Es war ihm jetzt schon alles nicht mehr ganz so fremd, da er die beiden Alten vor sich in seiner Heimatsprache reden hörte.

Endlich faßte er sich ein Herz und trat an den Mann heran:

»Entschuldigen S', wo geht denn die Bahn hin?«

Die beiden musterten ihn ein wenig überrascht. Dann lachte der Mann und sagte:

»Sie sind ein Landsmann, scheint mir?«

»Aus Bayern bin ich«, gestand Florian. »Aus der Gegend von –«, er stockte und nannte dann nicht seine engere Heimat, sondern ein weiter entferntes Tal.

»Dann sind wir ja schier Nachbarn«, freute sich der Alte. »Wir stammen aus der Tölzer Gegend. Und wohin geht jetzt die Reise?«

Florian war einigermaßen verwirrt: »Weiß selber net«, gestand er. »Arbeit brauch ich. Wißt ihr mir vielleicht was?«

Der Alte wechselte einen Blick mit seiner Frau und meinte dann gutmütig:

»No ja, kommst halt einmal mit uns. Wir werden schon was finden. Hat net der Gartmeier gestern erst was gesagt, daß er jemand brauchen könnt?«

»Ja, der Gartmeier braucht jemand«, bestätigte die Frau.

Und so stieg der Florian mit den beiden in den Zug und fuhr nach Penaflor.

Etwa dreißig bayrische Familien hatten sich dort angesiedelt.

Gleich wenn man vom Bahnhof kommt, steht rechts ein hübsches Haus, im oberbayrischen Stil gebaut. Darunter steht in großen Buchstaben: »Café München.«

Florian hatte sogleich das Gefühl heimatlicher Geborgenheit. Auch die Landschaft mutete so an. Sanfte Hügel wölbten sich in der Dämmerung vor ihm, und dahinter mußte wohl ein hohes Gebirge sein. Man konnte es nicht mehr recht erkennen, denn es war schon später Abend geworden, und ein feiner Nebel verhüllte alle entfernteren Dinge.

Er schritt mit den beiden Leuten durch das schmucke Dorf. Alle Häuser waren sauber. Im weiten Umkreis dehnten sich die Felder, mit Pfirsich- und Aprikosenbäumen bepflanzt. Sie schritten über den kleinen Marktplatz, an dem sich ein stattliches Schulhaus erhob. Dann kamen sie an einem kleinen Neubau vorüber, und der Mann, der Florian begleitete, erklärte:

»Da bauen wir uns eine Kapelle, weil wir sonst allweil bis nach Santiago oder San Anna müssen, wenn wir zur Kirch möchten.«

Vor einem geräumigen Haus blieben sie dann stehen. »Da wär's beim Gartmeier«, erklärte der Mann und öffnete die Haustüre.

Sie trafen ihn zu Hause an, den Gartmeier. Er war ein großer, kräftiger Mann in den Fünfzigerjahren. Er empfing die beiden in der kleinen Diele, die neben der Wohnstube lag.

»Wirst mir doch keinen Knecht mitgebracht haben, Preller?« fragte er halb im Ernst und halb im Scherz.

»Hast es erraten! Fragt sich nur, ob du ihn brauchen kannst«, erwiderte der andere.

Der Gartmeier musterte Florian mit seinen scharfen grauen Augen.

»Ja, brauchen tu ich schon jemand«, sagte er nach einer langen Weile und schaute dann Florian wieder an. »Wo kommst denn her?«

Florian sagte wieder die Gegend, die er dem Alten schon genannt hatte.

»Und warum bist denn fort von daheim?«

Florian bemühte sich, den grauen Augen standzuhalten.

»Weil ich was von der Welt sehen möcht.«

Der Gartmeier nickte.

»Ja, dös lob ich mir. Ein junger Mensch soll was sehen von der Welt. Kannst Bauernarbeit?«

»Das siehst ihm doch an«, mischte sich der Preller drein.

»Also dann versuchen wir's halt miteinander«, schlug der Gartmeier vor. »Dir zahl ich ein paar Flaschen Wein, Preller, für die Vermittlung. So – und jetzt komm 'rein in die Stub. Wirst Hunger mitgebracht haben, versteht sich.«

Der Preller verabschiedete sich und lud Florian ein, daß er ihn auch einmal besuche in seiner Siedlung.

Die Stube des Gartmeier war eine richtige oberbayerische Bauernstube mit allem, was dazugehört. Der Gartmeier nötigte seinen neuen Hausgenossen, Platz zu nehmen, und rief dann seine Frau herein.

Die Gartmeierin war etwas jünger als ihr Mann und musterte den Florian erst gar nicht lange, sondern streckte ihm gleich freundlich die Hand hin. Sie litt dauernd an Heimweh und war beinahe glücklich, daß da nun einer in ihrer Stube saß, der direkt von drüben kam. Sie wollte gleich eine Menge wissen, wie es drüben zuging, aber der Mann schob sie lächelnd fort:

»Jetzt geh nur grad und schau, daß er zuerst was zu essen kriegt.«

»Hast Papiere auch dabei?« fragte der Gartmeier dann den Florian.

Florian reichte ihm das Dienstbüchlein, und der Gartmeier las aufmerksam.

»Georg Berghammer – also Georg heißt. Und sechsundzwanzig Jahr bist schon alt? Schaust aber noch viel jünger aus.«

»Ich werd überall jünger geschätzt«, beteuerte Florian.

»Ja, dann probieren wir's halt zusammen. Ich denk, daß es dir schon gefallen wird bei uns«, sagte Gartmeier. »Es ist zwar alles ein bissel anders als drüben. Aber man gewöhnt sich an alles. Die erste Zeit wird dich ja 's Heimweh packen, ich kenn das, aber mit der Zeit wird's dann schon leichter.«

Da kam die Frau wieder herein und setzte Florian ein reichliches Essen vor. Während er es sich schmecken ließ, erzählte ihm der Pflanzer von dem Entstehen und Werden der Kolonie, von den ersten Notjahren, bis dann eine reiche Pfirsichernte die Siedler in eine sichere Zukunft schauen ließ. Die tausend und aber tausend kleinen Pfirsichbäume trugen viele und gesunde Früchte, und da ein Frost die Ernte in anderen Gegenden des Landes fast vernichtet hatte, wurden die Früchte der deutschen Siedlung besonders bewertet und gut bezahlt.

Florian erfuhr nun zum erstenmal, daß man hierzulande zweimal ernten konnte. Die Frühkartoffeln kamen im März schon aus dem Boden und die zweite Ernte im Herbst. So unterstützte die Natur hier den Fleiß und die Tatkraft der Pflanzer, und es konnte gar nicht anders sein, als daß sich diese Bayernsiedlung nach Umlauf eines Jahrzehnts zu einer Musterkolonie entwickelt hatte, auf die Chile stolz sein konnte.

Es war schon sehr spät, als Gartmeier den neuen Knecht Georg Berghammer in sein Stübchen hinaufführte. Es war ein kleines, sehr sauber eingerichtetes Zimmer mit hellen Tapeten. Ein Bett stand in der Ecke neben dem Fenster. An der anderen Wand ein Tisch und ein Schrank.

»Und jetzt gut Nacht, Georg«, sagte Gartmeier. »Schlaf dich zuerst einmal richtig aus. Über die Arbeit reden wir dann morgen.«

Die Türe schloß sich hinter ihm. Florian stand inmitten des Raumes und konnte alles noch gar nicht recht fassen. Wie gütig hatte es das Leben mit ihm gemeint! Ohne eigentliches Ziel war er auf große Fahrt gegangen; er wußte in Antwerpen beim Betreten des Schiffes noch nicht, was aus ihm werden sollte. Und nun stand er schon halb eingefügt in eine neue Gemeinschaft, war unter Menschen, die seine Sprache redeten und es gut mit ihm meinten; freilich, wenn sie wüßten, was ihn aus der Heimat getrieben hatte...

Florian trat ans Fenster. Die Nacht war hell und sternenprangend. Ganz ferne, hinter den Hügeln hörte man ein leises Singen. Es mußte ein chilenisches Lied sein. Eine seltsame Melodie war es, fremdschön und wehmutsvoll. Kein Wort konnte Florian davon verstehen. Vielleicht, daß in dieser Stunde irgendwo hinter den Hügeln ein paar Liebende ihr Glück der Nacht und den Sternen anvertrauten.

Er trat zurück vom Fenster und begann sich langsam zu entkleiden. Glück und Liebe. Ach, wie weit liegt das schon hinter ihm? War er denn überhaupt einmal schon ein glücklicher Mensch gewesen?

Florian schloß rasch das Fenster. Der Gesang war nicht mehr zu hören. Dann fiel er in einen tiefen Schlaf. Zum erstenmal wieder nach langer Zeit schlief er gut und traumlos.

16

Und wieder stand der Sommer in hoher Blüte. Das Gittli war mit der Emerenz im Frühjahr auf die Alm gezogen. Der Oberhofer hatte zu ihr beim Abschied gesagt:

»Vielleicht lernst da droben wieder ein bissel lachen!«

Gittli hatte den Kopf geschüttelt.

»Das Lachen muß einem 'rausspringen aus der Brust wie ein Quell; dann macht's auch andere froh. Das geht aber doch net, Bauer, so gern ich es möcht. Tät Euch selber gern wieder einmal lustig sehen.«

Da hatte der Oberhofbauer sich umgedreht und geschwiegen. Wie hätte er je wieder lustig sein können! Eine unerschütterliche Ruhe war jetzt in seinem Wesen, und nichts an ihm verriet, daß er jenen furchtbaren Schicksalsschlag innerlich noch nicht verwunden hatte. Niemand sah eine Schwäche an ihm, und wenn der Niederhofer gelegentlich die Sprache auf den toten Florian brachte, dann zog der Oberhofer höchstens die Stirn in schwere Falten und antwortete:

»Was einem aufgesetzt ist, muß man tragen. Es wäre zwecklos, wenn man derenthalben mit Gott hadern möchte.«

So viel Ruhe und Kraft ging aus von ihm. Er riß sich zusammen, der Mann mit den zerschlagenen Hoffnungen, und trug die Stirn hoch, wie es sich für einen Bergbauern geziemt. Die Oberhoferin konnte sich anlehnen an ihn, wenn der Schmerz und die Erinnerung an den toten Sohn sie übermannen wollte. Ein Silberschimmer hatte sich über ihren Scheitel gelegt, und ihr Mund hatte einen strengen Zug, der ein verborgenes Leid verriet.

Einmal sagte der Oberhofer zu ihr:

»Weißt du, Mutter, andere Leute haben auch ihr Kreuz zu tragen. Wenn ich mir den Vinzenz so betrachte, der dem Niederhofer so viel Sorgen macht, dann weiß ich net, wer das schwerere Kreuz zu tragen hat, der Niederhofer oder wir.«

Und damit hatte er recht. Der Vinzenz schien endgültig auf die schiefe Bahn geraten zu sein. Er ging der Arbeit aus dem Wege und fand dafür um so häufiger den Weg ins Wirtshaus. Es gab deshalb oft heftige Auftritte drüben; ja, es kam so weit, daß sich der Junge an dem Alten vergriff. Dann schrie der Alte, daß sie auf dem Oberhof jedes Wort verstehen konnten. Er drohte, daß er dem Sepp den Hof geben werde, worauf dann der Vinzenz höhnisch zurückgab, daß dies gesetzlich nicht zulässig sei. Und außerdem, bis jetzt sei der Bruder zwar nicht gemeingefährlich, aber es könnte dies wohl einmal eintreten, und dann müßte er in eine Anstalt geschafft werden. Und wer müßte dann ein ganzes Leben lang zahlen? Er natürlich, der Vinzenz.

Nein, gemeingefährlich war der jüngere Niederhofer keineswegs. Er war geduldig wie ein Tier, tat willig jede Arbeit und redete zuweilen oft ganz vernünftig daher. In seinen dunklen Augen lag es manchmal wie große Trauer, und er lächelte dann wie ein Weiser und Wissender. Oft aber lag ein Flackern in seinem Blick, und Vinzenz getraute sich gar nicht mehr, ihn anzufassen, seit ihm der Verwachsene einmal wie eine Wildkatze an die Kehle gesprungen war und sich darin verbiß, bis ihn die Mutter zurückriß. Er haßte den Bruder und achtete den Vater nicht sehr. Der Mutter aber war er mit großer Liebe zugetan, denn er spürte wohl, daß diese Frau viel Leid zu tragen hatte.

Eines jedoch hatte Vinzenz nicht mehr getan: Die Büchse hatte er nicht mehr angerührt. Verrostet lag sie irgendwo droben im Bergwald unterm Moos. Seit der dummen Geschichte mit dem Eggenheim hatte er das Gefühl, daß der Praxner-Hans ihm überall scharf auflauerte. Wenn er auf die Alm ging zum Gittli, tauchte mittendrin der Jäger auf. Wie aus dem Boden gewachsen stand er plötzlich vor ihm.

»Spürhund!« murmelte dann der Vinzenz vor sich hin. »Da kannst lang warten, bis du mich erwischst!«

Er ließ seine Büchse unterm Moos weiterrosten, wenn ihn sein Weg zur Alm dran vorbeiführte. Mit dem Gittli freilich kam er nicht voran. Er hatte sich ganz in den Gedanken verbissen, sie als Bäuerin auf den Niederhof zu bringen. Aber er fand den Weg zu ihrem Herzen nicht. In Gittlis Herzen brannte unvermindert die Erinnerung an Florian.

Es war ein schöner und gesegneter Sommer, in dem Regen und Sonne ihre Pflicht taten. Das Heu war schon fast eingebracht, als eines Morgens die Berge wie von Kanonenschüssen widerhallten. Droben am Koffel arbeiteten seit Tagen ein paar hundert Leute an der Errichtung der Drahtseilbahn.

Die Sprengungen dauerten fast den ganzen Vormittag, und die Berge wurden jäh aus ihrer träumerischen Stille herausgerissen. Das Wild flüchtete weit herunter, und die Jäger waren verdrossen über die Unruhe in den Revieren.

Für Roggenhausen bedeutete dieses Bauvorhaben ein ganz großes Ereignis. Die Arbeiter brachten Leben ins Dorf, ließen Geld im Wirtshaus, und der Oberwirt sprach schon davon, daß er seine Räume erweitern lassen wolle. Der Niederhofer-Vinzenz war hier in seinem Element. Er fand bald Kumpane für seine Saufgelage an Samstagen und Sonntagen.

Wieder einmal saß er in der Runde lärmender Zecher, da hörte er hinter sich ein Wort, das ihn herumfahren ließ, als hätte ihn eine Natter gebissen. Nur ein einziges Wort war es gewesen.

»Gittli!«

Vinzenz starrte die Burschen an, die am anderen Tisch saßen; da war einer darunter, den sie aufzogen wegen der hübschen Sennerin auf der Oberhofalm.

Der, den es anging, war kein übler Kerl. Mit verwegenem

Schwung saß ihm die Mütze auf dem dunkel gekrausten Haar, und seine Augen blitzten vor Übermut. Er nahm die Anspielung seiner Kameraden gelassen hin und hob erst dann den Kopf ein wenig, als Vinzenz plötzlich vor ihm stand und mit grölender Stimme zu wissen begehrte, von wem hier die Rede sei.

»Geht es dich was an?« fragte der hübsche Bursche.

»Ja, es geht mich was an«, sagte Vinzenz in drohender Haltung.

Gelassen stand der andere auf, zog seinen Hosenriemen etwas enger und nahm die Zigarette aus dem Mund.

»Ja«, gestand er freimütig. »Wir haben von der Sennerin droben auf der Oberhofalm geredet. Ein rassiges Mädel, aber verdammt kühl und –«

»Laß die Finger von ihr, ich rat es dir im guten«, lärmte der Vinzenz.

Der andere maß ihn mit einem hochmütigen Lächeln und wischte sich die Zigarettenasche vom Rockärmel.

»Wenn du mir beweisen kannst, daß du ein Recht, auf das Mädl hast, gut, dann laß ich es gelten. Im andern Fall aber merk dir, daß ich mir von dir keine Vorschriften machen lasse.«

»Ja, ein Recht«, schrie Vinzenz. »Ich hab ein Recht darauf und sonst niemand.«

Ohne seine Zeche zu bezahlen, rannte er davon, rannte den Berg hinauf. Der Schweiß floß ihm über Hals und Rücken, als er bei der Almhütte ankam.

Das Gittli trat gerade aus der Hütte, um ein paar Wäschestücke an den Zaun zu hängen, als Vinzenz um die Ecke bog. Sie wandte das Gesicht nach ihm.

»Du bist es?« klang es nicht gerade freundlich.

»Ja, ich bin's«, sagte Vinzenz, rasch Atem holend.

Gittli ging an den Zaun und hing ihre Wäsche auf. Vinzenz aber hockte sich auf die Bank vor der Hütte und schob den Hut aus der Stirn.

»Magst eine Milch?« fragte ihn Gittli, als sie an ihm vorbei wieder in die Hütte wollte. Mit raschem Griff hatte er sie am Ärmel gefaßt.

»Ich mag keine Milch! Bloß reden will ich mit dir. Ich muß dir was Wichtiges sagen. Sie reden drunten im Dorf über dich. Das kann ich net leiden. Und ich laß dich einfach net schlechtmachen.«

Ruhig hatte ihn Gittli ausreden lassen.

»Wer spricht über mich?« fragte sie jetzt ohne Erregung. »Und was wird geredet?«

»So ein schwarzer Kerl hat sich brüstet, daß er allweil bei dir auf der Alm hockt.«

Gittli runzelte die Stirn.

»So? Und deswegen laufst du 'rauf zu mir?« Sie wollte an ihm vorbei.

Da stand er schon mit gespreizten Beinen vor der Hüttentüre.

»Liegt dir denn so wenig an deinem guten Ruf?«

Sie sah ihn mit überlegenem Lächeln an.

»Was schert es mich, was andere Leut sich einbilden. Es kommen viel her jetzt von den Arbeitern. Sind lustige Leut drunter, ganz gewiß. Aber es wird mir keiner was nachsagen können. Und daß du dich so annimmst um mich – ich weiß gar net, Vinzenz, wie du dazu kommst. Auf meinen Ruf muß ich immer selber schauen.«

»Gittli, du bist allweil so –«, er suchte nach einem Ausdruck, »so wegwerfend bist allweil mit mir. Hast denn gar kein gutes Wörtl für mich?«

Gittli wandte dem Burschen ihr Gesicht zu.

»Setz dich einmal her zu mir, Vinzenz; du sollst ein gescheites Wörtl hören.«

Sie glättete ihre Schürze, sah eine Weile auf ihre Hände und hob dann an:

»Siehst, Vinzenz, wir kennen uns jetzt schon von klein auf,

und als Bub, da hab ich dich ganz gut leiden mögen. Aber dann bist auf einmal deine eigenen Weg gangen und hast am End vergessen, daß ein Hof auf dich wartet. So einen Burschen kann man net ernst nehmen. Die andern sagen es dir vielleicht net; ich aber muß es dir sagen. Und merk dir eins: Einen Menschen, den man net ernst nimmt, kann man erst recht net gern haben. Außerdem hab ich meinen Florian noch lang net vergessen.«

Vinzenz fiel dazwischen: »Wenn du mein Weib wärst, dann hättst ihn schnell vergessen.«

»Dein Weib?« fragte sie ernst. »Schlag dir das ein für allemal aus dem Kopf! Zuerst mußt du selber wieder ein ordentlicher Mensch werden, wenn du ein Mädel, das was auf sich hält, auf deinen Hof bringen willst.«

Mit hartem Griff packte er ihr Handgelenk.

»Wer hat mich bei dir verschuftet?«

»Kein Mensch. Das pfeifen ja die Spatzen von den Dächern, wie es zugeht auf dem Niederhof. Deine Eltern müssen einem leid tun. Bald wird sich niemand mehr mit einem an einen Tisch setzen, der seinen eigenen Vater schlägt. Vinzenz, noch wär es Zeit, daß du ein anderer, ein besserer Mensch wirst.«

Vinzenz hatte den Kopf sinken lassen. Irgendwie hatten die einfachen und schlichten Worte des Mädchens doch eine gute Stelle in seinem Herzen berührt. Jetzt hob er den Kopf.

»Und du? Hättest du dann auch Achtung vor mir?«

»Ja, Vinzenz«, sagte sie, ohne sich lange zu besinnen.

Er spielte mit seinem Hut in den Händen, drehte ihn hin und her und suchte nach Worten.

»Ich glaub, Gittli, du brächtest es fertig, daß ich ein anderer Mensch werden tät.«

»Versuch es halt einmal. Ich hilf dir gern.«

Er stand auf und blieb vor ihr stehen. »Du willst einen besseren Menschen aus mir machen. Aber selber gibst nichts her dazu. Oder kann man das net? Lieb hergeben, wo keine ist?

Gib mir Antwort! Kannst du das?«

Sie wich nicht vor ihm zurück. Sie fürchtete ihn nicht mehr.

»Nein, dös kann man net«, antwortete sie.

»Dann hättst dir deine Worte sparen können. Sie helfen mir einen Pfifferling. Ich will dich und sonst gar nichts. Dann erst könnt ich ein anderer Mensch werden.«

Ein wenig ratlos starrte Gittli vor sich hin. In Vinzenz' letzten Worten hatte ein Ton von Ehrlichkeit mitgeschwungen. Sie konnte ihn wohl niemals lieben. Aber vielleicht könnte man mit einiger Güte wirklich einen besseren Menschen aus ihm machen?

»Probier es erst einmal und zeig deinen guten Willen, dann reden wir weiter.«

Sie reichte ihm die Hand, und er griff überrascht danach.

»Ja, Gittli, ich will's probieren! Es muß schon gehen. Du sollst nichts Schlechtes mehr hören von mir. Und dann komm ich und frag dich wieder.«

Damit ließ er sie los und machte sich auf den Heimweg. Bevor er über den Zaun stieg, wandte er den Kopf noch mal zu ihr zurück.

»Aber du mußt Wort halten, Gittli!«

»Ich hab dir nichts Festes versprochen, Vinzenz.«

»Versprichst aber auch einem andern nichts?«

»Nein, du kannst dich verlassen drauf!«

»Pfüat dich, Gittli!«

Gittli stand noch eine Weile an die Hüttentüre gelehnt. Den Kopf weit zurückgebogen, sah sie hinauf zum Gipfel des Koffels, der, vom Sonnenlicht umflutet, immer noch hoch und herrschend über die anderen ragte. Aber bald wird er nun ganz bezwungen sein von der Kraft und dem Geist der Menschen. Mit allen Mitteln der Technik gingen sie ihm zuleibe, und im nächsten Jahr wird droben vielleicht schon ein großes Hotel stehen, und die Menschen werden nicht mehr begreifen können, daß viele an diesem Berg ihr Leben lassen mußten und nur ein einziger ihn bezwang: der Florian...

Ihr Mund krümmte sich ein wenig, und ein paar Tränen rannen über ihre Wangen. Sie brauchte nur an den Florian zu denken, dann krampfte sich ihr Herz zusammen im bitteren Weh. Und es verging ja kein Tag, fast keine Stunde, in der sie nicht an ihn dachte. Sie brauchte bloß auf den Koffel zu sehen, dann sah sie auch den Florian, jung und strotzend vor Kraft.

Aber hatte sie da dem Vinzenz nicht falsche Hoffnungen gemacht? Nein, sie hatte ihm nur gut zugeredet in dem Wunsche, ihn auf den rechten Weg zu bringen. Ja, sie wünschte es sogar sehnlich, daß ihr dies gelingen möge. Mit einem guten Menschen ließ sich dann auch alles im guten bereden, und er würde dann vielleicht einsehen, daß es besser sei für ihn, sich ein Mädel zu suchen, das ihm von Herzen zugetan wäre.

Drüben bei den Bergwänden gellte jetzt eine Sirene. Es war Feierabend, und Gittli raffte nun schnell den Melkeimer an sich und ging in den Stall.

Vinzenz schritt unterdessen rasch zu Tal. Plötzlich stand, wie aus dem Waldboden geschnellt, an einer Wegbeuge der Praxner-Hans vor ihm. Nein, er war wohl nicht aus dem Waldboden gestiegen, sondern hatte vielleicht hier gewartet. Mitten am Wege stand er und wich auch nicht aus, so daß Vinzenz einen Bogen um ihn machen mußte. Der Jäger grüßte nicht, sondern sah den Vinzenz nur prüfend an, daß es dem das Blut mit einem Stoß in das Gesicht jagte. Er ging rasch weiter, blieb aber dann mit einem Ruck stehen, wie in zorniger Bereitschaft.

»Auf der Oberhofalm bin ich gewesen, beim Gittli, wenn du es wissen willst«, schrie er dem Jäger zu.

»Ich hab dich ja gar net gefragt drum«, entgegnete der in unheimlicher Ruhe. Dann gab er seiner Büchse einen Ruck und schritt langsam bergwärts, blieb ab und zu stehen und betrachtete die Fährte von Vinzenz' Schuhen.

Die Spur ist mir net fremd. Der Kerl ist dabeigewesen, wie mein Herr erschossen worden ist, fuhr es ihm durch den Sinn.

Noch niemandem hatte der Jäger verraten, was er vermutete. Aber er hatte sich vorgenommen, dem Vinzenz auf der Spur zu bleiben. Daß der irgend etwas auf dem Gewissen hatte, das bezeugte die Unsicherheit, die ihn jedesmal befiel, wenn er dem Jäger begegnete. Nun, der Jäger war kein Mensch, der mit dem Kopf durch die Wand wollte, er konnte warten.

In der Folgezeit aber wurde der Jäger ein wenig unsicher. Der Vinzenz schien wie verwandelt zu sein. Man sah ihn kaum mehr im Wirtshaus; das fiel nicht bloß dem Jäger auf, sondern auch den anderen Leuten. Auch dem Oberhofer blieb es nicht verborgen, und er sagte einmal zu seiner Frau:

»Der Vinzenz, scheint mir, richtet sich jetzt. Er packt auf einmal tüchtig an.«

»Seinen Leuten wär's zu gönnen«, antwortete die Bäuerin.

Und dann schwiegen sie beide. Sie mußten an ihren eigenen Sohn denken, der in die Irre gegangen war.

17

Ja, es war wirklich so, der Vinzenz gab sich alle Mühe, ein ordentlicher Mensch zu werden. Der Niederhofer, seine Frau, die Knechte und Mägde, niemand kannte sich mehr recht aus mit ihm. Hatte er früher die Eltern oft barsch und kurz behandelt, so war er jetzt die gute Stunde selber.

Das Heu war eingebracht, das Korn war reif, die Tage flossen dahin, und im Herbstklee mähte der Vinzenz frühmorgens neben dem Bruder. Sie mähten breite Mahden, und der Verwachsene hatte Mühe, dem Vinzenz nachzukommen. Es war so ganz anders als früher. Da war der Vinzenz oft gar nicht zum Futtermähen erschienen, und jetzt war er der erste auf. Wenn er zurückging, um eine neue Mahd zu beginnen, pfiff er lustig vor sich hin, und es war, als ginge ein neuer Mensch über die Felder.

Und er war nicht nur so aufgeräumt bei dieser Arbeit, mit der frühmorgens auf einem Hof das Tagewerk beginnt, er blieb es bis zum Abend.

Ha, jetzt sollte ihm noch jemand nachsagen, er sei ein Tunichtgut! Er spürte, wie man ihm allmählich mit Achtung entgegenkam. Sogar der Oberhofer hatte ihm kürzlich ein paar anerkennende Worte gesagt. Das mag schon was heißen! Und so fügte sich Vinzenz wie von selber wieder ein in einen geordneten Lebenskreis. Er wußte freilich auch, um welchen Preis es ging. Es ging um Gittli. Ihr galten all die Opfer, die er brachte, aller Verzicht, den er sich auferlegte. All das geschah, um ihrer würdig zu werden und nach und nach in die Rechte des toten Florian einzutreten.

Indessen war es Herbst geworden. Als Vinzenz eines Sonntagmorgens auf der Alm auftauchte, da merkte Gittli, wie sehr er sich zu seinem Vorteil geändert hatte. Oder war es nur geschickte Verstellung? Aber es hatte sich doch schon länger herumgesprochen, daß der Niederhofer-Vinzenz auf einmal wie ausgewechselt sei. Er tut wieder gut, sagten die Leute. Gittli schrieb diese Veränderung mit Recht ihrem Einfluß zu und freute sich darüber, daß es ihr geglückt war, einen Menschen auf den rechten Weg zu bringen.

Da Vinzenz nun nach längerer Zeit wieder vor ihr stand, konnte sie nicht anders, als ihn gut behandeln. Vinzenz aber glaubte nichts anderes, als daß sie nun auch seinem Herzen nähergerückt sei.

»Es wird alles noch recht werden«, frohlockte er. »Ich seh es schon kommen, du ziehst noch ein auf dem Niederhof als Bäuerin.«

Sie blieb ihm die Antwort darauf schuldig. Und als er drängte, sagte sie:

»Da zerbrechen wir uns heute den Kopf noch net. Wie's kommt, so kommt es.«

Auch ein Trost, wenn auch nur ein halber, dachte sich Vinzenz auf dem Heimweg. Aber schließlich lag es ja an ihm, das Schicksal ein bißchen zu korrigieren. Vielleicht liebte sie es, wenn man sich nur immer in größeren Zeitabständen sah? Er wollte sich auf jeden Fall seltener machen und war eitel genug, zu glauben, daß sie dann selbst nach ihm Sehnsucht bekam; denn schließlich konnte er doch über kurz oder lang einen Hof und ein Erbe sein eigen nennen, auf das die künftige Bäuerin schon stolz sein konnte.

O ja, er war recht gut gelaunt, der Vinzenz, und er sah mit stolzen Hoffnungen in den kommenden Winter.

Bald darauf wurden die Almen geräumt. Auf den Höhen war der erste Schnee gefallen, und eines Tages sah Vinzenz das Gittli drüben auf dem Oberhof schaffen.

Das war für ihn ein neuer Antrieb. Jetzt konnte das Gittli selber sehen, wie er werkte und tätig war in Hof und Feld. Er verrichtete seine Arbeit ständig in der angenehmen Vorstellung, das Gittli habe nichts anderes zu tun, als nach ihm auszuschauen.

Dem Gittli aber stand der Sinn nach ganz anderem. Droben auf der Alm hatte sie nur ihr eigenes Leid getragen; jetzt aber mußte sie das Leid der beiden alten Oberhoferleute mittragen. Sie sah in ihre Herzen, und wenn ihre Gespräche auch nur ganz selten in die Vergangenheit glitten, so fühlte Gittli doch schmerzhaft, wie das Leid in ihnen wohnte. Die alten Leute aufzuheitern war Gittlis schönste Aufgabe. Wenn ihr das wieder und wieder glückte, dann konnte es geschehen, daß der Oberhofer einen Augenblick seine schwere Hand auf ihren Scheitel legte und wie selbstvergessen sagte:

»Bist ein braves Dirndl, Gittli! Bleib nur so!«

Es war ein Sonntag. Die Glocken von San Anna läuteten hell in das sommerliche Land hinaus. Die Kirche war zu Ende, und ein buntes Sprachengewirr von Deutsch und Spanisch erfüllte den schmucken Platz vor der Kirche. Man kannte sie auch äußerlich sogleich auseinander, die Chilenen und die Deutschen.

Einer schritt unter der Menge hin, hoch gewachsen, das Gesicht von der Sonne braun gebrannt. Er kümmerte sich um niemanden und achtete es kaum, als ein junges, hübsches Ding ihn grüßte, auffälliger, als es die dortige Landessitte zuließ.

Er hatte das Mädchen in der Siedlung schon öfters gesehen, wußte auch das Haus, in dem es daheim war, hatte aber weiter noch keine Notiz von ihm genommen. Auch jetzt gab er nur den Gruß zerstreut zurück und steuerte auf ein Gasthaus zu.

Bei einem Viertel Wein – das Bier dortzulande war kaum zu genießen – vertrieb sich Florian Feichtner die Zeit. Am Fenster sitzend, sah er die Menschen draußen vorüberziehen, wurde ein wenig eingelullt von dem Lärm in der Gaststätte und vergaß dabei, was ihn seit Wochen schwer bedrückte.

Er hatte sich beim Gartmeier schnell eingewöhnt. Er gefiel ihm leidlich. Nach einigen Wochen dachte er, es wäre an der Zeit, den Lieben daheim ein Lebenszeichen zu geben. Ausgerechnet an diesem Tage aber hatte der Gartmeier Post von drüben bekommen, unter anderem auch einen Pack Zeitungen. Seine Verwandten schickten sie ihm von Zeit zu Zeit, und wenn auch das jeweilige Geschehen längst überholt war, für die Kolonisten waren es doch immer Neuigkeiten. Und wie der Gartmeier so las, schob er dem Florian eine Zeitung zu und sagte:

»Das mußt lesen, Georg. Das ist interessant. Es gibt halt doch noch allweil verwegene Burschen, die 's Wildern net lassen können.«

VOM WILDERER ERSCHOSSEN!

Vergangenen Sonntagnachmittag wurde der Baron von Eggenheim in seinem Jagdrevier erschossen aufgefunden. Als der Tat dringend verdächtig, wurde der Bauernsohn Florian Feichtner am Morgen darauf verhaftet. Auf dem Transport zum Gefängnis gelang es ihm aber zu flüchten. Die Gendarmerie verfolgte ihn und machte, da der flüchtige Wilddieb dem mehrfachen Anruf stehenzubleiben nicht nachkam, von der Schußwaffe Gebrauch. Feichtner versuchte noch über eine Klamm zu kommen, stürzte aber dabei ab und wurde vom Wildwasser fortgerissen. Seine Leiche konnte bis jetzt noch nicht geborgen werden. – Baron von Eggenheim war jung verheiratet. Die Einwohner von Roggenhausen sind tief empört über das ruchlose Verbrechen.

Beinahe wäre Florian das Blatt entfallen. Ihm war es, als nähme ihm jemand leise das Herz fort. Man hielt ihn also für tot! Und er war gerade im Begriffe, seinen Eltern mitzuteilen, daß es ihm gutginge. In den Sturm seiner Gedanken und Empfindungen hinein fragte jetzt der Gartmeier:

»Was sagst zu der Geschichte? Ich sag ja nix vom Wildern, obgleich das ja auch net sein müßte. Wo käm denn der Staat da hin, wenn ein jeder 'nausging ins Revier und sich sein Wildbret selber schießt? Aber einen Menschen totschießen... so einer gehört doch...«

»Man müßte die näheren Umstände kennen«, wich Florian aus und ging hinaus.

An seine Eltern hatte er nicht mehr geschrieben. Aber die Zeitung hatte er sich am andern Tag gesucht, hatte den betreffenden Artikel ausgeschnitten, und nun trägt er ihn seitdem bei sich in der Brieftasche. Es war schon ein eigentümliches Gefühl, so eine Art Beglaubigungsschreiben bei sich zu tragen, daß man tot sei. Gut, so wollte er tot sein für die Heimat und alle Folgen auf sich nehmen. Er würde also nie wieder einen Gruß in die Heimat schicken. Er würde gestorben bleiben für die da drüben...

Aber vielleicht war es besser so. Wenn er gar nichts mehr wußte von drüben, von seinen Eltern, vom Gittli, vom schönen, lieben Oberhof, dann war das Leben hier vielleicht doch leichter zu ertragen. Es ließ sich schon leben hier, und wenn er auch die abgelaufene Regenzeit als jämmerlichen Winter empfand, jetzt waren wieder helle, hohe Sonnentage, der Wein funkelte vor ihm im Glase – und ein Mädchen hatte ihn gegrüßt.

Ein sauberes Ding, die Tochter des Siedlers Berger! Schlank und schmal war sie, und ihre Zöpfe hatten die Farbe reifender Kornfelder. Wie nett und freundlich sie ihn gegrüßt hatte! Es war doch etwas Schönes für einen Toten, wenn ihn das junge, blühende Leben grüßte!

Florian lächelte bitter in sich hinein und schüttelte den Kopf.

Es gab nur eine Liebe für mich, dachte er. Jene hohe Liebe, die am Jährlingszaun begann und zu Ende ging an jenem Sonntagnachmittag, als der verhängnisvolle Schuß den Strich unter sein Leben zog. Gittlis Name lebte in ihm, und wenn er manchmal vorm Einschlafen ihren Namen vor sich hin sprach, dann klang es im Zimmer wie dünnes Glas, das zu tönen anfängt, wenn man es zart berührt.

Was wird sie wohl tun jetzt, das Gittli? Ob vielleicht schon ein anderer an seine Stelle getreten sein mag? Der Vinzenz vielleicht?

Florians Brauen schoben sich finster zusammen. Dieser Gedanke schmerzte ihn innerlich. Seine Faust umklammerte das Weinglas, als wollte er es zerdrücken. Er zahlte und ging.

Der Weg war einsam nach Penaflor. Die Kirchgänger hatten sich schon verloren. Vom Meer her kam ein warmer Wind, und es flüsterte in den hohen Maisfeldern. In ungeheurer Größe ragten die Kordilleren in den seidenblauen Himmel. Da war ja selbst der Koffel noch ein Zwerg gegen diese Riesen.

Schüchtern klangen die Glocken von San Anna hinter ihm her. Hei, wie müßten jetzt die Glocken von Roggenhausen läuten, die schwere Stiftsglocke und die anderen in schönem Chore! Wie müßten sie das ganze blühende Tal hier erfüllen mit ihrem klingenden Halleluja!

Mitten in seinen Gedanken hörte er ein Geräusch hinter sich. Es war eine Radfahrerin, und Florian wollte zur Seite treten, als die Radfahrerin neben ihm abstieg. Sofort erkannte er das Mädchen wieder, das ihn am Morgen vor der Kirche gegrüßt hatte. Sie grüßte wieder sehr freundlich:

»Grüß Gott, Berghammer-Georg.«

»Grüß Gott, Dirndl«, erwiderte er.

»Wir haben den gleichen Weg zusammen.«

»Ja, ich weiß. Nur geht's bei mir langsamer.«

»Oh, es eilt mir auch nicht. Komm noch früh genug heim zum Essen. Möcht gern mit dir gehen.«

»Hab nichts dagegen.«

Das Mädchen schob das Rad neben ihm her, und er hatte ein

wenig Zeit, sie näher zu betrachten. Sie konnte einem schon gefallen. Ihr hellblaues Kleid umschloß knapp die Formen ihres Körpers. Ein goldenes Kettchen trug sie am Hals und ein anderes, ganz feines an ihrem linken Handgelenk.

Sie schwiegen eine Weile. Einmal stieg bei ihrem Nahen eine Schar Vögel aus dem Maisfeld auf und schwang sich in die glasblaue Luft.

»Du mußt nicht Sie zu mir sagen«, meinte das Mädchen und sah ihn freundlich an. »Es ist nicht Brauch unter uns Siedlern. Wir sind doch eine Gemeinschaft, hier in der Fremde. Und du gehörst doch auch schon zu uns.«

Florian verhielt den Schritt etwas.

»Bei dir kann einem das Du net schwerfallen. Aber sag einmal, wie kommt es, ich hab dich noch gar net so oft gesehen in der Siedlung.«

Das Mädchen lachte.

»Glaub es schon. War bis vor kurzem noch in Santiago. Aber weil meine Mutter in letzter Zeit etwas kränklich ist, hat mich der Vater heimgeholt. Ich hab dich aber gleich am ersten Tag gesehen. Geackert hast auf dem Gartmeier seinem Grund.«

»Und da hast du gleich so Obacht geben?«

»Bei uns fällt einem doch gleich jeder Fremde auf. Und an deiner Größe kann man auch nicht gut vorbeisehen. Die andern Mädel haben dich auch net übersehen.«

Nun mußte Florian lachen.

»Das hab ich ja noch gar net gemerkt.«

»Wirst es schon noch merken, wenn du mehr unter die Leute gehst.« Das Mädchen machte eine kurze Pause. Dann fing sie ein anderes Gespräch an. »Wie gefällt es dir denn beim Gartmeier?«

»Recht gut! Besser hätt ich es gar net erwischen können. Da merk ich es kaum, daß ich fremd bin.«

»Ja, sie mögen dich auch recht gern«, verriet sie ihm. »Die Gartmeierin hat es kürzlich bei uns gesagt.«

»So? Kommt sie öfters zu euch?«

»Ja, darum weiß ich auch deinen Namen.«

»Und wie heißt denn nachher du?«

»Angela.«

Er sprach den Namen langsam nach und lächelte in ihre Augen hinein.

»Schön klingt das: Angela...«

Verwirrt senkte Angela den Blick und machte sich an ihrem Rad zu schaffen. Dann fragte sie unvermittelt:

»Warst schon einmal in Santiago?«

Er schüttelte den Kopf.

»Ich bin eigentlich noch net weit kommen.«

»Es ist schön dort. Ich bin dort schon ins Gymnasium gegangen, und dann war ich in der Redaktion von der La-Plata-Zeitung, bis mich der Vater geholt hat.«

»Und bleibst jetzt ganz da?«

Sie hob die Schultern und schien sich über diese Frage selbst noch nicht schlüssig zu sein.

»Wenn mein Bruder einmal groß ist und die Farm übernimmt, dann kann es schon sein, daß ich wieder in die Stadt geh.«

Unter diesem Gespräch hatten sie die ersten Häuser von Penaflor erreicht. Vor dem Haus ihrer Eltern angekommen, reichte ihm Angela die Hand.

»Auf Wiederschaun, Georg! Komm halt einmal zu uns. Oder wenn du gern einmal nach Santiago oder nach Valparaiso fahren willst, ich tät schon mitfahren dann und dir alles zeigen.«

»Nach Santiago möcht ich ganz gern einmal. Vielleicht nächsten Sonntag!«

Als sie sich getrennt hatten, reute es Florian, daß er so viel mit dem Mädchen gesprochen hatte. Wohin sollte denn das führen? Er nahm sich vor, die Fahrt nach Santiago auf alle Fälle zu unterlassen.

Und doch, und doch! Etwas war in ihm zurückgeblieben von

dieser Begegnung. Etwas sehr Feines und Wunderzartes. Er spürte in seinen Fingern noch den Druck der ihren und empfand ihre Freundlichkeit wie eine Wärme, die in ihm zurückgeblieben war.

Am nächsten Morgen sah er sie, als er auf das Feld hinausfuhr. Sie stand im Garten bei den Pfirsichbäumen und winkte ihm freundlich zu. Und es verging kein Tag mehr, an dem sie sich nicht begegnet wären. Fast sah es so aus, als suchten sie einander. Sie sprachen miteinander, und Florian erfuhr, daß sie im Winter neunzehn Jahre alt geworden war. Er wußte nun, daß sie in Chile geboren war und daß sie genauso fließend Spanisch sprach wie Deutsch. Ihre Eltern stammten aber aus Hessen und waren mit den ersten Siedlern eingewandert. Angela kannte die deutsche Heimat nicht, und da konnte nun Florian erzählen. Er verstand es, mit einer Wärme und Liebe von der Heimat zu sprechen, daß Angela einmal traurig meinte:

»Du wirst nicht im Lande bleiben. Ich merke das, Georg. Deine Augen leuchten ganz anders, wenn du von der Heimat sprichst, und von der Sehnsucht zum unüberwindlichen Heimweh ist nur ein kleiner Schritt. Wirst du bald wieder fortgehen von hier?«

Sie sah nicht den Schatten, der dabei über sein Gesicht flog.

»Nein, ich will hier bleiben«, beteuerte er.

Da stahl sich die Mädchenhand in seine Hand, und ihr Mund flüsterte:

»Hab vielen Dank dafür!«

Sie fuhren nach Santiago, fuhren nach Dalagande und nach Valparaiso. Sie tanzten zusammen und besuchten alle Sehenswürdigkeiten, und in der Siedlung wurde gemunkelt, daß sie sich zusammengefunden hätten, schon vor der Zeit, da dies wirklich der Fall war.

Florian kannte sich selber nicht recht aus. Liebte er das Mädchen, oder war es nur eine Zuneigung, die mehr auf Kameradschaft aufgebaut war? Aber sie war nun nicht mehr wegzudenken aus seinem Leben. Er spähte hinter ihr her, wo er sie sah. Er kannte schon jede ihrer Bewegungen, und wenn er die Augen schloß, sah er sie schreiten, so jung und anmutig, daß er sie fassen und küssen hätte mögen.

Und es kam der Tag und die Stunde. Es war um die Abendzeit. Über den Kordilleren brannte ein wildes Abendrot. Die Landschaft ringsum war still von der Nähe Gottes. Nur die Blüten verschwendeten ihren starken Duft an den sterbenden Tag. Über die Hügel her schwamm traumhaft ein ferner Glokkengruß.

Florian und Angela saßen fernab der Siedlung am Rande eines Maisfeldes. Sie wußten selber nicht recht, wie sie hierhergekommen waren. Und als sie aus seligem Kuß erwachten, da war die gegenseitige Verwirrung größer als das Glück. Das Mädchen fand schneller in die Wirklichkeit zurück.

Florian aber mußte an eine Mitternachtsstunde denken, in der er die Liebe erlebte an einem Jährlingszaun. Hier schenkte sich ihm ein gleich gläubiges und vertrauendes Herz wie damals. Aber heute saß zwischen ihm und dem Mädchen Angela die Lüge. Und als sie ihn leise und zärtlich beim Namen rief, da war er versucht, aufzuspringen und zu schreien:

Ich heiß ja gar net Georg! Florian heiß ich! Da schau her, da steht es schwarz auf weiß, daß ich Florian Feichtner heiß und einen Menschen erschossen hab. So, Mädchen, jetzt schenk mir deine Liebe, küß mich, und sei gut zu mir...

Aber er sagte nichts, blieb ganz still sitzen. Nochmals rief sie seinen Namen. Da hob er den Kopf und schaute sie an. Auf ihren schmalen Wangen lag ein leichtes Rot, ihr Mund stand halb geöffnet, die weißen Zähne schimmerten dahinter, und in ihren Augen lag ein frohes, gläubiges Glänzen. Er konnte nicht anders, mußte ihre Hand in die seine nehmen und immerzu streicheln.

Da sagte sie:

»Ich möchte dich so gerne einmal etwas fragen, Georg.«

»Ja?«

»Hast du – ich meine –, hast du zu Hause auch ein Mädchen geliebt?«

Ein tiefer Atemzug. Seine Hand umschloß ihre Finger wie im Krampf.

»Ja, Angela, ich habe zu Haus auch ein Mädl gern gehabt. Aber das ist vorbei. Wir wollen heute nicht davon reden.«

Sie schmiegte ihr Köpfchen gegen ihn und verhielt sich ganz still.

»Ich frage dich nicht mehr darum«, versprach sie. »Es tut dir gewiß weh, das habe ich gemerkt.«

Inzwischen war es Nacht geworden. Wie ein warmes Gewölbe hing sie über den beiden. Über den Kordilleren stand der Mond und goß sein Silber über alles Land. Der Glanz der Nacht ließ die Stunden klingen, daß jede Sekunde zum Wunder wurde.

»Ich habe dich so lieb«, flüsterte Angela. »Schon vom ersten Augenblick an war das so. Und du gingst immer so kalt an mir vorbei.«

»Es soll nun anders werden«, versprach er, obwohl er selbst noch nicht wußte, wie es nun werden sollte. Er empfand nur, daß es unsagbar schön war, so still zu sitzen mit einem innig vertrauenden Menschen und weit, weit fortgerückt zu sein von allem Quälenden. Und doch mußte einmal der Augenblick kommen, wo er ihr gestehen mußte, weshalb es ihn aus der Heimat trieb und weshalb er dorthin nie mehr zurückkehren konnte.

Wie würde sie es aufnehmen? Er wußte und fühlte, daß er zum Inhalt ihres jungen Lebens geworden war. Und sie war kein Mädchen, das sich leicht mit etwas abfinden würde. Vielleicht würde sie zerbrechen daran.

Es schnitt ihm jedesmal tief ins Herz, wenn sie Georg zu ihm sagte. Wenigstens das mußte er ihr erklären. Eine Namensverwechslung kann vorkommen, und man braucht nichts Schlimmes dahinter vermuten. Aber nicht gleich heute wollte er es tun. Sie sprach übrigens seinen Namen nur ganz selten aus, sondern hatte immer ein eigenes Wort für ihn. Und das war ein halbes Singen, wenn sie die Silben in spanischer Sprache in sein Ohr flüsterte.

»Was heißt das?« fragte er sie.

»Es heißt: Mein Lieber«, übersetzte sie ihm.

»Und wie soll ich zu dir sagen?«

»Wie du willst. Es hört sich alles gut an von dir. Du bist überhaupt ein guter Mensch. In deinen Augen liegt das schon.«

»Gut?« fragte er, und sein Mund krümmte sich ein wenig dabei. »Einmal erzähl ich dir mehr, Angela. Aber nun wirst du heim müssen.«

»Ja, es wird Zeit. Aber ich werd nicht gescholten, wenn ich sage, daß du bei mir warst. Meine Eltern mögen dich, obwohl sie dich noch gar nicht recht kennen. Du kommst einmal zu uns, Georg?«

»Ja, ich komm«, versprach er.

Langsam gingen sie heimwärts. Links und rechts von ihnen standen hohe Maisfelder, aus denen ein Duft der Wärme stieg. Ganz weit in der Ferne blinkten kleine Lichter. Die Siedlung lag aber schon im Dunkel. Er brachte sie vor ihr Haus.

Drei Tage später ging Florian zu ihren Eltern.

18

Zur selben Zeit, als Florian Feichtner drüben im fremden Lande die Hände zaghaft nach einem neuen Glück zu strecken begann, begann sich im Lande seiner Kindheit das Schicksal des Vinzenz zu erfüllen.

Der Niederhofer-Vinzenz sonnte sich in dem Glück, das ihm das freundlichere Wesen des Gittli gewährte, hatte darüber beinahe schon vergessen, daß er an einer Schuld trug. Er fühlte sich frei und sicher wie nie zuvor. Und als er einmal von der Alm heimging, fiel ihm ein, er müsse nun doch mal nach seinem Gewehr schauen. Seit langer Zeit war ihm der Jäger nicht mehr begegnet, und so ging er denn auch an diesem Tag, ohne sich dabei Besonderes zu denken, zu dem Platz, wo er seine Büchse unter Moos und Steinen verborgen hatte. Als er davor stand, sah er sich zuerst vorsichtig nach allen Seiten um, stocherte mit dem Fuß im Moos, stieß ein paar Steine beiseite und bückte sich dann rasch. Ja, da lag es noch, sein Büchserl, mit Lumpen umwickelt. Spielerisch wog er den Stutzen in der Faust. Bloß sauber putzen müßt ich's einmal, dachte er. Und dann könnt ich ja einmal wieder ein Böckerl schießen. Lang genug hab ich's nimmer probiert.

Er wickelte das Gewehr wieder ein, deckte Steine und Moos wieder darüber und ging fröhlich pfeifend seines Weges weiter. Kaum war er hinter einer Wegbiegung, trat der Praxner-Hans aus dem Gebüsch, tat, was vorhin der Vinzenz getan hatte, und nickte vor sich hin.

»Ich hab's ja gewußt, wie ich dran bin mit dir. Und beinah hätt ich es aufgegeben, dir nachzuspürn. Aber ich muß noch mehr 'rausbringen, es langt noch nicht!«

Er wickelte einen dürren Ast, der in der Nähe lag, in die Lumpen und nahm das Gewehr mit zu seiner Jagdhütte.

Da hockte er nun in der Sonne und reinigte den Lauf von Rost und Schmutz. Tat diese Arbeit mit einer Sorgfalt, als sei es sein eigenes Gewehr, und freute sich schon auf den Augenblick, in dem der Vinzenz die Lumpen von dem dürren Ast wickeln würde. Er wollte noch mehr als bisher dem Vinzenz nachschleichen und ihn nicht aus den Augen lassen.

Der Jäger Praxner lehnte den Kopf an die Hüttenwand und sah hinauf zum Koffel, auf dem bereits das Unterkunftshaus im Rohbau fertiggestellt war. Bald sollte die Seilbahn dem öffentlichen Betrieb übergeben werden, die seit dem Frühjahr soweit fertig war, daß das Baumaterial auf den Koffel transportiert werden konnte.

Das sollte der Florian noch erlebt haben, dachte der Jäger. Ja, er mußte oft an den Feichtner-Florian denken, und wenn er auch damals zu seiner Festnahme sein möglichstes getan hatte, so war es deswegen, weil der Verdacht gegen ihn sprach. Aber daß der Florian nicht allein war an diesem verhängnisvollen Nachmittag, das war für den Jäger heute feststehende Tatsache. Es war noch eine zweite Spur da, die er bisher zwar vergeblich suchte, denn dieser andere, der noch dabeigewesen sein mußte, war wohl schlau genug, die Nägel aus seinen Schuhsohlen zu entfernen. Und war denn nicht auch droben am Unglücksplatz die Wetterföhre, an der später noch einer gewesen sein mußte? Der Jäger hatte festgestellt, daß dort jemand herumgeschnitzelt hatte. Wer mochte das gewesen sein? Vielleicht der gleiche, dessen Büchse er nun in Händen hatte?

Der Jäger paßte weiter auf, konnte aber den Vinzenz lange nicht mehr sehen. Endlich aber, an einem Sonntagnachmittag, hörte er auf der Lauer ein Geräusch in der Tiefe des Waldes. War es der Wind oder hatte eines Menschen Fuß auf einen dürren Ast getreten?

Jeder Muskel spannte sich in dem Gesicht des Jägers. Da

tauchte eine Gestalt zwischen den Bäumen auf. Es war der Vinzenz.

Jetzt blieb er stehen, sah sich ein wenig um und ging dann gelassen weiter auf das Versteck zu. Dort stieß er mit dem Fuß ein paar Moosbüschel fort, bückte sich, legte ein paar Steine beiseite und stieß einen Fluch aus. Zornig warf er den dürren Ast gegen einen Baumstamm, daß er zersprang. Da trat der Jäger langsam hinter der schützenden Deckung hervor.

»Ah, der Vinzenz? Was tust denn da?«

Vinzenz fuhr zusammen, als hätte ihn ein Schlag getroffen.

Der Jäger trat näher und wies, sich erstaunt stellend, auf die Lumpen am Boden: »Wo kommen denn die Lumpen da her?« Er sah den Vinzenz scharf an. »Weißt es du, Vinzenz?«

»Ich?« Vinzenz spielte den Unschuldigen. »Wie sollt denn ich das wissen? Im Vorbeigehen hab ich mir denkt, was ist denn das für ein merkwürdiger Buckl? Und wie ich mit dem Fuß ein bissel hinstoß, merk ich, daß da was drin sein muß. Und da hab ich halt nachgeschaut.«

»Ach, so war das«, tat der Jäger verwundert. »Und ich hab mir schon denkt, du grabst ein Büchserl aus.«

Vinzenz hatte sich inzwischen wieder gefaßt.

»Wie käm denn ich dazu?« fragte er verlegen lächelnd.

»Ja, das mein ich halt auch. Wie kämst denn grad ausgerechnet du dazu! Aber weißt, wir Jäger reimen uns gleich allerhand zusammen.«

»Das bringt schon der Beruf mit sich«, antwortete Vinzenz und stieß mit dem Fuß ein paar der Lappen in das Loch, in dem sein Büchserl so lange Zeit wohlbehütet gelegen hatte. »Liegt da ein dürrer Stecken drinnen«, lachte er, als hätte er den größten Spaß daran.

»Wer den wohl da versteckt hat?« fragte der Jäger, und seine prüfenden Augen hakten sich fest in den Blick des Vinzenz. »Ob das ein Witz sein soll?«

»Wird schon so sein!« meinte Vinzenz und wich dem Blick

des Jägers aus.

»Daß da statt dem dürren Ast einmal ein Gewehr drin versteckt war, liegt klar auf der Hand.«

»Meinst?« fragte Vinzenz, und er spürte, wie es ihn heiß und kalt überlief.

»Das mein ich net bloß, das ist schon so!«

Vinzenz fühlte sehr wohl, jetzt ging es auf Biegen oder Brechen. Er mußte sich von dem Verdacht reinigen.

»Ja, ja, so dumm könnt es manchmal gehen«, sagte er. »Angenommen, es wär wirklich ein Gewehr drin gewesen und du hättst mich antroffen damit – Teufl, da wär ich in einen schönen Verdacht kommen und könnt gar nichts dafür. Bloß die Neugier wär schuld, weil ich meine Nase hab 'reinstecken müssen.«

Dem Jäger flog eine zornige Röte über die Stirn. Am liebsten hätte er dem Burschen alles, was er wußte, ins Gesicht geschrien. Aber der Augenblick war noch nicht da. Er mußte noch hinter dem Berg halten. Sich zur Ruhe zwingend, sagte er:

»Da hast recht, Vinzenz. Wenn ich dich mit dem Gewehr angetroffen hätte, hätte ich dich stellen müssen.«

»Und der Unschuldige hätt leiden müssen!«

»Das hätt sich dann schon herausgestellt. Beim Florian damals hätt auch kein Mensch daran gedacht. Und doch war er der Täter.«

Vinzenz verzog den Mund.

»Hat mir arg leid getan, selbigsmal, der Florian. Daß er halt manchmal 'nausgangen ist ins Revier – freilich war's net recht, und ich hab ihn auch oft gewarnt; aber so gut ich sonst mit ihm Freund gewesen bin, da hat er auf mich auch net gehört. Florian, hab ich oft gesagt zu ihm, wirst sehen, Florian, das nimmt noch einmal ein schlimmes End, hab ich gesagt. Net glaubt hat er mir's. Und dann hat er's mit dem Leben büßen müssen.«

Der Praxner-Hans kräuselte spöttisch die Lippen.

»Manchmal kennt halt der Mensch seinen Schutzengel net. Ja

– und jetzt muß ich wieder weiter.«

Vinzenz atmete erlöst auf. Da wandte sich der Jäger nochmals um.

»Ich will dir's sagen, Vinzenz. Es war schon ein Gewehr drin in dem Loch. Bei mir in der Hütten hängt es droben. Komm halt einmal vorbei bei mir, dann zeig ich dir's. Vielleicht kennst es zufällig.«

Der Jäger tippte an den Hutrand und schritt davon. Vinzenz aber stand eine Weile mit verzerrtem Gesicht. Er hatte das Gefühl, da hing eine Wetterwolke über ihm, aus der jeden Augenblick ein Blitz niederfahren mußte. Der Jäger – wie er ihn haßte! Wie unverschämt der seinen Verdacht vorgebracht hatte! Oh, sich auf ihn stürzen und so lange mit den Fäusten seinen Hals umklammern zu können, bis –

Er dachte den schrecklichen Gedanken nicht zu Ende, sondern lachte, sich zur Ruhe zwingend, leicht auf. Was will er mir denn beweisen? Gar nichts kann er mir beweisen! Aber das Gewehr, das nun im Besitz des Jägers war? Ach was, mochte er es ruhig behalten! Was schert es ihn? Jedenfalls war er nicht so dumm, sich das Gewehr bei dem Jäger in der Jagdhütte anzusehen. Er sprach sich selber Mut zu.

Wenn er was Gewisses wissen tät, dann hätt er es mir gleich auf den Kopf zugesagt. Aber so will er bloß auf die Stauden klopfen. Ja, so gescheit, wie du bist, Jager, bin ich auch.

Er ging nicht zu dem Jäger; und als ihm dieser nach ungefähr vierzehn Tagen wieder einmal begegnete und ihn fragte: »Was ist denn, Vinzenz? Ich hab g'meint, du kommst einmal zu mir und schaust dir die Büchs an?«, da antwortete Vinzenz:

»Ja, sobald ich einmal ein bissel Zeit hab.«

Als wiederum drei Wochen vergangen waren, trat der Praxner-Hans in die Sennhütte, in der Vinzenz beim Ofen hockte und dem Gittli Gesellschaft leistete. Sie hatten sich ausgezeichnet unterhalten, und Vinzenz war wirklich zornig über das Kommen des Jägers.

Der schob sich aber gemütlich hinter den Tisch, setzte sich und ließ sich von dem Gittli ein Glas Milch bringen. Dann sagte er:

»Denkt hab ich mir, daß du da bist, Vinzenz, und drum hab ich das Gewehr mitbracht. Das wird dich jedenfalls interessieren.«

Vinzenz blieb ruhig beim Ofen sitzen. Nur in seinen Augenwinkeln zuckte es ein wenig, als er auf den ersten Blick sein Gewehr, sauber geputzt und poliert, erkannte.

»Da, nimm's nur und schau es genau an«, forderte ihn Praxner auf.

Nun bequemte er sich doch, rutschte vom Ofen weg, nahm das Gewehr in die Hände und trat mit ihm an die Fensterhelle. Aufmerksam besah er es und gab es dann zurück.

»A saubere Büchs! Aber kennen tu ich 's net.«

Das Gittli fragte jetzt:

»Was ist's denn mit dem Gewehr?«

»Gefunden hab ich's im Wald drunten unterm Moos«, antwortete der Jäger. »Und weil ich den Vinzenz ein paar Wochen später an dem Platz angetroffen hab, da hab ich mir denkt, er könnt Näheres wissen.«

Das Gittli schaute den Vinzenz an, dann den Jäger und wieder den Vinzenz.

»Da hast mir ja gar nichts erzählt, Vinzenz?«

Lachend setzte er sich an ihre Seite und rüttelte sie ein wenig an den Schultern, damit der Jäger auch gleich sehen könne, wie es mit ihm und dem Gittli stand.

»Wenn ich dir jeden Schmarren erzählen wollt! Wir zwei haben uns wichtigere Dinge zu sagen, gelt, Gittli?«

Der Jäger trank sein Glas leer und lehnte sich behaglich zurück. Vinzenz kochte vor Wut. Ausgerechnet heute, wo die Emerenz einmal für ein paar Stunden außer Haus war, muß der Teufel den Jäger daherführen! Konnte er denn wirklich niemals mit dem Gittli ganz allein sein?

Das Gittli schien anders zu empfinden. Sie fragte den Jäger freundlich, ob sie ihm noch ein Glas Milch bringen dürfe, und als er es sich noch zu überlegen schien, drängte sie:

»Du kommst ohnehin so selten zu uns. Bleib nur noch ein bissel da. Wirst doch net schon wieder fortrennen wollen. Die Emerenz freut sich auch, wenn sie heimkommt und dich antrifft.«

»Meinetwegen, auf ein Stündl kommt's mir net an«, nickte Praxner.

Als Gittli in den Keller ging, zündete sich der Jäger in aller Seelenruhe seine Pfeife an und fragte dann in übertriebener Freundlichkeit den Vinzenz:

»Hoffentlich macht es dir nichts aus, wenn ich dasitz?«

»Ein jeder kann in der Hütten zukehren.«

»Das denk ich mir auch. Du bist ja auch oft genug da.«

Vinzenz lächelte sauer.

»Sooft mich halt die Lieb 'rauftreibt, weißt.«

Da kam das Mädel wieder zurück und stellte die Milch vor den Jäger hin, brachte noch einen Ballen Butter und einen Laib Brot:

»So, jetzt laß dir's schmecken, Jager!«

Der ließ sich das nicht zweimal sagen und langte fest zu. Dann zündete er seine erloschene Pfeife wieder an, sprach vom Bau drüben auf dem Koffel und tat dann plötzlich geheimnisvoll:

»Gittli, dir muß ich was ganz Besonderes erzählen. Von deinem Florian hat mir träumt neulich. Kannst ruhig auch zuhören, Vinzenz.«

Gittlis Augen hingen gespannt am Mund des Jägers, während Vinzenz verächtlich sagte: »Auf Träume gibt unsereiner nichts.«

»Aber ich geb schon was darauf«, beteuerte Gittli und bat den Jäger zu erzählen.

Der machte zuerst noch ein paar Züge an seiner Pfeife,

wölkte das Gesicht mit dem Rauch ein und sagte:

»Also, vom Florian hat mir träumt, vom Feichtner-Florian. Ganz deutlich hab ich den Florian wieder stehen sehen vor der Leiche meines Herrn. Ich hab ihn abgeführt, trotzdem er mir allweil versichert hat, daß er es net gewesen sei. Dann hat man ihn eingesperrt, und er hat auch vor dem Untersuchungsrichter allweil g'sagt, daß er es net gewesen sei. Und dann ist der Florian« – der Jäger schlug mit der Hand die Rauchwolke vor seinem Gesicht auseinander und schaute den Vinzenz schnell an –, »es ist ja fast lächerlich, denn der Florian ist ja tot – aber, wie gesagt, ich hab ihn im Traum vor meinem Bett stehen sehen; ganz bleich ist er gewesen im Gesicht und angeschaut hat er mich, daß es mir durch und durch gegangen ist. ›Ich bin es net gewesen, Jager‹, hat er allweil gesagt. ›Es war noch einer bei mir und – es kann genausogut möglich sein, daß der andere den Herrn Baron erschossen hat!‹ Dann hab ich mich aufgerichtet im Bett und hab ihm freundschaftlich die Hand geben wollen, hab ihn bitten wollen, daß er mir sagt, wer der andere gewesen sei; da ist er zurückgewichen und ist bei der Tür 'naus. Bevor er 'naus ist, hat er noch mal gesagt: ›Ich war net allein, Jager, damals, es war noch einer bei mir…‹«

»Hat er einen Namen genannt?«

Der Vinzenz fragte es, und seine Stimme klang dabei, als wäre ihm die Kehle zugeschnürt.

Der Jäger sah ihn groß an.

»Es war doch bloß ein Traum, Vinzenz! Ja, und dann bin ich aufgewacht.«

Der Vinzenz saß da wie erstarrt. Kein Tropfen Blut war mehr in seinem Gesicht. Er versuchte sich Luft zu verschaffen, indem er laut lachte:

»Ja, ja, das Dümmste kommt einem im Traum!«

»Das Dümmste und das Gescheiteste«, erwiderte der Jäger.

Das Gittli sah gedankenverloren vor sich hin. Es war unschwer zu erraten, an wen sie jetzt dachte.

»Wenn jemand bei ihm gewesen wär, das hätte der Florian dann schon gesagt bei der Vernehmung«, lenkte Vinzenz jetzt ab.

Wiederum sah ihn der Jäger an und erwiderte schroff:

»So einer war der Florian net! Der hätt sich eher die Zung abgebissen, bevor er einen verraten hätt. Das war ein Kerl, der Florian, da könnten andere –«, der Jäger verstummte, denn das Gittli begann plötzlich hart aufzuschluchzen. »Ja so, da hab ich jetzt gar net dran denkt.« Er faßte nach Gittlis Hand und drückte sie:

»Mußt mir's net krummnehmen, Gittli: Wenn ich dran denkt hätt, dann hätt ich meinen Traum für mich behalten.«

Sie wischte rasch die Tränen fort und sah den Jäger an.

»Es war bloß wegen dem letzten, was du gesagt hast.«

»Ja, ich weiß schon, hast ihn halt gern gehabt, gell, Gittli?«

Vinzenz wollte gerade anheben, dem Jäger richtig die Meinung zu sagen. Was mußte der solch dummes Zeug erzählen! Aber da kam die Emerenz von ihrem Besuch auf der Nachbarsalm zurück, und der unheimliche Zauber der Stunde war wie weggeblasen.

Bald darauf verabschiedete sich der Jäger und ging talwärts. Er paßte an diesem Nachmittag dem Vinzenz nicht mehr auf, obwohl dieser bald nach ihm auch den Heimweg antrat. Vinzenz ging nicht heim, sondern eilte ins Dorf hinunter und ertränkte seine ganz ohnmächtige Wut gegen den Jäger im Bier.

Er weiß was, er weiß was, fuhr es ihm immer wieder durch den Sinn. Je mehr er trank – und er trank viel an diesem Abend, desto quälender wurden seine Gedanken. Um die Mitternachtsstunde torkelte er schwerberauscht heim, weckte den schwachsinnigen Bruder und schimpfte grundlos auf ihn ein. Dann vermochte er lange nicht einzuschlafen. Schweißgebadet lag er im Bett und konnte sich der peinigenden Traumbilder nicht erwehren, bis ihm endlich ums Morgengrauen die Augen zufielen.

Diesen Morgen konnte er nicht zum Futtermähen aufstehen, und der Bruder ging allein hinaus auf die Wiesen. Unterwegs begegnete er dem Jäger, der ihn freundlich fragte: »Bist heut allein, Sepp?«

Der Sepp, dankbar jedem Menschen, der ihm ein freundliches Wort schenkte, kam vertrauensselig an den Wiesenrand. Sein faltiges Gesicht verzog sich.

»Der Vinzenz kann net aufstehen. Ist mit einem Mordsrausch heimgekommen heut nacht. Und allweil hat er auf mich eingeschimpft. Die halbe Nacht hat er sich hin und her dreht im Bett, und allweil hat er geredet im Traum.«

Der Jäger schenkte dem Sepp ein paar Zigaretten und verwunderte sich groß.

»Was hat er denn da gesagt?«

»Weißt, von einem Jager hat er allweil plappert«, das Gesicht des Niederhofer-Sepp wandelte sich in ein kindliches Lächeln, aber in seinem Blick flackerte etwas: »Hat er von dir geredet, Jager? Weiß es net, weiß es net!« Ein dünnes Kichern. »Du bist ja kein Teufel, bist ja gut. Allweil bist gut zu mir, spöttelst nie über mich. Und der, von dem der Vinzenz allweil geredet hat, dös muß ein Teufel sein. Weißt, Jager« – der Sepp rückte vertraulich näher und brachte seinen Mund fast an das Ohr des Jägers –, »wenn er das Gittli kriegen könnt zur Frau, dann wär's schon gut. Dann tät er mich nimmer schlagen. Meinst, daß ihn das Gittli net mag, weil er sich gestern so einen Rausch angesoffen hat?«

»Das kann ich dir net sagen, Sepp. Aber jetzt muß ich wieder weiter.« Er reichte ihm die Hand. »Pfüat dich, Sepp!«

Rasch schritt der Jäger zum Wald hinauf. Was ihm da der Sepp verraten hatte, war ihm sehr wichtig. Er wird sich jetzt noch öfters hinter ihn stecken. Es ist kein bloßes Sprichwort, daß Kinder und Narren die Wahrheit sagen.

Oben am Waldrand blieb er stehen und schaute zurück. Ruhig und in weiten Zügen mähte der Sepp, und das Hemd blähte sich lustig über seinem Gürtel. Ein Fuhrwerk ratterte drüben aus dem Niederhof. Da kam wohl der Knecht schon, um das Futter zu holen. Der Jäger hob das Fernglas an die Augen. Ja, es war der Knecht. Der Vinzenz mußte also noch seinen Rausch ausschlafen.

19

Nun konnte nirgends mehr ein Zweifel herrschen. Der Koffel war endgültig bezwungen. Die Seilbahn fuhr den ganzen Tag hin und her, mit einer Regelmäßigkeit, als wäre es schon immer so gewesen. Es wurden zwar noch keine Leute befördert, denn zuerst mußte das Unterkunftshaus fertig sein. Man sprach davon, daß die Eröffnung erst im kommenden Frühjahr stattfinden sollte.

Bevor aber der Koffel sich vollständig geschlagen gab, griff er nochmals nach einem Opfer. Einer der Arbeiter stürzte auf unerklärliche Weise ab und blieb auf einem Vorsprung wie leblos liegen.

Der Arbeiter war der Anderlschuster, der Vater vom Gittli. Er hatte seit Beginn des Baues dort gearbeitet und sehr gut verdient. Und nun hatte kurz vor Abschluß dieser Arbeit der Berg noch nach ihm gegriffen, ausgerechnet nach ihm, der noch ein halbes Dutzend kleine Kinder daheim hatte und nur ein Gütl sein eigen nannte, das kaum drei ernähren konnte.

Man wollte ihn ins Tal transportieren. Da der Verunglückte aber auf dem Wege dorthin zum Bewußtsein kam und die Augen ein paarmal aufschlug, trug man ihn auf sein stummes Bitten in sein Häusl heim.

Die Mutter schrie auf, als sie das graue, gequälte Gesicht sah, die Kinder fingen zu weinen an, und der ältere Bub lief ins Tal, um den Doktor zu holen.

Der Arzt sagte es gleich, daß der Anderlschuster wohl nie mehr in seinem Leben in Gefahr kommen könne, von einem Berg zu stürzen. Es sei wohl möglich, daß er mit Hilfe von Stöcken sich in späterer Zeit wieder fortbewegen könnte, aber mit seiner Kraft sei es ein für allemal vorbei. Das Kreuz sei ihm abgeschlagen!

Großer Gott, wer sollte dann die Familie ernähren! Wie sollte man essen und leben, wenn des Vaters Hände nutzlos würden! Der Anderlschuster wollte das auch nicht glauben und hoffte, sich in der Stadt, wo es große Kliniken gab und berühmte Ärzte, Heilung zu verschaffen. Freilich, es würde Geld kosten, aber daran dachte im Augenblick niemand. Die Mutter selbst redete ihm zu. Nachdem man Wochen und Wochen beratschlagt hatte, wie man ihn am leichtesten in die Stadt schaffen könnte, kam der Vinzenz als rettender Engel. Er wußte sofort Rat.

Am nächsten Morgen stand er mit zwei Pferden und der gutgefederten Kutsche vor dem Anderlschusterhaus, hatte einen Haufen Decken und Kissen mitgebracht und half der Anderlschusterin, den Verunglückten in die Kutsche zu betten. Dabei spielte er sich als der große Wohltäter auf.

»Brauchst dir kein schweres Herz machen, Anderlschustermutter! Dein Mann wird schon wieder. Und daß von euch keines hungern muß, dafür bin ich da. Halt dich nur fest an den Vinzenz!«

Dann fuhr er den kreuzlahmen Mann zum Niederhof, wo ihn der Sanitätswagen, der nicht bis zum Anderlschusterhaus herauf konnte, abholen mußte.

Vier Wochen blieb der Anderlschuster in der Stadt, und dann kam er wieder so, wie man ihn fortgeschafft hatte. Sein Rücken war in ein Korsett gezwängt, und er mußte weiterhin als hilfloser Mensch in der Stube liegen und den Herbst durch das Fenster betrachten, denn die Mutter hatte nicht die Kraft, allein den schweren Mann hinauszutragen in die Sonne. Nur wenn der Vinzenz kam, und er kam sehr oft und brachte fast immer etwas an Lebensmitteln mit, konnte man den Kranken ein wenig ins Freie hinaustragen.

Auch vom Oberhofer kamen regelmäßig Lebensmittel. Von

Not war im Anderlschusterhaus keine Rede. Den ältesten Buben hätte der Oberhofer zu sich genommen, obwohl er nicht kräftig war und erst ein halbes Jahr die Schule verlassen hatte. Aber da war ihm die Baronin zuvorgekommen und hatte ihn aufs Schloß geholt zu leichter Gartenarbeit.

Trotz der Hilfe und Teilnahme von allen Seiten waren sich die Anderlschusterleute darüber einig, daß der Vinzenz ihnen am meisten beigesprungen und auch jetzt noch übers Maß hinaus um alles besorgt war. Er schickte einen Knecht herüber, der das Grummet bergen half, griff selbst überall zu und saß oft stundenlang bei dem lahmen Mann.

Einmal, an einem schönen Herbstabend, saßen sie wieder vor dem Haus und redeten über die kleinen Geschehnisse des Tages. Und wenn der Anderlschuster abschwenken wollte vom Gespräch und auf sich selber und sein nutzloses Dasein kam, beschwichtigte ihn der Vinzenz sofort:

»Was du dich nur allweil absorgst, Anderlschuster! Mußt dich halt dreinschicken.«

»Das sagt sich so leicht, wenn man gesund ist, Vinzenz. Meinst du, ich kann das auf die Dauer mitansehen, wie ich nur mehr abhängig bin von der Gutheit meiner Nachbarn.«

»Was mich betrifft, so tu ich das gern.«

»Ja, ja, ich weiß schon, Vinzenz, und ich bin dir schon zu Dank verpflichtet, solang ich leb. Vergelten kann ich es dir net.« Der Kranke schielte zum Vinzenz hin, der an seiner Seite saß: »Tust es halt wegen dem Gittli, gell?«

Vinzenz zögerte etwas mit der Antwort:

»No ja, das weißt ja, daß ich sie gern hab.«

»Ich tät sie dir vergönnen, Vinzenz. Muß doch ernsthaft mit ihr reden, wenn sie von der Alm 'runterkommt.«

»Anderlschuster, wenn du das fertigbringen könntest, ich wär dir mein Lebtag dankbar.«

»Die paar Jahr, die ich noch leb, haben nichts mehr zu sagen. Aber ich ging halt leichter fort von da, wenn ich das Gittli gut versorgt wüßte. Wird ihr hart genug ankommen, wenn sie heim soll jetzt und nimmer auf die Alm kann. Aber es hilft halt nichts. Die Mutter kann's allein nimmer machen.«

Der Vinzenz war von dieser Botschaft mehr als erfreut. Heim also sollte das Gittli! Er sah sie nun wieder tagtäglich. Lebhaft redete er auf den Anderlschuster ein:

»Beim Oberhofer ist sie ja bloß eine Dienstmagd. Da geht sie vielleicht ganz gern heim. Und – du weißt es ja – sie bräucht ja gar net lang daheim bleiben, kann ja Bäuerin werden auf dem Niederhof.«

»Also, da möcht ich schon zuerst mit dem Gittli drüber reden, Vinzenz.«

»Hast schon recht, lieber Anderlschustervater. Ich verlaß mich ganz auf dich.«

Am andern Tag brachte der Vinzenz hundert Mark ins Anderlschusterhaus.

»Daß ihr für die Kinder ein bissel was kaufen könnt«, sagte er. »Wie ich gesehen hab, brauchen sie feste Schuh auf den Winter.«

Der Anderlschuster wollte sich sträuben, das Geld zu nehmen, aber der Vinzenz wußte ihm die falsche Scham auszureden.

Ein müdes Lächeln zuckte um den Mund des leidenden Mannes.

Es war schon richtig, die Not begann sich im Anderlschusterhaus einzunisten. In jedem Winkel hockte sie und grinste heraus. Die paar Sparpfennige waren bereits aufgebraucht, so daß die Großherzigkeit des Vinzenz wie gerufen kam.

Gittli ging schweren Herzens vom Oberhof fort. Aber sie sah selber ein, daß ihre junge Kraft sehr nötig war in ihrem Elternhaus. Die Mutter war auch nicht mehr die Gesündeste, zudem mußte der Vater gehoben und getragen werden.

Andererseits ließen die Oberhofer aber auch das Gittli nicht gerne fort. Sie hatten sich an das Mädel gewöhnt. Waren sie nicht im Leid und in der Trauer um den Florian eine kleine Gemeinschaft geworden? Und daß nun da eins austreten wollte aus dieser Gemeinschaft, das war schwer zu begreifen. Schließlich ließen sie aber das Gittli ziehen, weil sie einsahen, daß sie zu Hause wirklich gebraucht wurde.

»Komm nur recht oft«, bat die Bäuerin, als Gittli ging.

»Und wenn was abgeht, du weißt ja, wo du dich hinwenden kannst zu jeder Zeit«, fügte der Bauer noch hinzu.

Gittli nickte nur. Sagen konnte sie nichts mehr, so schwer wurde ihr der Abschied. Als sie daheim in die Stube trat, lag der Vater in einem Lehnstuhl flach ausgestreckt auf dem Rücken, bewegte nur die Augen der Tochter zu.

»Da bin ich, Vater!« Gittli ließ sich auf ein Knie nieder. Es dünkte ihr unmöglich, so jung und kraftvoll dazustehen vor dem gebrochenen Vater.

Ruhig schob er seine Hand der Tochter zu. Sein Blick lag in leuchtender Güte auf ihr. Er wollte es sich nicht anmerken lassen, wie schwer er unter dem hilflosen Daliegen litt. Er hatte keine großen Schmerzen mehr, aber es war schon schwer genug für ihn, der sein Leben lang gern und freudig gearbeitet hatte, daß er nun so still und untätig liegen mußte, anderen zur Last. Es war, als schäme er sich seiner fein gewordenen Hände, denn er schob sie schnell unter die Wolldecke, die über seine Knie gebreitet war.

»Bist schwer fortgangen vom Oberhof?« fragte er.

Gittli zwang sich zu einem Lächeln.

»Gar net, Vater«, log sie tapfer. »Ich seh, du brauchst mich nötiger.«

Der Anderlschuster schloß die Augen. Es war ihm schon auf der Zunge gelegen, gleich für den Vinzenz ein gutes Wort zu reden. Aber es dünkte ihm noch zu früh. Erst sollte die Tochter sich wieder eingewöhnen im Haus. Sie wird dann selber die Sorge sitzen sehen in jedem Winkel und daraus erkennen, daß sie es mit einem Schlag für alle Zeiten ändern könnte. Er ließ ihr also Zeit und freute sich vorerst nur, daß sie überhaupt da war, denn sie war sein liebstes Kind, und er war stolz auf sie. Nur so beiläufig erwähnte er, was man dem Vinzenz alles zu verdanken habe. Und wie er so davon sprach, kam der Vinzenz selbst.

Das Gittli stand sofort auf und streckte ihm beide Hände hin.

»Der Vater hat mir schon gesagt, Vinzenz, wieviel Gutes du ihm und meinen Leuten in der schweren Zeit getan hast.«

»Das ist eine Selbstverständlichkeit für einen Christenmenschen«, tat er großspurig und wandte sich dem Anderlschuster zu. »Wie geht es dir denn heute, Vater?«

Gittli horchte auf. Wer gab dem Vinzenz das Recht zu diesem vertraulichen Ton?

»Immer der alte Jammer«, antwortete der Anderlschuster.

Vinzenz setzte sich zu ihm, richtete die herabgerutschte Decke ein wenig und sagte:

»Eine gute Neuigkeit, Anderlschuster. Ganz brauchen wir die Hoffnung net aufgeben. Bei uns war heut ein Roßhandler da, und der hat mir eine Heilkundige verraten, die schon vielen wieder auf die Füß geholfen hat. Als wir so auf dich zu reden kommen sind, hat er gemeint, man sollt' es unbedingt mit der Höfenthalerin versuchen. Höfenthalerin heißt sie, ja, und draußen im Flachland in der Näh von Holzkirchen wohnt sie. Morgen früh fahr ich gleich 'naus zu ihr und bring sie her.«

Der Anderlschuster bewegte langsam den Kopf.

»Das kann ich ja gar net verlangen, Vinzenz.«

»Da fahr ich 'naus, denn für dich ist mir nichts zuviel. Und wenn es wirklich net hilft, dann brauchen wir uns wenigstens keinen Vorwurf machen, daß wir was versäumt haben.«

Das Gittli ging hinaus in den Stall zur Mutter, um ihr gleich die Arbeit abzunehmen. Kaum hatte die Türe sich hinter ihr geschlossen, fragte Vinzenz:

»Hast schon geredet mit ihr, Anderlschuster?«

»Noch net. Sie ist ja erst vor einer Stund kommen. Es hat doch auch noch ein bissel Zeit.«

Vinzenz zog die Stirn in Falten.

»Ich darf keine Zeit versäumen. Im Herbst soll die Hochzeit sein!«

Der Kranke bewegte unruhig die Hände auf der Wolldecke.

»Wenn es sich ein bissel schickt, red ich mit ihr.«

Damit gab sich Vinzenz zufrieden.

Es schickte sich aber lange nicht. Vinzenz drang immer wieder in den Anderlschuster. Er hatte ihm die Höfenthalerin geholt, und die Frau versprach ihm, daß er sich bis zum Frühjahr mit zwei Stecken vorwärts bewegen könnte. Sie verspreche nicht mehr, als sie zu halten imstande sei. Das mit den Stöcken sei also gewiß, und wenn es auch nicht viel sei, besser sei es immerhin, als ein ganzes Leben lang so dazuliegen im steifen Korsett.

War also wieder ein Grund mehr, dem Vinzenz dankbar zu sein. Und eines Sonntagnachmittags fand sich die Gelegenheit, daß er mit Gittli darüber sprechen konnte.

Es war ein schöner Herbsttag. Zu Mittag hatten sie den Vater hinausgetragen in den Garten. Hier saß er nun unter einem Birnbaum, und das Gittli saß an seiner Seite und strickte.

Warum war es denn gar so schwer, davon anzufangen? Der Vater wußte, daß Gittli immer noch an dem toten Florian hing. Er hatte sie genau beobachtet, wie sie sich benahm, wenn der Vinzenz da war. Es war wohl eine kleine Freundschaft, aber nicht mehr. Der Vater sorgte sich darüber. Er hatte es sich so schön ausgedacht, wie es wäre, wenn Gittli als Frau und Bäuerin auf den stattlichen Niederhof ginge. Aber erzwingen ließ sich das nicht. Die rechte Liebe mußte da sein. Sonst würde es ein Handel, auf dem kein Glück ruhte, und das Gittli würde wohl inmitten des Reichtums hungrig bleiben in ihrem Herzen.

Der Anderlschuster stöhnte und wußte nicht, wie er beginnen

sollte. Unruhig bewegte er den Kopf.

»Liegst net gut, Vater?« fragte Gittli.

»Doch, ganz gut.«

Droben hinter dem Haus lärmten die kleineren Kinder. Der Vater horchte dem fröhlichen Treiben eine Weile nach, und sein Gesicht umschattete sich. Was wird aus den Kindern einmal werden? Er selbst war nicht mehr fähig, für sie zu sorgen.

»Hör, Gittli – es wird dir ja nimmer verborgen geblieben sein –, der Vinzenz möcht dich zur Frau.«

Gittli hob flüchtig den Blick. Ihre Unterlippe schob sich ein wenig vor. Sie wußte noch nicht recht, ob es der Vater ernst meinte. Sie prüfte sein Gesicht und gewahrte, daß es fast feierlich war. Sie legte das Strickzeug fort und reckte sich ein wenig wie zur Abwehr.

»Hast gar nichts zu sagen drauf?« fragte er.

»Haben wir net schon einmal vor Jahren drüber gesprochen, Vater?«

»Ja, gewiß, aber es könnte sich deine Meinung inzwischen doch geändert haben, wie sich auch der Vinzenz geändert hat. Das mußt selber zugeben, daß er ein ganz anderer Bursch geworden ist.«

Gittli sah ratlos auf ihre Hände. Ihre Unterlippe zitterte ein wenig. Da sprach der Vater weiter; natürlich komme es auf die Tochter allein an. Aber sie sei doch selber so gescheit, daß sie wisse, recht viele solcher Bauernhöfe würden einem Mädel aus so einem kleinen Häuschen nicht angeboten werden. Schattenhofen sei ein Nest, in das sich so leicht keiner verirre. Und es sei doch unvernünftig, ein Leben lang um einen zu trauern, den man doch nicht mehr lebendig machen könne. Im übrigen habe Vinzenz schon regelrecht bei ihm angehalten.

Gittli hob rasch den Kopf.

»Und du, Vater? Was hast ihm geantwortet?«

»Soll ich ihm gleich nein gesagt haben, wo er uns so viel Gutes getan hat?«

»Ja –«, sagte Gittli, und ihre Stimme klang traurig. »Ich hätte es mir schon denken können, daß einer net monatelang den Wohltäter spielt, ohne dabei zu hoffen, daß es sich irgendwie bezahlt macht.«

Des Vaters Stirn rötete sich.

»Du sprichst daher, als wenn wir dich verkaufen wollten! Wir möchten es wohl gern sehen, aber zwingen, nein, zwingen tu ich dich auf keinen Fall.«

Gittli schluckte, und ihre Augen wurden dunkel. Sie wußte gar wohl, was es für ihre Familie zu bedeuten hatte, wenn sie den Vinzenz nicht nahm. Auf einmal fühlte sie sich zum Erbarmen unglücklich, daß ihr darüber die Tränen kommen wollten. Gewaltsam drängte sie sie zurück, denn der Vater sollte ja nicht merken, wie schwer ihr ums Herz war. Er lag so friedlich da. Ein welkes buntes Blatt fiel langsam von der Krone des Birnbaumes und legte sich auf den grauen Scheitel des Vaters. Sie fühlte ein Erbarmen aufsteigen, und ganz langsam faßte sie nach seiner Hand.

»Laß mir ein paar Tage Zeit, Vater!«

»Gern, Gittli. Du sollst es dir in Ruh überlegen.«

Damit stand die Tochter auf und ging ins Haus.

Es war ein folgenschwerer Entscheid, den das Leben da von Gittli forderte. Sie stand jetzt im zweiundzwanzigsten Jahr und trauerte einer verlorenen Liebe nach, für die es keine Wiederkehr gab. Auf was wollte sie denn noch warten? Der Vater hatte schon recht. In dieses verlassene Nest verstieg sich so leicht keiner. Zum mindesten keiner, der ihr eine solch sorgenfreie Zukunft bereiten konnte. Und standen sie und ihre Familie denn nicht in Vinzenz' Schuld? Und hatte sie als älteste Tochter nicht die Verpflichtung, den alten Eltern die Sorge um die Geschwister abzunehmen? Gewiß, aber ehrlich wollte sie trotzdem sein. Sie wollte dem Vinzenz sagen, daß er sich keine große Liebe erwarten dürfe. Die hat Florian mit in sein frühes Grab genommen.

Als sie sich alles schmerzlich genau überlegt hatte, ging sie wieder hinaus in den Garten, um es dem Vater zu sagen, daß sie gewillt sei, des Vinzenz Frau zu werden. Der Vater schlief, und so stand sie eine lange Weile davor, bis die Mutter auch hinzukam.

So sagte sie es der Mutter, und als hätte es der Schlafende vernommen, hob er die Augen und schaute die beiden fragend an.

»Ach«, sagte er, »ihr kommt, um mich ins Haus zu tragen. Schon gut, es wird mir zu kühl.«

Sie trugen ihn ins Haus, und da konnte nun die Mutter nicht mehr länger warten:

»Du weißt es noch net? Gittli nimmt den Vinzenz.«

»So?« fragte er und suchte des Mädchens Blick. »Hast ihn schon ein wenig gern?«

Gittli kroch eine Traurigkeit an, eine schwere und kalte Traurigkeit; aber ehrlich wollte sie sein, auch den Eltern gegenüber:

»Das ist ja im Augenblick gar net so wichtig. Ich werd Hochzeit halten mit dem Vinzenz und« – ihre Unterlippe zuckte – »den andern bis zu meinem Tod im Herzen behalten.«

Der Kranke gab sich einen Ruck, und die Mutter schrie angstvoll auf. Aber Gittli lächelte schon wieder.

»Das dürft ihr net so wörtlich nehmen. Ich hab den Vinzenz ganz gern, er ist ein redlicher Bursch geworden, und es laßt sich sicher gut leben mit ihm.«

Dann ging sie hinaus.

20

Es sprach sich bald herum, daß Gittli Niederhoferin werden sollte. Die einen gönnten es ihr, und die anderen neideten es ihr; denn Roggenhausen war ein Dorf mit sechshundert Seelen, und darunter war gar manche angejahrte Bauerntochter, die nicht wußte, wie und wo sie unter die Haube kommen sollte.

Auf dem Oberhof aber wunderte man sich. Die Bäuerin konnte es nicht fassen, daß Gittli ihren Florian so rasch vergessen haben sollte. Der Bauer aber suchte mehr nach den Hintergründen und sagte:

»Die Not wird sie treiben dazu, Mutter. Ich kann mir's net anders denken. Die Unfallrente, die der Anderlschuster kriegt, reicht ja kaum acht Tage für die vielen Mäuler, und das Gütl wirft nichts ab.«

»Aber sie hätt doch kommen können zu uns und mit uns darüber reden«, meinte die Frau.

»Wird sich halt geschämt haben. So wie ich das Gittli kenne, mag es ihr wohl net so leichtfallen. Freilich, der Vinzenz hat sich ganz gut gerichtet in letzter Zeit. Es geht wieder aufwärts drüben.«

Am nächsten Sonntag führte der Vinzenz das Gittli zum erstenmal auf den Niederhof. Die Eltern des Vinzenz kamen ihr freundlich entgegen. Sie wußten ja, welch guten Einfluß das Mädel auf den Vinzenz ausgeübt hatte. Der Sepp saß auf der Ofenbank und betrachtete das Gittli mit kindhafter Neugier, und als sie ihm die Hand reichte, schluckte er ein paarmal heftig, als stünde ihm das Weinen nahe.

Der Vinzenz führte Gittli durch alle Räume des Hauses, zeigte ihr droben auf dem Dachboden die blaugestrichene Wiege und erklärte ihr, daß sein Großvater schon darin gelegen habe. Er faßte sie dabei um die Schultern und sah ihr lächelnd in die Augen. Sie wußte wohl, was er mit diesem Lächeln sagen wollte, und eine Röte huschte über ihre Stirn.

Mit diesem Wandern durch alle Räume und in der Freundlichkeit, die man ihr allseits entgegenbrachte, fühlte sich Gittli immer heimischer, und der Gedanke, als Weib des Vinzenz fortan hier zu leben, wurde ihr von Stunde zu Stunde vertrauter.

Freilich träumte sie dem Hochzeitstag nicht entgegen in froher, überschäumender Lebenslust. Sie ertrug vielmehr gehorsam des Vinzenz drängende Liebe, ohne dabei in Herz und Blut einen Widerhall zu empfinden.

Sie sprach mit dem Vinzenz alle Dinge gewissenhaft durch, die mit der Hochzeit zusammenhingen. Die Niederhofer wollten eine große Hochzeit. Das Gittli fügte sich. Der Vinzenz wollte zwölf Mann Blechmusik. Dem Gittli war es recht. Ach, es war ihr ja alles recht, wie es kommen mußte.

Im Anderlschusterhaus arbeitete die Näherin, das Gittli zeigte sich heiter und aufgeräumt dabei, wie es sich für eine Braut geziemt, denn sie sah oftmals des Vaters forschenden Blick auf sich gerichtet. Und als er sie plötzlich einmal fragte: »Ist es dir doch kein Opfer, Gittli?«, da drückte sie schnell seine Hände und lächelte ihn an:

»Wo denkst du hin, Vater? Ich hab mir das viel schwerer vorgestellt.«

Er ließ sich täuschen, und da die Höfenthalerin wirklich Wort gehalten hatte und er seit kurzem an zwei Stöcken, freilich mit gekrümmtem Rücken, eine kleine Wanderung um das Haus machen konnte, hatte er alle Ursache, sich zu freuen.

Und dann war es eines Tages mit der Schönheit des Herbstes zu Ende. Grau und regnerisch versank ein Tag um den anderen.

Immer näher rückte der Hochzeitstag heran. Schon war es zum erstenmal von der Kanzel verkündet worden, und am Bürgermeisterhaus konnte man es auch lesen:

»Aufgeboten sind der ledige Bauernsohn Vinzenz Angerer mit der Brigitte Wörndl, beide von der Pfarrei Roggenhausen.«

So, da stand es also schwarz auf weiß, und es war wirklich nichts mehr daran zu ändern. Der Jäger Praxner las es auch und schüttelte grimmig den Kopf. Er las es ein zweitesmal und stapfte dann mißmutig zum Schloß hinauf. Aber immer wieder flog während des Weges sein Blick zum Niederhoferanwesen hinüber. »Und ein Wildschütz ist er doch«, murmelte er ingrimmig; und vielleicht hat er sogar den Florian auf dem Gewissen! Warum war er ihm denn in letzter Zeit mit auffallender Ängstlichkeit ausgewichen? Das mußte doch seinen Grund haben. Und der Jäger nahm sich vor, diesem Grund weiterhin nachzuspüren.

Nun war der Tag gekommen, wo das Stuhlfest angesetzt war. Es regnete, was vom Himmel konnte, und Vinzenz hatte deshalb das Dach der Kutsche aufspannen müssen. Er wartete vor dem Anderlschusterhaus, bis das Gittli herauskam. Dann fuhren sie ins Dorf hinunter. Beim Oberwirt stellten sie das Fuhrwerk ein, dann begaben sie sich zum Pfarrhof.

Als sie so in der gemütlichen Stube des Pfarrhofes saßen und der Pfarrer in warmen und herzlichen Worten über den hohen Sinn der Ehe und der Familie sprach, überlief das Gittli ein Zittern. Sie konnte nichts dafür, aber seit dem frühen Morgen schon mußte sie unausgesetzt an den toten Florian denken. Sie trug sein Bild in ihrem Herzen, und er war ihr vorher vielleicht noch niemals so nahe gewesen wie in dieser Stunde. Ich hab ja den andern viel zu lieb, als daß ich dem Vinzenz etwas sein könnte.

Sie sah den Vinzenz neben sich sitzen. Er hatte seine Hände

auf den Knien liegen. Sie schauerte zusammen bei dem Gedanken, daß sie in diese Hände das Jawort zum Lebensbunde geben sollte. Ihr gegenüber saß der gütige alte Pfarrherr, der es so gut mit ihr meinte. Gewalt mußte sie sich antun, daß sie nicht niederkniete vor dem Herrn, um ihm ihre große Not zu klagen. Er hätte sie gewiß verstanden und ihr abgeredet, diesen Schritt zu tun. Aber was war dann? War die Not daheim dann behoben? Zog Frau Sorge dann vielleicht fort aus dem Anderlschusterhaus? Nein, es hatte alles keinen Sinn. Es gab kein Zurück mehr von dem Weg, zu dem sie sich entschlossen hatte.

Nach einer guten Stunde verließen sie das Pfarrhaus wieder. Gittli wollte gleich heim. Aber Vinzenz bestimmte:

»Und jetzt fahren wir zum Hochzeitantrinken!«

Gittli folgte ihm willenlos zum Ochsenwirt. Dort war schon im Nebenzimmer ein kleiner Tisch gedeckt. Vinzenz hatte vorher schon alles geordnet. Jetzt schenkte er ein und stieß mir ihr an:

»Auf unser Glück«, sagte er, und der Übermut blitzte ihm aus den Augen. Nun war es endlich soweit! Nun konnte sie ihm keiner mehr wegschnappen. Und das Spröde wird sie schon verlieren, dachte er.

Gittli trank kaum. Zu schwer war ihr der Kopf, und wenn sie sich auch gewaltsam zwang, nicht an den Florian zu denken, sie mußte es doch. Sie sah ihn wie einen Geist durch die Türe treten und seinen traurigen Blick auf sich gerichtet. »Das also war deine Liebe«, hörte sie ihn sagen.

Daß Tote nach Jahren noch so furchtbar gegenwärtig sein können!

Wie unter einem Schlag zuckte sie zusammen, als Vinzenz ihre Hand berührte.

»Jetzt bist doch bald mein Weiberl!« prahlte er. »Warum bist denn gar net ein bissel zutraulich zu mir!«

Gittli fuhr sich über die Stirn.

»Mußt halt Geduld haben mit mir«, bat sie.

»Geduld, Geduld!« brauste er auf. »Hab lang genug Geduld gehabt mit dir! Jetzt sollst du langsam wissen, was du mir schuldig bist.«

Sie sah in seine Augen und erschrak vor dem brennenden Feuer, das darin loderte. Ihr Mund krümmte sich hilflos zusammen. Sie schloß die Augen, denn sie sah seine Hände nach ihr greifen. Dann spürte sie seinen Mund auf dem ihren, spürte den widerlichen Alkoholgeruch und versuchte sich loszumachen. Aber seine Arme hielten sie wie Eisenklammern. Da hörte sie die Kellnerin kommen, und mit einem gewaltsamen Ruck riß sie sich frei. In ihren Augen standen Tränen. Der Vinzenz aber lachte.

Da ging sie hinaus, lehnte sich draußen an die kalte Mauer und weinte bitterlich.

Der Regen strömte unvermindert. Ein kalter Wind pfiff um die Ecken der Häuser und zerzauste ihr Haar. Ein Schütteln ging durch ihren Körper, und sie gewahrte kaum, daß jemand auf sie zutrat und ihr die Hand auf die Schulter legte. Erst bei der Berührung fuhr sie zusammen und starrte angstvoll in das Gesicht des Jägers Praxner.

»Gittli, was hast denn?« fragte er teilnehmend.

»Ich kann nimmer zum Vinzenz gehen«, stöhnte sie. »Lieber sterb ich, als daß ich mir das antu!«

Sie riß sich los von dem Jäger und stürmte in die Regennacht hinein.

Der Vinzenz wartete und wartete, trank noch eine Flasche leer, aber die Hochzeiterin kam immer noch nicht zurück. Was soll denn das bedeuten? Diese Launen wird er ihr schnell austreiben, beschloß er. Wo war sie nur? Er erhob sich, schon ein wenig schwerfällig, sah in die Gaststube hinaus. Kein Gittli! Er sah die Straße hinauf und hinab. Kein Gittli! Er sah in den Stall, wo der Braune stand. Kein Gittli! In der Kutsche saß sie auch nicht.

Vinzenz fing lästerlich zu schimpfen und zu fluchen an. Da stand plötzlich einer vor ihm, im nassen Regenmantel, das Gewehr auf der Schulter.

Vinzenz wich erschreckt einen Schritt zurück, wollte wieder ins Wirtshaus, aber der Jäger drückte ihn mit seiner Größe gegen die Kutsche hin.

»Das Gittli wird kaum mehr kommen«, sagte Praxner kalt.

Vinzenz fuhr auf.

»Was weißt denn du? Was willst denn du da? Was weißt du überhaupt vom Gittli?«

»Vielleicht mag das Gittli keinen, der ein Menschenleben auf dem Gewissen hat –«

Vinzenz zuckte zusammen. Er war im Augenblick kaum fähig, sich zu rühren. Aber dann riß er die Peitsche vom Bock.

»Du Teufel, du!« schrie er, seiner Sinne kaum mehr mächtig. Die Peitsche sauste durch die Luft. Der Jäger war verschwunden.

Als trieben ihn Furien, riß Vinzenz den Braunen aus dem Stall, spannte ihn vor die Kutsche und sprengte ihn den Berg hinauf. Daheim angekommen, stürzte er in die Stube.

»Ist das Gittli da?«

Er wartete gar keine Antwort ab von den erschrockenen Gesichtern, sondern stürmte zum Anderlschusterhaus hinauf. Hier war sie auch nicht.

Da überkam ihn ein grenzenloser Jammer. Er weinte wie ein Schulbub und kümmerte sich gar nicht um die Angst der Anderlschusterleute, die über dieses Ereignis vollkommen fassungslos waren.

21

Am selben Nachmittag brachte der Postbote einen Brief mit fremdländischen Marken auf den Oberhof. Der Bauer drehte ihn in der Hand hin und her, las den Absender: Georg Berghammer, und schüttelte den Kopf. Dann öffnete er die Stubentüre und rief in den Flur hinaus.

»Mutter! Komm einmal 'rein!«

Die Oberhoferin erschien, trocknete sich die Hände an der Schürze ab und fragte:

»Was ist denn?«

»Da schau her, ein Brief ist da, mit ausländischen Marken, und Georg Berghammer steht drauf als Absender. So schreibt sich doch unser Girgl, der Oberknecht.«

Die Mutter griff mit zitternden Händen nach dem Brief. Ihr Gesicht wurde abwechselnd bleich und feuerrot. Sie getraute sich nicht auszusprechen, was wie eine wilde Flut an Gedanken auf sie hereinstürzte.

»Chile!« las der Bauer vom Poststempel ab. »Wer soll denn uns von da drüben schreiben? Aber daß dem Girgl sein Name draufsteht?«

Die Bäuerin mußte sich setzen. Es war zuviel, was sie da nun auf einmal alles zu denken hatte. Der Bauer betrachtete immer wieder den Brief. Niemand wagte ihn zu öffnen.

Ganz zaghaft kam es von der Ofenbank her:

»Vielleicht lebt da drüben – ich weiß ja net, wo Chile ist –, aber vielleicht lebt da drüben auch ein Georg Berghammer?«

Der Oberhofer fuhr mit dem Gesicht herum.

»Ich weiß, was du sagen willst, Mutter. Ich trau mir aber net dran zu denken.«

Dann riß er mit einem raschen Entschluß den Brief auf, las die Überschrift und mußte sich dann ebenfalls setzen. Das war zuviel auf einmal! Immer wieder las er die Überschrift. Die Frau lehnte sich über seine Schulter, las mit, sie konnten es einfach nicht glauben, meinten, es sei ein Traum. Aber es stand ja da, groß und deutlich, mit steilen Buchstaben stand es da: »Liebe Eltern!«

Des Oberhofer Hände sanken schlaff herab. Sein Mund preßte sich hart zusammen. Etwas Brennendes stieg aus der Brust in seine Augen.

»Er lebt«, sagte er leise und fuhr sich schnell und verstohlen mit dem Handrücken über die Augen. Die Mutter aber barg ihren Kopf hart aufschluchzend an seinem Hals. So saßen sie lange, und keines dachte daran, den Brief zu lesen. Sie waren zu erschüttert und ergriffen von der Gewißheit, daß ihr Sohn, Florian, noch lebte. Wie ein Sturm war es in ihren Herzen, und es dauerte lange, bis sie wieder zurückfanden in die ruhige Friedlichkeit ihrer Stube und zu dem freundlichen Knistern des Feuers in dem großen grünen Kachelofen.

Draußen jagten tief die Wolken über den Hof, der Regen strömte und baute eine rauschende Wand vor den Fenstern auf. Und dann begann der Oberhofer zu lesen.

»Liebe Eltern!

Erschreckt nicht allzusehr, wenn Ihr heute von mir ein Lebenszeichen erhaltet. Ich selber habe es hier in Penaflor im Staate Chile gelesen, daß ich nicht mehr am Leben sein soll. Und Ihr selber wißt es nicht anders, als daß ich tot und verschollen bin. Und doch bin ich am Leben. Wie das möglich ist, das schreibe ich Euch einmal später. Für heute soll es Euch genügen, wenn ich sage, es geht mir gut; viel besser, als ich es verdient hätte. Aber es läßt sich nicht sagen, wie schwer mich das Heimweh quält. Oft bin ich nah daran, es zu bereuen, daß ich mich drüben der Strafe entzogen habe; denn die strengste

Kerkerstrafe könnte nicht viel schlimmer sein als dieses furchtbare Heimweh nach Euch, nach den Bergen, nach dem lieben Roggenhausen, nach dem Klang seiner Glocken und selbstverständlich auch nach dem Gittli.

Sie wird wohl schon einen anderen gefunden haben. Hat auch recht, sie kann ja nicht ihr ganzes Leben lang um einen Toten trauern.

Ich bin hier der Dienstknecht Georg Berghammer. Und nun könnte und möchte ich das gerne ändern, möcht selber Herr sein auf eigenem Grund. Das geht hier leicht, denn die Regierung stellt jedem ein Wohnhaus und ungefähr zehn Hektar guten Boden zur Verfügung. Etwas Geld hab ich noch, und die Raten für das übrige werde ich schon aufbringen, wenn halbwegs eine gute Ernte ist. Ich werde also Siedler und will dann um Frühjahr heiraten. Niemand weiß hier, warum ich von der Heimat fort bin. Auch meine zukünftige Frau nicht. Ich kann es ihr auch nicht sagen, sonst würde sie sich von mir abwenden. Das Gittli habe ich trotzdem noch nicht vergessen und werde es auch nie vergessen. Aber was hilft es. Was hinter mir liegt ist vorbei. Nur Euch möcht ich so gerne noch einmal sehen und Euch von Herzen um Verzeihung bitten für das, was ich Euch angetan habe. Könnt Ihr mir wirklich vergeben? Ich lege Euch auch ein Bild bei von meiner Angela. Ja, Angela heißt sie. Ist auch eine Deutsche, und ihre Eltern haben hier eine kleine Farm. Schreibt mir viel von der Heimat, vor allem aber, ob Ihr mir verziehen habt.

Dies ist mein erster und mein letzter Wunsch. Damit verbleibe ich mit den herzlichsten Grüßen

Euer Sohn Florian.«

Ganz still saßen die zwei Menschen. Obwohl es draußen regnete, war es, als sei ein Sonnenstrahl in die Bauernstube gefallen. Der Bauer hielt die Hand seiner Frau, und in seinem Gesicht war es wie ein Leuchten.

»Unser Bub!« sagte er leise wie in Andacht. »Gleich heut schreib ich ihm noch.«

Die Oberhoferin nickte. Sie konnte kein Wort sprechen. Plötzlich kam Leben in den Bauern.

»Es braucht niemand zu wissen, daß unser Bub lebt. Das behalten wir für uns.«

Mit langen Schritten durchmaß er die Stube. Immer wieder, wenn er an der Frau vorbeikam, sagte er ein paar Worte oder strich ihr übers Haar.

»Ist das weit weg, wo der Bub ist?« wollte sie wissen.

»Das ist freilich weit weg. Bei den Indianern da hinten ist das.«

»So weit! Und ich hab mir jetzt die ganze Zeit denkt, ich tät am liebsten selber hinfahren. Vater« – sie umklammerte seine Hand und legte ihre Stirn darauf –, »ich kann nimmer leben, Vater, wenn ich unsern Bub net noch mal sehen kann.«

»Nein, Mutter, für dich ist es zu weit. Aber ich will fahren. Gleich morgen fahr ich in die Kreisstadt und hol mir Auskunft.« Er holte tief Atem. »Und ich bring den Buben mit 'rüber. Er soll seine Straf absitzen und wieder ein ehrlicher Mensch werden. Dann kann er hernach den Oberhof übernehmen. Da drüben stirbt er uns an Heimweh. Ein Oberhofer hält das net aus in der Fremde.«

Die Oberhoferin schleppte eilfertig einen Schulatlas herbei, und zusammen suchten sie Penaflor. Es war aber nicht aufzufinden. Nur der Staat Chile war eingezeichnet als langer, schmaler Streifen am blauen Meer.

Als das Gesinde zum Abendessen kam, merkte es gleich, daß etwas Besonderes vorgefallen sein mußte. Der Bauer und die Bäuerin hatten so helle, aufgeschlossene Gesichter; und manchmal warfen sie sich einen verstohlenen Blick zu, wie zwei, die um ein Geheimnis wußten. Der Bauer schien von einer seltsamen Unruhe erfaßt; er erhob sich vom Tisch, ging zum Fenster und wieder zurück an den Tisch. Dann stützte er beide Fäuste auf die Tischplatte und sah sie alle der Reihe nach an.

»Auf dem Oberhof wird's eine Veränderung geben die nächste Zeit.« Er räusperte sich und sah die Bäuerin an. »Ich werd in der nächsten Woch fortfahren auf lange, unbestimmte Zeit. Es kann Frühjahr oder gar Sommer werden, bis ich und – bis ich wieder da bin. Ich hoff, daß ihr alle treu und fleißig zur Bäuerin haltet. Anschaffen tut der Girgl. Was er sagt, gilt, wie wenn's ich angeschafft hätt! Habt ihr mich verstanden?«

»Ja, Bauer«, sagten sie alle.

»Da kannst dich auf uns verlassen, Bauer«, versicherte die Emerenz noch extra.

»Ja, das weiß ich.«

Die Bäuerin stand auf und schaute auf die Uhr.

»Beinah hätt ich heut das Betläuten vergessen.« Sie eilte hinaus, und gleich darauf bimmelte das Glöcklein hell den Avegruß. Es war, als läute es an diesem Abend viel heller und schöner als sonst und viel länger. Ja, länger läutete die Oberhoferin an diesem Abend als sonst. Es war ihr, als müsse sie den ganzen Abend so läuten vor Freude und Glück, so wie der Bauer vor nahezu fünfundzwanzig Jahren vor Freude und Glück am hellen Tag geläutet hatte.

Nachher kniete sie vor der Muttergottesgrotte nieder und faltete die Hände. Rotes Ampellicht leuchtete in der Ecke mit mildem Schein. Es bewegte sich ein klein wenig, denn durch die offenstehende Tür strich der Wind und trieb auch den Regen herein auf die Steinfliesen.

Die Oberhoferin war ganz in sich versunken und hörte nicht, als jemand in die Kapelle trat. Plötzlich stürzte jemand vor ihr nieder und umklammerte ihre Knie.

Die Bäuerin fuhr erschrocken zusammen. »Gittli? Du?«

Gittlis Haar war vom Regen und Wind zerzaust. Mit fieberhaftem Glanz standen ihre Augen in dem bleichen Gesicht. Ihre Kleider waren klatschnaß vom Regen.

»Ja, Mutter, ich bin's! Ich bitt dich um alles, behalt mich bei dir, ich kann den Vinzenz net heiraten. Lieber tu ich mir was an!«

Die Oberhoferin umklammerte das zitternde Mädchen.

»Gittli – komm, wein dich nur aus! Brauchst mir gar nichts zu erzählen; das kannst alles später. Ich bin froh, wenn du bei uns bleiben willst. Vielleicht wird alles noch gut; schau, der –«, beinahe hätte sie gesagt, daß der Florian noch lebte und der Vater ihn holen wolle. Aber da fiel ihr ein, der Florian war daran, eine andere zu heiraten. Wenn er wüßte, in welchem Zustand das Gittli jetzt vor ihrer Tür stand!

Sie trug das Mädchen mehr, als sie es führte. Gittli war so schwach, daß sie sich kaum mehr auf den Füßen halten konnte. Und als die Oberhoferin sie in der Küche in den großen Lehnstuhl setzte, fiel ihr Kopf zur Seite, und sie schloß die Augen.

Die Oberhoferin holte den Bauer in die Küche:

»Sie hat Fieber. Komm, Balthasar, hilf mir, sie in die Kammer tragen! Ich koch ihr dann gleich einen heißen Tee. Und dann müssen wir jemand 'naufschicken zum Anderlschuster. Sie ängstigen sich sonst.«

Der Bauer trug das Mädchen in die Kammer hinauf. Dann kam er in die Stube und schickte den Jungknecht fort zu Gittlis Eltern. Den anderen aber erklärte er kurz:

»Das Gittli bleibt wieder bei uns. Sie kann den Vinzenz net heiraten. Seid gut zu ihr; sie hat Schweres durchgemacht.«

Alle freuten sich, daß Gittli wider auf dem Oberhof war. Niemand konnte den Vinzenz recht leiden, und sie gönnten ihm diese Abfuhr. Sie wollten alle sogleich zum Gittli und es begrüßen, aber die Bäuerin hielt sie zurück, denn das Gittli lag droben im schweren Fieber. Es war Zeit, daß man nach dem Doktor schickte.

Bald darauf wurde es still im Oberhof. Das Gesinde suchte die Ruhe nach dem arbeitsreichen Tag. Das Fuhrwerk mit dem Doktor war noch nicht zurück. Der Oberhofer saß in der Stube und las wohl schon zum zehntenmal den Brief des Sohnes. Die Mutter kam und setzte sich zu ihm. Eine Frage bedrückte sie:

»Sagst es dem Florian, daß das Gittli wieder bei uns ist?«

»Freilich sag ich es ihm.«

»Sagst es ihm, daß sie den Vinzenz net heirat?«

»Das sag ich ihm net, weil er das gar net wissen braucht. Ich sag einfach, daß sie auf ihn gewartet hat.«

»Ja, aber, er will doch drüben das andere Mädl heiraten.« Seufzend strich sich die Mutter ein paar Härchen hinter das Ohr.

»Das ist jetzt im Augenblick gar net so wichtig. Die Hauptsach ist, daß der Bub lebt und daß ich ihn mit 'rüberbring. Horch! Kommt der Doktor schon?«

Da wurde die Tür aufgerissen. Vinzenz stolperte herein, durchmaß mit einem gehetzten Blick die Stube und starrte dann den Oberhofer an.

Er sah zum Fürchten aus in dieser Minute. Der schwarze Anzug, den er heute zur Feier des Tages angezogen hatte, hing ihm klatschnaß am Körper, das Haar fiel wirr in die bleiche Stirn. Darunter die brennenden Augen voll düsterem Glanz.

»Das Gittli ist da«, fuhr er den Bauern grob an. »Gebt sie 'raus! Ich hab ein Recht drauf, net ihr!«

Der Oberhofer trat ihm einen Schritt entgegen.

»Ja, das Gittli ist bei uns. Aber nach dem, was vorgefallen ist, hast du kein Recht mehr auf sie.«

»Was soll das heißen?« fuhr Vinzenz auf. »Wollt ihr mich zum Narren halten?« Er fuhr dabei dem Oberhofer mit der Faust vor dem Gesicht herum.

Mit hartem Griff packte der Bauer eine von den fuchtelnden Fäusten.

»Ich bitt mir einen anderen Ton aus in meiner Stuben. Schreien kannst von mir aus bei dir daheim, aber bei mir da net. So, und jetzt gehst! 's Gittli liegt krank bei uns da. Bevor sie net wieder gesund ist, laß dich ja net blicken auf meinem Hof. Hernach wird sie dir schon selber sagen, was sie dir zu sagen hat. Uns geht das nichts an.«

Vinzenz wollte seine Faust freimachen und aufs neue heftig aufbegehren. Da packte ihn der Bauer unter den beiden Schultern und stellte ihn vor die Haustüre hinaus in den Regen, schloß die Türe und schob den Riegel vor.

Allmählich verlor sich das Schimpfen und Toben des Vinzenz in der Ferne. Bald darauf kam der Oberknecht mit dem Doktor aus dem Dorf.

Wohl eine halbe Stunde blieb der Arzt droben beim Gittli, und als er heraustrat, machte er ein bedenkliches Gesicht.

»Schwere Lungenentzündung, doppelseitig«, erklärte er dem Oberhofer und ordnete vor allem größte Ruhe an. Gleich am nächsten Morgen werde er wieder nachsehen. Bei der kräftigen Konstitution des Mädels sei ja nicht gleich das Schlimmste zu befürchten, aber man müsse sich auf eine lange und schwere Krankheit einstellen. Drunten in der Küche schrieb er gleich ein paar Rezepte, und der Oberknecht fuhr ihn dann wieder zurück ins Dorf.

22

Zur selben Stunde, da Gittli der Oberhoferin zu Füßen gesunken war, betrat der Jäger Praxner das Schloß und ließ sich zur Frau Baronin führen. Sie saß neben dem Kamin. Es brannte nur eine kleine Leselampe, und so herrschte etwas Dämmerung in dem wohlig durchheizten Raum. Als der Jäger eintrat, legte sie das Buch fort und hob den Kopf.

»Praxner? Was führt Sie zu so später Stunde noch zu mir?«

Praxner nahm Platz, klemmte das Gewehr zwischen seine Knie und begann:

»Ja, Frau Baronin, es ist was Wichtiges, das mich hertreibt. Ich schleppe es schon in mir 'rum, seit der junge Herr tot ist, aber jetzt darf ich reden. Es ist nämlich – der Oberhofer-Florian –, ich glaub es net, daß der den jungen Herrn erschossen hat.«

Die Baronin sprang überrascht auf.

»Was sagen Sie da, Praxner?«

»Daß der Oberhofer-Florian den jungen Herrn net erschossen hat.«

»Sondern?«

Der Jäger sah seine Herrin fest an.

»Der Niederhofer-Vinzenz.«

»Mein Gott, das wäre ja furchtbar! Der arme Florian – haben Sie Beweise, Praxner?«

»Beweise noch net. Aber einen ganz dringenden Verdacht.«

»Das nützt uns nicht viel, Praxner.«

Sie nahm wieder Platz und ließ sich das Gehörte durch den Kopf gehen. Wenn sie den Blick über die Stirn des Jägers hinweghob zu dem Platz über der Türe, sah sie in einem schweren

Rahmen das junge Gesicht ihres toten Sohnes. Ihr Blick blieb eine Weile haften an dem Gesicht, dann wandte sie sich an den Jäger:

»Erzählen Sie mir einmal ganz genau, Praxner, worauf sich Ihr Verdacht gründet.«

Und der Jäger erzählte alles der Reihe nach. Wie er gleich am Mordtag schon eine zweite Spur entdeckt hatte, die schon früher seine Aufmerksamkeit erregt hatte. Und wie ihn diese Spur auf den Niederhofer-Vinzenz gelenkt hatte. Er berichtete von seiner Wahrnehmung, daß eine Kugel in den Stamm der Wetterföhre gegangen sei und nachher daraus entfernt worden sein müsse. Also müßte doch jemand Interesse daran gehabt haben. Dann erzählte er von dem auffallenden Benehmen des Vinzenz, sooft er ihm begegnet sei. Schließlich habe er dann den Vinzenz ertappt, als er das Gewehr – ja, dieses Gewehr, das er, der Jäger, hier bei sich habe – im Walde ausgegraben und wieder verborgen habe. Und so erfuhr die Baronin von allem, was der Jäger in den zweieinhalb Jahren zur Aufdeckung jener Untat im Hochwald unternommen hatte.

Der Jäger überlegte ein wenig, bevor er sagte:

»Wenn sich das Geschoß finden ließe, das der Arzt damals bei der Untersuchung der Leiche herausgenommen hat, dann kämen wir einen guten Schritt weiter.«

Überrascht sah die Baronin auf: »Die Kugel? Die habe ich von der Untersuchungskommission seinerzeit zurückbekommen und aufbewahrt. Einen Augenblick, Praxner!«

Während sie ein Kästchen öffnete, um das Geschoß zu suchen, erklärte Praxner:

»Wenn das Geschoß da paßt, dann kann es niemand anderer gewesen sein als der Vinzenz. Das Gewehr gehört nämlich ihm!«

Das Kaliber paßte haargenau, wie es der Jäger vermutet hatte.

»Und jetzt soll die Gendarmerie den Fall klären«, entschied die Baronin.

Der Jäger nickte befriedigt und warf das Gewehr über die Schulter:

»Ich gehe sofort auf die Station und hole mir ein paar Gendarmen. Dann sage ich es ihm auf den Kopf zu, und mir kommt er net aus, das weiß ich. Wenn er mich bloß sieht, verliert er alle Sicherheit. Umsonst ist er mir in den letzten Monaten net aus dem Weg gegangen. Heut hat er Stuhlfest gefeiert mit dem« – er verschluckte den Namen –, »aber zur Hochzeit wird es nimmer kommen.«

Auf dem Niederhof brannte nur noch in der Stube ein Licht. Der Jäger hieß die Gendarmen die beiden Haustüren sowie die Stalltüren im Auge zu behalten, falls der Vinzenz etwa flüchten wollte. Ins Haus ging er allein.

In der Stube saßen der Bauer und der Sepp. Das Gesinde war schon zu Bett.

»Ah, der Praxner«, sagte der Niederhofer ein wenig erstaunt. »Was willst denn du noch heut?«

»Den Vinzenz hätt ich ein bissel braucht. Ist er net da?«

»Er wird jetzt im Bett sein, der narrische Teufel. In der Kuchl hat er 's ganze Geschirr z'samm'gehaut.«

»Ja, ich müßte ihn was fragen, den Vinzenz. Kann ich 'nauf? Wo ist denn seine Kammer?«

»Zeig s' ihm«, befahl der Niederhofer dem Sepp.

Oben auf dem Flur schickte der Jäger den Sepp wieder zurück, als er die Tür wußte.

Ganz leise trat er ein. Vinzenz schlief schon, wenigstens nahm er den Kopf nicht von der Wand weg. Das Licht hatte er vergessen abzuschalten. Mit ein paar Schritten war der Jäger am Fußende des Bettes.

»Vinzenz...«

Keine Antwort, nur ein unwirsches Knurren.

Da schlug Praxner mit dem Gewehr gegen die Bettstatt.

Mit einem Ruck fuhr Vinzenz hoch und stieß einen entsetzten Schrei aus. Mit schreckgeweiteten Augen starrte er auf den Jäger. In dessen Gesicht verzog sich kein Muskel. Mit unheimlicher Ruhe sagte er, den Vinzenz scharf ansehend:

»Dein Gewehr bring ich dir, Vinzenz.«

»Du verfluchter Jagersknecht, laß mir mei Ruah!« brüllte Vinzenz.

Der Jäger legte den Finger auf den Mund. »Pscht, schrei net so, Vinzenz! Müssen es denn die drunten auch hören oder das Gesinde? Also, gehört das Gewehr dir oder net?«

Dem Vinzenz rann der kalte Schweiß übers Gesicht.

»Ja, in Dreiteufelsnamen, es gehört mir«, ächzte er. »Aber jetzt schau, daß du weiterkommst, ich will dich nimmer sehen!«

»Ah, da schau her, warum denn net? Zum Dank, daß ich dir dein Gewehr nachtrag? Und jetzt will ich noch eines wissen: Den jungen Baron, den hast doch du erschossen?«

Vinzenz wollte schreien, aber die Kehle war ihm wie zugeschnürt. Er streckte die Hand aus.

»'naus!«

Der Jäger hob das Gewehr in Brusthöhe. Mit bösem Laut schnappte das Schloß zu.

Da fiel Vinzenz haltlos in sich zusammen und wimmerte:

»Ja, ja, ich war es. Der Florian hat in den Baum hineingeschossen. Ich hab die Kugel nachher 'rausgeschnitten.«

Praxner ließ das Gewehr wieder sinken, das ja gar nicht geladen war.

»Ja, das hab ich gewußt, Vinzenz, drum bin ich dir nachgestiegen auf Schritt und Tritt. Die Stund hab ich kommen sehen. So, und jetzt 'raus aus dem Bett, und zieh dich an!«

Praxner ging zum Fenster und ließ einen Pfiff ertönen. Den Augenblick, da sich der Jäger abwandte, nützte der Vinzenz aus. Wie ein Panther sprang er mit einem wilden Satz gegen den Jäger an. Ein kurzes, heftiges Ringen entspann sich. Die Verzweiflung verlieh dem Vinzenz die Kraft eines Wahnsinnigen. Aber gegen die Bärenkraft des Jägers konnte er nicht an. Ein Ruck und ein Schwung seiner stählernen Arme, und Vinzenz schlug krachend auf die Dielen.

Aufatmend knöpfte Praxner seinen aufgerissenen Hemdkragen wieder zu.

»Ach, so hast es du gemeint!«

In diesem Augenblick erschienen die beiden Gendarmen im Türrahmen, dahinter drängten sich alle Hausbewohner, die von dem Lärm aus dem Schlaf geschreckt worden waren.

»Der kann abgeführt werden, meine Herren«, wandte sich Praxner an die Gendarmen. »Er hat es schon eingestanden, daß er den Baron erschossen hat.«

Vinzenz war fertig angezogen. Er sah niemanden an. Er wußte, daß alles verloren war. Willenlos ließ er sich die Handschellen anlegen und abführen.

Schweigend wichen die Leute vom Niederhof zurück. Nur die Bäuerin schrie auf. Der Sepp aber tänzelte mit grotesken Sprüngen über den Flur und kicherte in sich hinein.

Die drei Männer schritten mit ihrem Gefangenen in die Nacht hinaus. Die Wolkendecke hatte sich aufgelockert. Ein schneidender Wind wehte vom Flachland herein. Hoch über den Bergen stand die Mondsichel einsam und verlassen wie ein Segler auf unendlich weiter See.

Am andern Morgen war das ganze Dorf voll von dieser Neuigkeit. Der Praxner war der Held des Tages. Der ließ sich aber nirgends sehen, sondern war droben im Schloß und schlief sich einmal richtig aus.

Auf dem Oberhof schlug die Kunde von der Verhaftung des Vinzenz wie eine Bombe ein. Noch konnte es niemand recht glauben; erst als am Vormittag die Baronin selber herüberkam und den beiden Eltern herzlich die Hände drückte, da war wirklich kein Zweifel mehr. Nun stand der Florian von schwerem Verdacht gereinigt da. Jetzt war es aber auch an der

Zeit, den letzten Schleier von dem Geheimnis zu nehmen. Der Oberhofer rief seine Leute in die Stube. Ein großer, feierlicher Augenblick nahte.

»Leute«, begann der Bauer, und seine Stimme wollte ihm kaum gehorchen. »Für heute ist Feiertag. Es soll wieder sein wie damals, als mein Florian zur Welt kam. Denn heute ist mir mein Bub zum zweitenmal geschenkt worden. Ihr sollt die ersten sein, die es wissen dürfen. Der Florian lebt und –«

Er konnte nicht weitersprechen, ein solch wirres Durcheinanderreden und Staunen war. Die Baronin umklammerte seinen Arm.

»Noch mal sagen, lieber Feichtner! Bitte, sagen Sie es noch mal, ich kann es nicht glauben.«

Da sagte es der Oberhofer nochmals:

»Jawohl, der Florian lebt. Und wie ihr ja bereits wißt, ist kein Stäubchen mehr auf seiner Ehr. Der andere drüben war es. So – und nun braucht es ja kein Geheimnis mehr sein. Ihr dürft es ruhig wissen. Nächste Woche fahr ich 'nüber nach Südamerika und hol den Florian heim. Halt – noch was. Daß mir keines vorerst zum Gittli etwas sagt! Sie könnt sich zu stark aufregen. Ihr wißt alle, wie schwer krank sie ist. So, und jetzt haltet euren Feiertag!«

Die Baronin blieb noch lange auf dem Hof, besuchte auch das Gittli für ein paar Minuten und kehrte erst gegen Mittag heim.

Nein, wie sollten die guten Leute im Dorf an einem Tag all das verdauen können! War es denn nicht schon genug, was mit dem Vinzenz geschehen war? Jetzt gar noch die andere, viel aufregendere Neuigkeit, daß der Feichtner-Florian noch am Leben sei!

Die ganz Gescheiten sagten, das hätten sie schon vermutet, denn irgendwo müßte man ihn doch gefunden haben damals. So weit konnte das Wildwasser denn doch keinen forttragen.

Nein, wirklich, an einem Tag war das nicht alles zu verdauen. Das brauchte seine Zeit. Und als der Oberhofer am Wochenende die große Reise nach Chile antrat, stand das halbe Dorf am Bahnhof, und jedes hatte ihm für den Florian etwas auszurichten.

Nur einer hatte von allem nichts erfahren, einer, dem diese wunderbare Wandlung in dem ganzen Geschehen eigentlich zu danken war: der Jäger Hans Praxner.

Am Abend des ersten Tages, nachdem man den Vinzenz fortgeschafft hatte, warf er die Büchse über den Rücken und stieg hinauf zu seinen Bergen – in die Jagdhütte, wo er dem Kameraden die Verhaftung des Niederhofer-Vinzenz erst erzählte. Von allem anderen – daß der Florian noch lebte und daß der Oberhofer ihn heimholen wollte – wußte er noch nichts.

Zum Wochenende aber, als der Bauer die große Reise schon angetreten hatte, erschien der Praxner am Abend auf dem Oberhof. Er traf die Bäuerin in der Küche.

»Beim Anderlschuster war ich grad drüben«, sagte er, »und da haben sie mir gesagt, daß das Gittli bei euch da krank liegt. Ich möcht sie ganz gern ein bissel besuchen.«

»Ja, komm nur mit 'rauf, Praxner«, sagte die Bäuerin freundlich. »Aber net zuviel reden darfst, das Madl ist noch zu schwach.«

»Was hat sie denn eigentlich gehabt?«

»Schwere Lungenentzündung. Geht aber schon wieder besser.«

Die Bäuerin führte ihn hinauf und öffnete ihm das Krankenzimmer. Der Jäger erschrak im ersten Moment, als er das Gittli so bleich und schmal liegen sah. Sie lächelte ein wenig, als sie ihn erkannte, und ließ es ruhig geschehen, daß seine Hand ganz leicht über die ihre streichelte.

»Es freut mich schon, daß du mich aufsuchst«, flüsterte sie. Man merkte, daß ihr das Sprechen viele Mühe machte. »Ich hab es schon gehört, daß man es bloß dir allein zu verdanken hat, wenn man den wirklichen Mörder ausfindig machen konnte.

Und ich – beinah hätt ich ihn geheiratet!«

Er legte ihr die Hand auf den Mund.

»Du sollst net so viel reden, Gittli. Schau, zum Heiraten wär es ja doch net kommen. Zuvor hätt ich ihn schon noch überführt. Ich hab es ja gewußt, daß du ihn net gern hast.«

»Nein, kein bissel hab ich ihn gern gehabt«, flüsterte sie. »Ich hätt es bloß getan wegen meinen Eltern.«

»Das hab ich mir gedacht. Aber schau, um deine Leut brauchst dich gar net sorgen. Die Baronin hat uns Jägern den Auftrag gegeben, daß wir immer fleißig Wildbret ins Anderlschusterhaus tragen. Und sonst fehlt ja auch nichts. Die Hauptsach ist, daß du bald wieder gesund wirst, gelt, Gittli. So – und jetzt muß ich wieder weiter. Zu lang darf ich dich net aufhalten, hat die Bäuerin g'sagt.«

»Komm halt wieder einmal!«

»Freut es dich denn ein bissel, wenn ich komm?«

Sie nickte.

»Und im Sommer, gelt, Praxner-Hans, wenn ich wieder auf der Alm bin, da besuchst mich oft.«

»Wenn es dir recht ist, alle Tag.« Er reichte ihr die Hand und ging leise hinaus. Bei der Tür warf er noch einmal einen Blick, einen sehr langen Blick auf das Mädchen zurück. Ein frohes Leuchten lag in seinen Augen.

Er wollte nur schnell ein kurzes Pfüat Gott in die Küche rufen, aber die Oberhoferin faßte ihn am Ärmel und zog ihn herein.

»Darfst zur Bäuerin auch 'reinschauen, net bloß zum Gittli«, scherzte sie. »Ein Schöpperl Wein und eine gute Brotzeit hab ich dir auch hergerichtet.«

Praxner lachte.

»Das laß ich mir gefallen. Und wo ist der Oberhofer heut?«

»Ja weißt denn du das noch gar net? Der ist doch 'nüber nach Südamerika und holt den Florian.«

»Was? Wen holt er?«

»Den Florian! Er hat doch geschrieben, daß er noch am Leben sei!«

Der Jäger stellte das Weinglas nieder. Seine Hand zitterte, und sein Gesicht veränderte sich irgendwie.

»Nein, das hör ich alles zum erstenmal. Ich war die ganze Woche am Berg. So – der Florian kommt wieder heim. Das freut mich, Bäuerin. Euretwegen! Habt viel durchzumachen gehabt. Und das Gittli wird froh sein, daß sie den Vinzenz net genommen hat.«

»Ich freu mich für das Gittli. Aber sie weiß es noch net. Wir wollen sie net aufregen, weißt.«

»Ja, das könnt ihr Tod sein. Aber jetzt muß ich wieder weiter. Recht schönen Dank für die Aufwartung, Oberhoferin.«

»No, no, was pressiert denn jetzt auf einmal so? Trink halt noch ein Schöpperl!«

»Hab mich ohnehin schon zu lang verplaudert. Der Dienst, weißt, der Dienst! Der andere Jagdgehilf wartet auf mich.«

Der Praxner schritt aus dem Haus, ging sehr schnell den schmalen Weg zum Wald hinüber und sah nicht einmal zurück. Erst dort, wo die dunklen, stillen Bäume standen, blieb er stehen. Es schneite ein wenig, und die Welt sah trübe aus. So trüb und grau, wie es im Herzen des Jägers Hans Praxner war.

Er hatte das Gittli lieb, auf eine stille, beinahe ehrfürchtige Art. Er hatte geglaubt, nun sei der Weg frei zu ihr, und er wollte die Baronin heute bitten, ob er nicht in das kleine Jagdhaus, das seit Jahren leer im Park stand, einziehen könne, weil er, wenn alles so geht, wie er es hoffe, dann im Frühjahr eine junge Jägersfrau heimführen wollte.

Nun konnte er sich den Weg ins Schloß sparen, und wenn die Frau Baronin ihn wieder einmal gemahnen sollte an den Wunsch, den sie ihm erfüllen wollte, so konnte er ruhig sagen, daß er keine Wünsche mehr hatte.

Er wollte bleiben, was er bisher war: ein freier Jäger in den Bergen. Dort oben wollte er es vergessen, daß sein Herz sich einmal nach einem Mädchen gesehnt hatte.

Damals, als man den Florian totsagte, da war es sein Zartgefühl, das ihm nicht erlaubte, sich dem Mädchen zu nähern. Später dann, als der Vinzenz in die Liebe des andern treten wollte, da wäre es ihm ein leichtes gewesen, ihn beim Gittli anzuschwärzen und zu verdächtigen. Er wollte aber erst ganze Arbeit leisten und dann vor das Mädchen hintreten.

Nun kam aber Florian, der Totgesagte, wieder zurück und trat in seine alten Rechte. Kein Neid regte sich in dem Jäger.

Mit einem langen Blick sah der Jäger hinunter zum Oberhof. Dann drehte er sich mit einem Ruck um und stieg hinauf zur Jagdhütte.

Er kam nie wieder, das Mädchen Gittli zu besuchen.

Die ersten Frühlingstage lachten in das Land. Tage waren es im späten März. Es kam ein lauer Wind aus der Berge Tiefe, und die Wolken waren schon rund und flaumig wie Sommerwolken. Seltsame Klänge lagen in der Luft und deuteten das uralte Lied vom Werden und Vergehen. Die ersten Schwalben kamen aus dem Land der südlichen Sonne und suchten mit fröhlichem Zwitschern ihre alten Nester. An den Abenden sank die Sonne in einen Schleier aus lichtem Gewölk.

Etwas rührend Armes hatte der Frühling hier oben auf den Berghöfen. Er klopfte wohl stürmisch einlaßbegehrend an, doch waren ihm die Tore nicht so frei und leicht geöffnet wie unten im Tal. Die Berge trugen noch teilweise ihre Schneekappen. Vor allem der Koffel. In stolzer Hoheit hob er sein schneebedecktes Haupt in den lichten Frühlingshimmel, als könnte er allein sich wehren gegen die Kraft der Sonne.

Ach, er war bei weitem nicht mehr der gefürchtete Berg, von dem es so viele Sagen und Märchen gab. Er hatte seinen Nimbus verloren, er war bezwungen.

Auf dem Oberhof saß das kranke Gittli in einem bequemen

Lehnstuhl in der Sonne; ihr blasses Gesicht sollte wieder etwas Farbe bekommen, bis der Florian kam. Es war so, daß sie jetzt erst wieder richtig aufblühte, seit man ihr sagte, daß der Florian lebte und wiederkam. Seit diesem Tag lebte Gittli nur noch in dem Gedanken an die Heimkehr des Geliebten. Und es war erstaunlich, welche Wandlung diese Freudenbotschaft bei der Genesenden hervorzubringen vermochte. Sie war auf dem besten Wege, wieder das helle, sonnige Gittli von ehedem zu werden.

Vor einigen Tagen war der Vater, der Anderlschuster, einmal hier gewesen. Ja, er hatte sich mühsam auf seinen zwei Stecken herübergeschleppt, der gute alte Vater, der sein Leiden geduldig trug. Kein Wort hatte er gesprochen von der unseligen Geschichte mit dem Vinzenz. Er hatte nur still bei ihr gesessen und ihr wie in Dankbarkeit die Hand gehalten.

Der Bauer war drüben gut angekommen. Er hatte einen langen Brief geschrieben, und es war fast nicht zu glauben, daß es dort noch viel höhere Berge geben sollte als in der Heimat. Dort gab es gleich Siebentausender. Ja, es mußte ein schönes und reiches Land sein.

Und nun warteten sie alle auf seine Heimkehr. Tagtäglich hofften sie auf einen Brief, der seine Ankunft melde. Aber es wurde Mitte Mai, bis dieser Brief kam, und er trug schon den Stempel von Hamburg.

»Kommen am Sonntag an«, hieß es. Nicht mehr und nicht weniger.

Also, am Sonntag, heute war es Freitag. Es hub ein emsiges Putzen und Schrubben an, das ganze Haus wurde rein gemacht wie zu den höchsten Feiertagen des Jahres. Die Knechte gingen am Abend noch in den Wald hinaus, um Tannenreisig zu holen. Die Mägde banden Kränze und schmückten die Haustüre damit. Der Maler drunten im Dorf mußte ein Schild malen, auf dem geschrieben stand: »HERZLICH WILLKOMMEN.«

Das ganze Dorf nahm Anteil an dem freudigen Geschehen. Nur vom Niederhofer ließ sich niemand sehen. Es hieß, daß er verkaufen und sich draußen im Flachland irgendwo auf einem kleinen Gütl ansässig machen wollte.

Der Sonntag brach an, ein leuchtender Sonnentag. Alles Land ringsum stand in schönster Maienblüte, als die Kutsche vom Oberhof abfuhr, den Hoferben vom Bahnhof abzuholen. Nur die Oberhoferin war mitgefahren, die anderen warteten daheim.

Als Florian Feichtner mit dem Vater dem Zug entstieg, blieb er unwillkürlich einen Augenblick stehen. Sein Blick schien nicht zu finden, was er suchte. Aber dann sah er die Mutter, und ein Lachen flog über sein braungebranntes Gesicht. Die Mutter hing schon am Hals ihres Buben und wollte ihn gar nicht loslassen. Viele, viele Hände mußte Florian drücken, und er war froh, als er endlich das alles hinter sich hatte. Es drängte ihn, nach Hause zu kommen. Sein Blick suchte schon den Hof, als sie noch kaum das Dorf hinter sich hatten.

Als er an die Stelle kam, wo er vor drei Jahren seine abenteuerliche Flucht begann, stieg Florian aus und ließ die Eltern allein heimfahren. Er wollte den Rest des Heimweges zu Fuß machen. Im selben Augenblick fingen die Glocken von Roggenhausen zu läuten an. Sie riefen zur Nachmittagsvesper. Voll heiliger Ergriffenheit blieb der Heimkehrer stehen und ward sich bewußt, daß dieses Klingen in ihm gewesen war die ganze lange Zeit. In diesem Tonwunder, das durch die Luft schwang, begriff und erfühlte er erst wieder so ganz die Heimat. Er hätte die Arme ausbreiten und einen Schrei voll Dank und Jubel ausstoßen mögen, so tief und schwer hatte die Freude ihn ergriffen. Das Klingen ging mit ihm, und er hörte es noch, als die Glocken längst schwiegen. In seinem Inneren klang es weiter, als hätte sein Herz zu singen angefangen, ganz leise und zärtlich, eine unendlich schöne Melodie.

Ringsum grüßte das Leben und die leuchtende Maienwelt. Und daheim wartete ein Mädchen – sein Gittli, das auf ihn gewartet hatte, das im letzten Augenblick noch umkehrte, bevor es ihr Leben an einen ungeliebten Mann kettete. Fast bangte ihm vor diesem Wiedersehen. Er fühlte eine Schwere in seinem Herzen, wie er sie empfunden hatte, als er drüben im Lande der Kordilleren dem Mädchen Angela erklären mußte, daß er heimkehren werde und sie nicht mitnehmen könne, weil drüben in der Heimat das Mädchen Gittli auf ihn warte. Es war gewiß schwer für Angela, und doch hatte sie ihn verstanden, als er von ihr ging...

»Ich bin dir nicht böse«, hatte sie gesagt. »Ich begreife, daß du nicht anders kannst, und ich habe es immer, bei allem Glück, gefühlt, daß dein Herz in der Heimat geblieben ist. Daß ich dich liebgehabt habe, vergiß es bitte nie. Wir beide waren eben nicht füreinander bestimmt.«

Ja, sehr tapfer hatte sie sich benommen, die liebe Angela. Rein und gütig stand sie in seiner Erinnerung, und er durfte ohne Gewissensbisse an sie denken.

Dann sah er den Hof vor sich, hingeschmiegt an den Hintergrund der Berge. Schleierdünne Wölkchen trieben eilig über dem Dach, und dann hörte er einen Schrei und sah ein flatterndes Kleid. Im nächsten Augenblick hing Gittli an seinem Hals, und er konnte nichts weiter sagen als:

»Da bin ich jetzt wieder, Gittli!«

Und er staunte sie dabei an, wie man ein Wunder betrachtet. Sie war noch schöner und reifer geworden. Jede Spur der Krankheit hatte sich verloren, und in ihren Augen lag ein unirdisch schönes Leuchten.

Ein wenig waren sie doch scheu voreinander. Drei Jahre sind eben eine sehr lange Zeit für zwei Menschen, die sich einmal geliebt haben. Es mußte da wohl erst eine große Stunde kommen wie damals am Jährlingszaun, die alle Fremdheit aufdeckte und die Herzen wieder in feierlichem Gleichklang schlagen ließ.

Es war schon gut jetzt, sich so bei den Händen zu halten und sich in die Augen zu sehen, eine lange Weile, bis droben bei der Haustüre sich die anderen rührten und sie begriffen, daß sie nicht allein waren.

Und so legten sie denn das kurze Stückchen Weg zusammen zurück, behielten ihre Hände ineinander und schritten durch die festlich geschmückte Haustüre.

So war Florian Feichtner, der Totgeglaubte, wieder heimgekehrt.

Bald darauf fand in der Hauptstadt des Landes die Schwurgerichtsverhandlung gegen den Vinzenz Angerer statt. Der Saal war gedrängt voll. Was von Roggenhausen abkommen konnte, war hingefahren.

Vinzenz wurde zu fünf Jahren Zuchthaus verurteilt und nahm die Strafe ohne weiteres an. Er hatte sich bei der Verhandlung mannhaft benommen. Er nahm alle Schuld auf sich und gestand offen und ehrlich, daß er den jungen Baron erschossen habe.

Zwei Menschen sahen sich an diesem Tage nach langer Zeit wieder: der Jäger Praxner und das Gittli. Er wollte schnell mit flüchtigem Gruß an ihr vorüber, aber Florian hielt ihn auf.

»Hans, dich wollt ich schon lang treffen. Wenn du net gewesen wärst, dann könnt ich heut net so frei und ehrlich dastehen. Du mußt bei mir bleiben heut, Praxner. Heut bist mein Gast.«

Der Jäger lächelte.

»Nein, Florian, wo schon zwei sind, ist ein Drittes zuviel. Ein andermal recht gern. Und weil ich euch schließlich bis zur Hochzeit doch nimmer treff, wünsch ich euch heut gleich alles Gute.«

Er drückte ihnen herzlich die Hand und verlor sich dann schnell im Gewühl der Straßen.

Mit dem Mittagszug fuhren die meisten Roggenhauser schon

wieder heim. Der Florian und das Gittli aber kehrten erst am Abend mit dem letzten Zug zurück.

Gleich nach der Heuernte fand die Hochzeit statt. Am Vorabend der Hochzeit gingen die alten Oberhofer hinaus auf die Wiesen, gingen den schmalen Weg durch den Kornacker und wanderten hinauf zum Wald. Hand in Hand gingen sie, Finger in Finger gehängt, nicht wie Verliebte, aber wie zwei Menschen, die gemeinsam erlittenes Leid zusammengeschmiedet hatte. Sie bogen die Schultern schon ein wenig nach vorne, wie Menschen, die sich dem Abend des Lebens nähern.

Droben am Wald setzten sie sich auf die alte Bank. Die Stille des Abends breitete sich um sie. Vor ihren Blicken wogte das Kornfeld wie ein atmendes Meer. Ein Rudel Rehe kam langsam aus dem Dunkel des Waldes, und als es die beiden Menschen sah, fingen sie ihren Blick ein wenig und begannen dann ruhig zu äsen, als wüßten sie, daß ihnen von den beiden kein Leid geschehen würde.

Die Glocken von Roggenhausen läuteten den Abendgruß. Die beiden falteten die Hände und beteten still ein Ave.

Über den Bergen stieg der Mond herauf. Ein später Vogel ließ noch ein kurzes Lied ertönen in der Tiefe des Waldes, dann wurde es still.

»Gehn wir heim, Mutter?« fragte der Bauer.

Sie nickte und erhob sich.

»Wie gut sich das anhört: heim...!«

»Ist ein heiliges Wort: Heimat...!« antwortete er leise und nahm sie wieder bei der Hand wie auf dem Herweg.

Auf halbem Weg begegnete ihnen das junge Paar.

»Wir sind euch entgegengegangen«, sagte das Gittli. »Drüben waren wir noch ein bissel bei meinen Eltern.«

»Morgen ist euer Tag«, sagte der Oberhofer feierlich.

Dann gingen sie zusammen zum Hof hinunter, die Jungen

Arm in Arm, die Alten Hand in Hand. An der Liebe der Jungen wärmte und sonnte sich die Liebe der Alten.

Morgen ist unsere Hochzeit, sang es in den Herzen der Jungen. Und die Alten wußten: Ein neues Leben hebt nun an auf dem Oberhof.

Weitere Romane von Hans Ernst:

Am Sonnenhof

Bilder von eindrucksvoller Kraft treten dem Leser in diesem Roman entgegen. Einst hatte die Schwester in Unfrieden den elterlichen Hof verlassen, nun erscheint ihr Bruder, der stolze und unbeugsame Sonnenhofbauer im dörflichen Armenhaus, um für zehntausend Mark seinen Neffen Hans dem Vater, der ein armer Schuster ist, »abzukaufen«. So kommt Hans Schmederer auf den Sonnenhof und dient dort als der geringste aller Knechte, bis ihn eines Tages der Sonnenhofer vor den anderen auszeichnet: Er hängt Hans das Sätuch um und läßt ihn die Saat auf den Acker streuen, eine Arbeit, die bisher nur der Bauer selber verrichtet hat. Von diesem Augenblick an wandelt sich das Leben des Schmederersohns, doch bleibt es auch nicht frei von harten Prüfungen.

Ein ganzes Leben lang

Regina ist die hübsche Tochter des Tierarztes in dem kleinen Marktflecken Heimatsried. Ihren Lebenslauf vom ersten Tage an schildert Hans Ernst in diesem Roman. Wir erleben ihre Kindheit und Jugendzeit und die Stunde der Entscheidung, wo Regina ohne Zaudern sich an die Seite des geliebten Mannes stellt, der sich aus einfachsten Verhältnissen emporgearbeitet hat und Sieger bleibt über Engstirnigkeit und falschen Stolz.

Des Lebens helle Stunden

Stolz und wuchtig thront der Sonnlechhof über Birkenzell, und ebenso schreitet auch der Sonnlechbauer erhobenen Hauptes über die Fluren. Niemand widersetzt sich seinem herrschenden Willen, und es trifft ihn daher doppelt, daß sich seine Tochter nicht fügen will, sondern ihr Herz Ambros schenkt, dem jungen Gutsverwalter vom Karlshof, der jedem als der Bub aus der einfachen, schlichten Bachschmiede bekannt ist.

Um diese Liebe zwischen Brigitta und Ambros, die sich seit ihrer Kindheit gut sind, geht es in »Des Lebens helle Stunden«. Hans Ernst schildert kraftvolle Gestalten seiner oberbayerischen Heimat, Menschenschicksale, die aus dem Leben gegriffen sind, das Leben selbst, das sich uns offenbart in Werden und Vergehen, in Saat und Ernte, in Liebe und Leid, in Haß und Überwindung.

rosenheimer